Das Buch

Die Entstehung diese Buches begann mit einer »Straftat«: 1976 nahm Manfred Krug heimlich ein Wortgefecht zwischen elf namhaften Künstlern und drei hohen Politikern auf Tonband auf. Krug, in der DDR ein Volksheld, wollte weg aus dem Land, das für ihn seine Glaubwürdigkeit verloren hatte. 32 Tage, von dem Augenblick an, als er den ersten Ausreiseantrag gestellt hatte, bis zu dessen Genehmigung, schreib er an seinem Tagebuch.

Niemals ist das DDR-System transparenter beschrieben, niemals die Gefährlichkeit einer versuchten Symbiose von Macht und Kunst heller beleuchtet worden als in diesem Text. Beide Texte zusammen, das Tagebuch und eine Akte des Verrats, geben neue Einblicke in eine turbulente Zeit und eine gesellschaftliche Ordnung, der zu entkommen es großer Kraft bedurfte. Krug, damals jenseits der 40, empfand sein Weggehen als Sprung ins kalte Wasser.

Fast 19 Jahre lang hat Manfred Krug dieses Buch unter Verschluß gehalten: ein aufregendes, erschütterndes Zeitdokument, das jedem die Augen öffnet, auch wenn er einer anderen Generation angehört.

Der Autor

Manfred Krug
geb.: 8. Feb. '37
Mutter Tipse
Vater Stahlkocher

Großartige Oma

Ist Schauspieler
Spielt immer bloß sich selbst
Schreibt jeder
Weiß man einfach

Schreibt jetzt manchmal
Aber nur wenn's geht
und nur über dies eine
Mal über sich

Kein Geld zu
Verdienen
Damit

Manfred Krug

Abgehauen

Ein Mitschnitt
und
Ein Tagebuch

Econ Taschenbuch Verlag

Veröffentlicht im Econ Taschenbuch Verlag, 1998

Der Econ Taschenbuch Verlag
ist ein Unternehmen der Econ & List Verlagsgesellschaft

3. Auflage 1998

© 1996 by Econ Verlag GmbH, Düsseldorf und München

Umschlagkonzept: Büro Meyer & Schmidt, München – Jorge Schmi
Umschlagrealisation: Init GmbH, Bielefeld
Titelabbildung: Rolf Gibbs, Berlin
Druck und Bindearbeiten: Ebner Ulm
Printed in Germany
ISBN 3-612-26438-9

MITSCHNITT

Ich gehe auf meinen Marmorlokus und weiß nicht, was ich zuerst machen soll. Zuerst muß ich mich erbrechen, dann Zähneputzen, dann die anderen Sachen, dann einen Schluck Korn aus dem Flachmann, und dann habe ich immer noch Angst.

Die Türflügel zum getäfelten Zimmer sind abgeschlossen. Das Mikrofon kann man nicht sehen. Es liegt unten, hinter dem Spalt zwischen Schiebetür und Fußboden und soll in das Nachbarzimmer hineinhorchen, wo meine Frau Ottilie hastig den langen Eichentisch gedeckt hat. Es gibt Schmalzstullen, Kaffee und Sprudelwasser.

Ich werde was ganz Verbotenes machen. Ich werde ein Gespräch zwischen einem Dutzend Künstlern auf der einen Seite und drei »hochgestellten Persönlichkeiten« auf der anderen Seite auf Tonband aufzeichnen. Und das findet in der Deutschen Demokratischen Republik in einem Privathaus statt, in meinem Privathaus. Das hat es noch nicht gegeben. Ein historischer Nachmittag. Ich stelle mir vor, wie das aussieht, wenn's schiefgeht. Der Mann aus dem Politbüro hat vielleicht einen von seinen Jungs bei sich, einen V-förmigen Lächler mit kantiger Kinnlade und einer Beule im Jackett, und der sagt ganz freundlich, er will bloß mal einen Blick hinter die Schiebetür werfen, nichts Schlimmes, nur der Ordnung halber, Vertrauen ist gut, Kontrolle ist besser, ihr wißt schon. Dann kann ich mich einsargen lassen.

Aber die Leute, die kommen werden, müssen ohnehin damit rechnen, daß nichts von dem verlorengeht, was sie sagen, daß ihre Worte wortwörtlich überliefert werden. Ich laß mich hängen, wenn von den dreien auf der Regierungsseite nicht einer eine Wanze unterm Revers stecken hat. Von dort wird jedes Wort in eins der Autos gesendet, von denen wir umzingelt sein werden, und dort werden sie es aufzeichnen.

Deshalb will ich um die Namen kein großes Geschiß machen. Sie sind alle Figuren der Zeitgeschichte, die mit der Zeit vergehen. Am ehesten vergehen die Mimen, denen die Nachwelt und so weiter.

Dichter halten sich länger. Nicht weil ein großer Teil ihrer Werke zum Vergessen zu schade wäre, sondern weil man sie platzsparend aufbewahren kann. In 1000 Jahren wird man Hitler vielleicht nur noch als den Verfasser von »Mein Kampf« kennen, und kaum jemand erinnert sich, daß er eigentlich als Monster Furore gemacht hat.

Schauspieler haben Respekt vor dem geschriebenen Wort. Zwar verbringen sie ihr Leben mit dem Aufsagen von Texten, meistens schlechten, aber verbessern dürfen sie sie nicht. Shakespeare, Goldoni und Molière haben sich davon freigemacht und zum eigenen Gebrauch schöne Sachen geschrieben. Deshalb kennt man sie noch. Sonst wüßte kein Mensch mehr, daß sie allesamt verzweifelte Schauspieler waren, denen die Nachwelt und so weiter.

Ich schreibe das jetzt, weil ich will, daß von mir was übrigbleibt und daß ich einmal zu denen gehöre, die etwas aufbewahrt haben. Das Kind ist gezeugt, der Baum gepflanzt, das Haus gebaut. Vielleicht gibt es einmal einen Forscher, der sich haargenau für die Deutsche Demokratische Republik von 1976/1977 interessiert, und da wieder nur für die Unruhe, von der damals so viele Künstlerseelen befallen waren. Ich bin glücklich bei dem Gedanken, daß ich mir diesen Nachgeborenen zum Freund machen kann.

Warum ist so viel über Biermann geredet worden? Und ich werde noch längst nicht der letzte sein. Weil er dem Sozialismus und dem ersten Arbeiter-und-Bauern-Staat auf deutschem Boden einen enormen Schlag versetzt hat, indem er sich von diesem hat rausschmeißen lassen, das muß man sagen, auch wenn letzten Endes der Wodka in der Sowjetunion die Hauptarbeit geleistet hat. Deshalb wird Biermann nicht nur in seinem Dichtwerk überdauern, der kann glatt ins Geschichtsbuch kommen, wenn er nicht schon drin ist.

Kaum stand er 1976 schreiend auf der anderen Seite der Mauer – »Ich will zurück!« –, da fing es in der DDR zu grummeln an. Die unvergeßbaren Schriftsteller Hermlin (»Wo stehen wir heute?«) und Heym (»Im Kopf sauber«) trommelten zusammen, was sie in der Eile kriegen konnten: Erich Arendt (»Unter den Hufen des Winds«); Volker Braun (»Wir und nicht sie«); Fritz Cremer (Bildhauer, hat heimlich Kruzifixe getuscht); Franz Fühmann (»Seht her, wir sind's«); Sarah Kirsch (»Das ist Lenins weiße Katze«); Günter Kunert (»Offener Ausgang«); Heiner Müller (»Der Bau«); Rolf Schneider (»Einer zuviel«); Christa Wolf (»Der geteilte Himmel«); Gerhard Wolf (»Der geteilte Himmel«).

Eigentlich waren es nur elf, aber Schneider platzte mitten in die Sitzung, nicht eingeladen noch angemeldet, was ihm Mißtrauen eintrug. Auch war den anderen das jügermäßige Dutzend nicht angenehm, das er durch sein Erscheinen voll machte. Schneiders anerkannte Formulierkunst war verzichtbar, der Text schon fertig. Den gab man fernmündlich nach Jena durch an Jurek Becker (»Irreführung der Behörden«), der dort eine Lesung hatte und am Telefon zum Erstunterzeichner ernannt wurde, denn ihm, und nicht nur ihm, gefielen die folgenden Sätze auf Anhieb:

»Wolf Biermann war und ist ein unbequemer Dichter –
das hat er mit vielen Dichtern der Vergangenheit gemein...« Das ist korrekt: ...der Vergangenheit. Mit den
gegenwärtigen Dichtern hatte er das Unbequemsein nicht
so sehr gemein. Vielmehr war er ihnen darin voraus. Alle
wollten ständig wissen: Wie unbequem darf momentan ein
Dichter sein? Er war die Vorhut. Wenn er Richtung Front
losging und es blieb ruhig, konnte man bequem hinterher-
robben. Nein, den Biermann wollte keiner loswerden. Der
war unverzichtbar für die Orientierung. Als sie uns den
weggenommen haben, wurden wir alle zum ersten Mal
richtig böse. Das hatte sich die Regierung nicht überlegt, in
der, wenn überhaupt, nur wenige gewitzte Menschen zu
finden waren. Wie standen wir auf einmal da. Man kann
sagen schutzlos. Dem Proletariat konnte er schon deshalb
nicht viel bedeuten, weil man ihn in den sozialistischen
Produktionsbetrieben, wohin er eigentlich wollte, schon
seit elf Jahren geheimgehalten hatte. Aber das bedeutete
nicht viel. Er war vor allem für die Künstler wichtig. Wie
das Nebelhorn für die Seefahrer. Sein Rausschmiß war die
entscheidende Beeinträchtigung der gesamten künstleri-
schen Arbeit in der DDR, soweit sie diesen Namen verdien-
te. Sein Rausschmiß war Empörungsbeeinträchtigung. Nie
mehr würde man ohne ihn herausfinden, wieviel Mißver-
gnügen noch gezeigt werden durfte. Bananen, Spargel,
Zitronat, was ist das schon. Wenn nicht anders, konnte man
es sich im Westen holen oder holen lassen, aber es ging
auch ohne. Ohne Biermann ging es nicht.

»Unser sozialistischer Staat, eingedenk des Wortes aus
Marxens 18. Brumaire, demzufolge die proletarische
Revolution sich unablässig selbst kritisiert, müßte im
Gegensatz zu anachronistischen Gesellschaftsformen
eine solche Unbequemlichkeit gelassen nachdenkend

ertragen können.« Sicher, Biermann war unbequem für den sozialistischen Staat. Aber klingt es, nachdem wir jetzt wissen, für wen er bequem war, nicht wie eine riesige Verarschung, das eklige Wort Unbequemlichkeit hier hinzusetzen? Diese Schreiber, die jeden Tag stundenlang vor ihren Tintenfässern sitzen, können mit der Sprache spitzfindige Sachen machen. Man muß aufpassen. Damals ist mir das nicht so aufgefallen, da fand ich den Text so gut, daß ich ihn sofort unterschrieben habe. Die am meisten anachronistische Gesellschaftsform ist nämlich die, die sich selbst nicht am Leben erhalten kann. Wann hat eine Gesellschaftsform je so viel Mühe aufgewendet, um durch die besten Künstler ihre Vorzüge erläutern zu lassen; so viel Geld ausgegeben, sich Freunde zu machen; so viel Druck ausgeübt, die Feinde zu bekämpfen; so viel Beton gegossen, sich dahinter zu verstecken? Bei der DDR mußte ich manchmal an einen alten Hahnrei denken, der sich die Wertschätzung und die Treue seiner jungen Geliebten durch teure Geschenke erkauft, bis er selbst kein Dach mehr über dem Kopf hat.

»Wir identifizieren uns nicht mit jedem Wort und jeder Handlung Wolf Biermanns und distanzieren uns von den Versuchen, die Vorgänge um Biermann gegen die DDR zu mißbrauchen.« Identifizieren und distanzieren waren die beiden unproduktivsten und zugleich wichtigsten Tätigkeiten des DDR-Menschen. Die Grundlage dazu war der Klassenstandpunkt. Je wuchtiger der Klassenstandpunkt bei einem Bürger ausgeprägt war, desto nutzloser war sein Wirken in der Gesellschaft. Der Kumpel Adolf Hennecke und der Radfahrer Täve Schur mögen, solange ihre Kräfte nicht erschöpft waren, Ausnahmen gewesen sein, und zwar »eingedenk« ihrer naturgegebenen Anständigkeit, die ihnen dann prompt nur mindere Regierungsaufgaben eingebracht hat. Nein, mit jedem Wort Biermanns konnten sich die dreizehn Künstler nicht identifizieren, ich glaube beinah, daß sie nicht einmal die Hälfte der Biermannworte für identifizierungswürdig angesehen hätten. Am besten wären dafür noch die alten Gedichte geeignet gewesen, wo die Mädchen stets weiße Knie haben mußten. Nicht anders konnte es mit seinen Handlungen sein, die darin bestanden, daß er sich mit Pfaffen zusammentat, um sich ihre Kirchen zu borgen und sie mit unfrommem Gesindel zu füllen. Hat die Dreizehnerbande die Vorgänge um Biermann nicht selbst gegen die DDR mißbraucht? Die wollten die Petition glatt im Zentralorgan der SED NEUES DEUTSCHLAND veröffentlichen, da lachten ja alle DDR-Hühner. Der Text war ein gefundenes Fressen für die Westagenturen, und, schlau wie die Dichter waren, haben sie sich schon bei seiner Formulierung davon distanziert. Das zeigt die hohe Distanzierungskunst, die in der DDR erblüht war.

»Biermann selbst hat nie, auch nicht in Köln, Zweifel darüber gelassen, für welchen der beiden deutschen Staaten er bei aller Kritik eintritt...« Des Dichters Taten sind seine Worte: »Sozialismus, schön und gut, doch was man uns hier aufsetzt, das ist der falsche Hut.« Wie kann ein nachdenklicher Mensch für einen Staat eintreten, und schon überhaupt für einen der beiden deutschen? Wer für einen Staat eintritt, wird enttäuscht, sofern er das für seine Reifung nötige Alter erreicht. Biermann hat es erreicht, schon nach rund dreißig Jahren war er von dem Arbeiter-und-Bauern-Staat, für den er als junger Mann eingetreten war, tief enttäuscht. Deutsche Staaten mögen übrigens Landsleute nicht, die von ihnen enttäuscht sind. Ein deutscher Staat kann sich das nicht vorstellen. Er kann sich Millionen Menschen vorstellen, die für ihn eintreten, ihn toll finden, ihm zujubeln, aber jeder ist ihm unheimlich, der von ihm enttäuscht ist. Staaten können derart eifersüchtig sein, daß sie Enttäuschte verstoßen oder beschießen. Wer es unangebracht findet, ein intimes Verhältnis mit einem Staat anzufangen, der sollte schon gar nicht auf sozialistischem Gebiet siedeln.

»Wir protestieren gegen seine Ausbürgerung und bitten darum, die beschlossenen Maßnahmen zu überdenken. 17. November 1976.« Für den Laien oder den Westdeutschen, der Unterwürfigkeiten dieser Art höchstens aus seinen Briefen ans Finanzamt kennt, scheint der Text an dieser Stelle bloß Männchen zu machen, wenn da nicht das Wort »protestieren« Verwendung gefunden hätte. Es gilt als sicher, daß diese erste Person Plural von »protestieren« in einem Brief an die Regierung der DDR während ihres siebenundzwanzigjährigen Bestehens noch nie geschrieben worden ist. Zwar ist das ungeheuerliche Wort die Folge des bis dahin schwersten Regierungsfehlers gewesen, das wissen wir nun, dennoch bleibt es eine große Tat. Wie eine Bowlingkugel raste dieses Wort unter die Politbürokegel. Alle neune. Der Kulturdompteur im Politbüro hieß Werner Lamberz, er galt als intelligent, feinfühlig, man hielt ihn für den Kronprinzen von Honecker und hoffte, daß er diesen bald ablösen würde. Lamberz war eins neunzig groß, trug eine goldgerandete Brille, hatte die Zähne in Ordnung, war brav gescheitelt, aber das Exotische an ihm war, daß er aus seiner Vaterstadt Mayen einen rheinischen Akzent behalten hat, wodurch der Klang seiner Worte angenehmer war als ihre Bedeutung.

Er war bereit, sich mit den Benutzern des Wortes »protestieren« zu treffen, wo immer sie wollten, nur nicht in seinem Politbüro, das war ihm für die Bande (Westsynonym: Pinscher) denn doch zu schade. Inzwischen hatten über hundert Vario-Künstler der DDR die Petition unterschrieben, darunter auch solche, die schon an einen neuen Wind glaubten, in den sie ihre Jacken hängen könnten. Dem Stephan Hermlin, der, chauffiert von dem später als Journalist bekannt gewordenen Rolf Schneider, mit dem Text tatsächlich zum NEUEN DEUTSCHLAND fuhr und um Veröffentlichung nachsuchte, zeigte das NEUE DEUTSCHLAND die Stelle, wo der Zimmermann das Loch gelassen hat. Von dem Verlagsgebäude hat Hermlin nur das Foyer, von den Genossen dort nur den Pförtner kennengelernt. Aber größer wird seine Neugier schon nicht gewesen sein. Hermlin, der nie aufgehört hatte, den Sozialismus in seiner ganzen Vielgestaltigkeit zu studieren, wird seinen Besuch beim NEUEN DEUTSCHLAND denn auch resigniert als zum Scheitern verurteilt angesehen haben. Während etwa derselben Zeit war Stefan Heym unterwegs zur Reuters-Agentur. Er verstand was von psychologischer Kriegführung und war deshalb äußerst verzweifelt, denn nur in äußerster Verzweiflung konnte er dem Klassenfeind erlauben, einen Blick auf das Wort »protestieren« zu werfen.

Das ließ sich der Klassenfeind nicht zweimal zeigen, die westdeutschen Zeitungsmacher waren hellwach, alle Unterzeichner wurden über Nacht berühmt, viele fanden ihre verschmähten Namen zum ersten Mal oder endlich wieder mal gedruckt, viele waren unglücklich, durch Urlaub oder Krankheit den großen Augenblick ihrer Friedrich-Wilhelm-Setzung unter die Petition versäumt zu haben, manche schickten aus der – wenn auch nicht allzu weiten – Ferne Depeschen, in denen nichts als ihre Namen zu lesen waren. Sie hofften, in dieser Stunde schon richtig verstanden zu werden. Es gab Tränen und Vorwürfe von Leuten, die sich auf der Liste nicht fanden.

Wie es zu der ungewöhnlichen Initiative von Lamberz gekommen ist, einem Künstlerkollektiv auf privaten Plüschsesseln den folgenden Vortrag zu halten, weiß man nicht. Vielleicht war er es, der gegen die Bedenken seiner Politbürokollegen den Biermannrausschmiß ausgeheckt und durchgeführt hat. »Nun sieh zu, wie du das wieder in die Reihe bringst«, könnten sie gesagt und ihm Beine gemacht haben. Oder umgekehrt, die Kollegen waren es, die gegen seine Bedenken den Biermannrausschmiß ausgeheckt und durchgeführt haben. »Oh, das haben wir nicht vorausgesehen, Genosse Lamberz«, könnten sie in dem Fall gesagt haben, »geh zu diesen Schlangen, die wir an unsern Busen genährt haben, auf dich hören sie vielleicht noch.«

Hastig ließ er mit Hilfe des Schauspielers Hilmar Thate einen gemischten Künstlertrupp zusammentelefonieren, man beschloß, sich in meiner Wohnung zu treffen, wahrscheinlich hatte ich den längsten Tisch und die meisten Stühle. Was niemand wußte: Ich besaß auch eines der damals modernsten Tonbandgeräte aus dem Westen. Das hatte einen Knopf, mit dem man eine Bandgeschwindigkeit von $2^{1}/_{2}$ cm pro Sekunde einstellen konnte.

Der Chef der Abteilung Agitation und Propaganda, Werner Lamberz, schien seine Mitstreiter so ausgewählt zu haben, daß die Gefahr, an Brillanz übertroffen zu werden, von vornherein gebannt war. Der eine, Heinz Adameck, war Intendant des Fernsehens der DDR und damit quasi Regierungsmitglied, denn das Fernsehen gehörte der Regierung, den anderen brachte Lamberz aus seinem Büro mit, er hieß Karl Sensberg, und man kann von ihm sagen, daß er nicht zu der Brigade gehörte, welche die tiefen Teller erfunden hat.

Natürlich war es für alle eine Ehre, teils ein- teils vorgeladen worden zu sein. Ich gehörte ausnahmsweise dazu, weil man mich als Gastgeber schlecht aussperren konnte.

Mir war Lamberz vor Jahren in einer Dresdener Hotelhalle

begegnet, wo er mit offenen Armen auf mich zukam und mir nach wenigen Minuten das »Du« anbot. Wer mich kennt und meinem proletarischen Charme je ausgesetzt war, weiß, daß das möglich ist. Adameck war selbstverständlich der Duzfreund aller brauchbaren Schauspieler, auch der parteilosen, anders wäre die Fülle seiner Macht für einen abhängigen Freischaffenden nicht zu ertragen gewesen.

Mein ehrbares Haus dürfte an diesem Nachmittag des 20. November 1976 die bestbewachte Immobilie Ostberlins gewesen sein. Für vier Stunden lebten wir inmitten eines Fuhrparks von dunklen Limousinen.

Nachdem alle sich versammelt hatten, räusperte und äußerte sich der Schauspieler Thate, der, zusammen mit seiner Frau, der Schauspielerin Angelica Domröse, nicht zitiert sein möchte, weshalb ich die Beiträge dieser beiden zum Teil streiche und diejenigen indirekt vortrage, die zum Verständnis nötig sind. Den richtigen Namen des dritten Mannes in der Regierungsdelegation habe ich geändert, weil ich den Mann nicht finden konnte. Alle anderen Teilnehmer des folgenden Gesprächs haben zum Abdruck ihre Zustimmung gegeben.

Hilmar Thate trägt vor,

er sei, zusammen mit seiner Frau, von dem Fernsehintendanten Heinz Adameck zu einer Unterredung gebeten worden, man habe dann gemeinsam zu einem weiteren Gespräch das Poilitbüromitglied, den Chef für Agitation und Propaganda, Werner Lamberz aufgesucht. Die Petition hätten er und seine Frau nun mal unterschrieben, es habe Reaktionen aus dem Westen gegeben, man habe sich Klarheit über die Lage verschaffen wollen. Sie seien beide nicht bereit gewesen, ihre Unterschriften zurückzuziehen oder ihre Meinungen zu ändern, statt dessen hätten sie vorgeschlagen, ein größeres Treffen mit mehreren Künstlern zu arrangieren, bei der Gelegenheit sollte offen und ehrlich über die gesamte Situation gesprochen werden.

Stefan Heym:

Das ist sehr schön, da würde ich jetzt den Vorschlag machen, daß der Genosse Lamberz mal referiert, wie diese Entscheidung, Biermann nicht wieder ins Land zurückzulassen, zustande gekommen ist und aus welchen Gründen. Denn ohne daß wir das wissen, können wir gar nicht intelligent mit Ihnen sprechen. Ich möchte vorausschicken, daß es mich sehr freut, den Genossen Lamberz auf diese Weise kennenzulernen, von dem ja – um den »König David Bericht« zu zitieren – das Gerücht geht, er sei einer der Weisesten im Lande.

Werner Lamberz:

Ich glaube, wir können auf Zensuren verzichten. (Bemühtes Lachen aus der Runde.) Wir sind hier nicht in der Schule.

Stefan Heym:

Das war keine Zensur, das war ein Kompliment.

Lamberz:

Ich bleibe lieber bei der Wahrheit. (Pause.)
Vielleicht machen wir's doch so, ohne Referat, mir mißfällt der Begriff des Referierens. Wir machen's wirklich in Form einer Aussprache, wobei ich auch zwei Dinge vorwegschicken möchte. Hilmar Thate sprach schon von der Genesis dieser Zusammenkunft. Das war eine ganz persönliche Initiative von Heinz Adameck und mir, und heute spreche ich nur in meinem Namen, nicht im Namen einer Institution oder im Namen eines Kollektivs, und ich glaube, so soll man auch das Treffen auffassen. Und auch Heinz

Adameck und Karl Sensberg, ein guter Freund von mir — wir sind alle als Personen hier.

Was unsere Beweggründe waren, mit Angelica Domröse und Hilmar Thate zu sprechen, das war einfach die Sorge, wohin sich alles entwickelt, wie das alles eskaliert, was aus einer gut gemeinten oder richtig gedachten, sicherlich unterschiedlich zu bewertenden Absicht geworden ist, wie verschiedene Leute mitmischen bei dieser Absicht, und wie es heute gar nicht mehr um das Problem der Ausbürgerung oder Nichtausbürgerung geht, sondern um das **einer** politischen Konzeption und einer **anderen** politischen Konzeption, um die Versuche der anderen Seite, mit dieser ganzen Angelegenheit sich in die DDR einzumischen, in einer sehr massiven Form. Die FRANKFURTER ALLGEMEINE hat davon gesprochen, daß die gestrige Sendung für die Bewohner der DDR gemacht wurde. (Gemeint ist der Biermann-Auftritt in Köln.) Aber wir haben immer gedacht, daß das Fernsehen der BRD für die Bürger der BRD da ist, und nicht für die Bürger der DDR. Also, unserer Meinung nach geht's schon gar nicht mehr um Kritik an irgendeiner Sache, sondern es geht wirklich um eine prinzipielle Auseinandersetzung mit der Politik unseres Staates, mit dem Charakter unseres Staates, mit dem Wesen unseres Staates und mit einem Protest, der vor allen Dingen von der anderen Seite ausgenutzt wird in einer Art und Weise, die sich natürlich kein Staat gefallen lassen kann. Worauf liegt denn die Hauptbetonung? Die liegt doch gar nicht mehr auf einem Gespräch zwischen den ersten Unterzeichnern und der Regierung. Abgesehen davon, daß in diesem Dokument ja auch nicht nur vom Gespräch gesprochen wurde, sondern es heißt am Schluß: **Protest.** Und diejenigen, die man jetzt sammelt, damit sie unterschreiben, tun das ja alle nur noch unter einer Zeile, unter einer Deckzeile: wir schließen uns dem **Protest** an, nicht: wir schließen uns einem Gespräch an, oder: wir sind für eine Unterredung. **Wir protestieren! Wir protestieren!**

Heym:
...Und bitten...

Lamberz:
Wie bitte?

Heym:
Und bitten.

Lamberz:
Gut. Aber der Protest ist ja **auch** da. Ich meine, bei denen, die sich anschließen, geht es vor allem um den Protest. Sicherlich gibt's über Biermann verschiedene Auffassungen. Ich zweifle schon den ersten Satz der Erklärung ganz entschieden an. Man sagt dort, es gab auch unbequeme Dichter in der Vergangenheit. Nur, die unbequemen Dichter der Vergangenheit haben sich meistens gegen die Reaktion gewendet. Und **dieser** unbequeme Dichter wendet sich gegen den Fortschritt in erster Linie. Seine Hauptkritik wird nicht an der Reaktion geübt.

Was hat nun zu der Entscheidung geführt? Ich muß hier betonen, es handelt sich um eine Entscheidung der Regierung der DDR. **Der Regierung der DDR.** Zu dieser Entscheidung, die ich voll billige, voll unterstütze, hat das Verhalten von Biermann in der BRD geführt. Ich kann hier aus voller Überzeugung sagen: Ich habe keinerlei Absicht gehabt, keinerlei Vorentscheidungen oder Entscheidungen getroffen **vor** diesem Auftritt, Biermann aus der DDR auszubürgern. Wer das behauptet, lügt. Weder in der Parteiführung noch in einem anderen Gremium, irgendeinem weiteren Gremium, ist mir bekannt, daß eine solche Vorentscheidung getroffen worden wäre.

Dieser Auftritt war außerordentlich schockierend.

Biermann ist ja bekanntlich gefahren, um die Metall-Jugend zu unterstützen und diejenigen, die ihn eingeladen haben, in ihrem Kampf, in ihren Aktionen. Aber ich weiß nicht, ob man diesen Auftritt als eine Unterstützung der Metall-Jugend betrachten kann. Denn das Wesentliche dieses Auftritts war die Auseinandersetzung mit dem Gesellschaftssystem der DDR. Also wurden doch die Dinge auf den Kopf gestellt. Ich nehme an, die Metall-Jugend kämpft in erster Linie für die Änderung der Gesellschaftsverhältnisse in der BRD. Also muß man sich mit diesen Verhältnissen auseinandersetzen und weniger mit der Bürokratie oder anderen Erscheinungen in der DDR. (Pause.) Also, wenn man sachlich die Dinge betrachtet, haben wir doch große Geduld gehabt, sehr große Geduld sogar. Sicherlich gibt es in diesem Raum viele, die alles oder fast alles oder einiges von dem kennen. Ich hatte das Vergnügen, einiges zu lesen. Nun bin ich ein geduldiger und ruhiger Mensch. Aber ich kann verstehen, daß viele – einfache Leute – bei uns, wenn sie das alles hören, ziemlich in Rage kommen. Ich spreche nicht von den beiden, die mich begleiten, die wirklich tolle Jungs sind und darum keine »Stasischweine«. (Er spricht von zwei jungen Männern, die als einzige sichtbar auf der Straße patrouillieren.) Das sind unsere Jungs, sie sind bei uns groß geworden, sind unsere Leute, in unsere Schulen gegangen, die haben den Staat mitgebaut. Die lieben uns. Das sind keine »Schweine«.

Krug:
Wer?

Lamberz:
Was Biermann sagt ... Meine Jungs zum Beispiel, die mich begleiten.

Oder: Ich wohne nicht in einem Ghetto. Pardon, ich wohne

wirklich nicht in einem Ghetto. Ich weiß, hier gibt es mehrere, die Antifaschisten in der Familie haben. Mein Vater hat sechs Jahre im KZ gesessen, meine Mutter ist durch die Drangsalierungen der Nazis umgekommen. In meiner Familie gibt's mehrere. Aber Pardon, trotzdem lebe ich nicht im Ghetto. Und außerdem leben wir nicht in Kasernenhöfen oder von Kasernen umgeben. Das ist nicht wahr. Uns zu vergleichen mit den Nazis und das dort, wo wir wohnen, mit Ghettos zu vergleichen. Biermann sagt, wir sind isoliert. Also, wer im Wald lebt, ist isoliert? Die Bourgeois, die in der Stadt leben, sind mit dem Volk verbunden? Und die Kommunisten, die im Wald leben, sind isoliert? Ob jemand isoliert ist oder nicht isoliert ist, hängt von der Politik ab, die er macht. Es gibt Leute, die können weit entfernt von einer Stadt leben, aber eine so menschliche Politik, eine Arbeiterpolitik machen, daß sie viel verbundener sind als diejenigen, die mitten in der Stadt wohnen. Ich bringe das nur als Beispiel. Ich könnte hier vieles zitieren, und ihr wißt ja selbst, was er geschrieben hat über den Staatsapparat, über die Arbeiter in unserem Land, seine Haltung zur Grenze, seine Haltung zu »68«, seine Haltung zur Entwicklung auf dem Lande, all das sind doch Schnittpunkte einer politischen Entscheidung gewesen. Das hat uns nicht berührt und nicht bewegt und auch die Mitglieder der Regierung offensichtlich nicht so bewegt, daß sie vor dem Auftritt in Köln zu einer solchen Entscheidung kam. Aber mit Köln kam eine andere Situation. Mit Köln ist Biermann auf dem Boden des anderen Staates in erster Linie in einer solchen Form gegen uns aufgetreten, daß – so glaube ich – der Staat berechtigt ist, hier eine solche Konsequenz zu verlangen und auszuüben, wie das getan wurde. Denn jeder Bürger hat doch seine Pflichten. Ja, man kann sich unterschiedlich bewegen: Ich habe mit großem Interesse gesehen, wie Stefan Heym sich in der Talk-Show bewegt hat. (Er bezieht sich auf eine Talk-Show mit Heym im Westfernsehen.) Meiner Meinung nach so, wie sich das gehört. Wer in einer so komplizierten Frage – für die DDR wirklich komplizierten Frage – wie der Selbstverbrennung von Brüsewitz mit einer staatsbürgerlichen Souveränität geantwortet hat... Und er hatte keine solchen geistigen Riesen als Partner, von denen ihm einer einen Ball hätte zuwerfen können... Er hat gesagt: Ich bin bereit zu diskutieren, ich würde mich freuen, im Fernsehen der DDR zu sprechen... Das war eine Art Happening. Und damit hat er eigentlich gezeigt, wie man auftreten kann, ohne sich mit anderen zu identifizieren. Und zwischen dem, was Heym dort gesagt hat zum Beispiel und dem, was Biermann macht, meine ich, gibt es einen qualitativen Unterschied. Also, ich bitte zu verstehen, daß aus der Situation heraus, die sich ergeben hat, aus dem Auftritt von Biermann und den weiter beabsichtigten Auftritten eine solche Entscheidung gekommen war.

Heym:
Ich möchte gern festhalten, daß die Entscheidung der Regierung von Montag auf Dienstag gefallen ist.

Lamberz:
Das weiß ich nicht. Da müßte ich...

Heym:
Doch. Am Montag ist er aufgetreten, am Dienstag kam die Ausbürgerung. Am Montag abend müßte die Entscheidung gefallen sein, entweder über Nacht oder am nächsten Morgen.

Lamberz:
Die ist sicherlich am nächsten Tag gefallen.

Karl Sensberg:

Die Entscheidung, die Entscheidung... Aber das ist ja nicht so, daß man sich das ganz plötzlich überlegt... Ich meine, der Genosse Lamberz hat ja gesagt, daß der da in Köln so aufgetreten ist. Und das ist der Punkt.

Jurek Becker:

Genosse Lamberz hat auch gesagt, daß vorher nicht daran gedacht worden ist, daß der Auftritt der die Aussperrung auslösende Effekt war.

Heym:

Die Entscheidung fiel innerhalb von zwölf Stunden. Sie sagen selbst, vorher gab es keine Absicht. Das sollten wir doch mal festhalten.

Lamberz:

Jetzt möchte ich aber folgendes sagen: Halten wir hier was fest? Ich bitte, eins zu klären, ja?: Wir halten hier nichts fest.

Heym:

Aber da Sie gesagt haben, das ist eine Entscheidung von gestern auf heute gewesen – nicht? –, so will ich das nur noch mal wiederholen. **Wiederholen.** Damit das auch wirklich klar ist. Denn mir ist es bisher noch nicht vorgekommen, daß Regierungsentscheidungen von doch ziemlichem Gewicht – Sie mußten sich darüber klar sein, was kommt – in so kurzer Zeit und ohne Diskussion des Politbüros und so aus der Lamäng gemacht worden sind.

Lamberz:

Das ist nicht aus der Lamäng gemacht worden, denn es gab ja vorher schon eine ganze Reihe von Stimmen, die verlangt haben – nicht in der Regierung, sondern in Parteiorganisationen und in parteilosen Kollektiven, es gab sogar Westjournalisten, die gesagt haben: – warum habt ihr ihn nicht vor Gericht gestellt? Vorher war er doch ein unbekannter Mann. Als er zum ersten Mal – ich glaube, das war vor vier oder fünf Monaten – im Zweiten Westfernsehen auftrat, gab es schon eine ganze Reihe von Stimmen aus den verschiedensten Schichten, die verlangt haben, gegen ihn auch juristisch vorzugehen. Deshalb ist es keine emotionale Entscheidung gewesen, die über Nacht erfolgt ist, sondern es hat sich hier vieles angehäuft.

Und als Biermann dann den Antrag gestellt hat zu fahren und als entschieden worden ist: ja – und noch einmal: nicht vom Politbüro und von niemand personell, sondern auf der Regierungssitzung; alle anderen Vorstellungen sind absoluter Unsinn – und als er gefahren ist, da hat man natürlich sehr aufmerksam hingesehen: Was wird passieren?

Was ist herausgekommen, und darum geht's mir eigentlich? Sicher, über Biermann könnte man viel diskutieren und unterschiedlicher Meinung sein. Ich persönlich schätze die Lage jetzt so ein: Es handelt sich nicht mehr um Biermann, sondern es handelt sich wirklich um eine politische Plattform, die von der anderen Seite entwickelt wird und wo er auch benutzt wird, es handelt sich im Grunde um unseren Staat und unsere Sache. Ich habe noch nicht erlebt, daß ein Kommunist – er sagt ja, er sei Kommunist – von der Presse der Bourgeoisie so popularisiert und von den Massenmedien der Bourgeoisie so benutzt wurde.

Krug:
Das ist nicht Biermanns Schuld ...

Lamberz:
Dem Louis Corvalan geht's viel schlechter als dem Biermann. Ich spreche nicht allein von der Schuld und gar

nicht von **seiner** Schuld. Die Frage ist: Ist dieses Programm der anderen Seite – ist das das Programm der Leute, die sprechen wollten und protestierten, oder muß man sich gegen dieses Programm wehren, muß man sich davon distanzieren? Man muß hier eine klare und feste Meinung zum Ausdruck bringen. Oder läßt man die Dinge laufen? Darum ging's mir eigentlich.

Krug:
Werner, es gibt in der DDR wohl kaum einen Typen, bei dem man vorher so sicher sein kann, daß er, wenn man ihn rausläßt, genau dasselbe sagen und tun wird, was er gesagt und getan hat, solange man ihn nicht rausließ. Es gibt kaum einen Mann, bei dem das, was er machen wird, so absehbar ist wie bei Biermann.
Ich habe Stefan Heyms Talk-Show auch gesehen und ihn genauso bewundert wie du ...

Becker:
Ich auch.

Frank Beyer:
Ich auch ...

Krug:
Ich habe ihn um die Möglichkeit, überhaupt so clever sein zu können, beneidet. Ich wäre sicher stolz gewesen, wenn mir in einer ähnlichen Situation so viele pfiffige Sachen eingefallen wären.
Du sagst, wer behauptet, der Entschluß über Biermanns Rausschmiß sei von vornherein getroffen gewesen, lügt. Ich kann hier nur vermuten und verdächtigen, lügen nicht. Du sagst, du warst nicht dabei und weißt nicht, wie das im einzelnen vor sich gegangen ist. Wenn's doch nur den Lie-

ben Gott gäbe, und er wäre dabeigewesen, und er würde sagen: Manfred, ich hab's gesehen, ich war dabei... Ich würde mir 'ne Hand dafür abhacken lassen, daß es von vornherein beschlossene Sache war, ihn loszuwerden. Ich kann nichts anderes glauben. Das ist bei mir **ein** Punkt. Der zweite ist der: Es ist doch nicht unsere Schuld, daß jedesmal, wenn Leute in diesem Land euch etwas sagen wollen, das sich gegen eine eurer Entscheidungen richtet oder das eine eurer Entscheidungen modifizieren oder ändern will, daß die Leute dann jedesmal in dieselbe Zwickmühle kommen, nämlich in die Zwickmühle, daß sie irgendeinen Schrieb bei ADN abgeben und ADN silberhell kichert und die Leute abweist nach der Formel: Das ist eine Frage des Klassenstandpunktes, ob man mit Kritik an die Öffentlichkeit geht oder nicht. So stehen sie dann als konspirative Dummköpfe in der Gegend rum und können euch nicht erreichen und erreichen auch nie eine Veröffentlichung. Du hast das Wort »protestieren« in dem Text sehr herausgestrichen. Natürlich ist auch von Protest die Rede. Gegen eine so ungeheuerliche Entscheidung, einen aus dem Land zu schmeißen, kein Wunder.

Man sieht's ja, die Leute hängen immer am Arsch vom Klassenfeind rum und müssen darüber nachgrübeln, ob sie den nicht brauchen, wenn sie in der nächsten Umgebung gehört werden wollen. Das ist ein furchtbarer, undemokratischer, bedauerlicher Zustand. Diesen Zustand zu ändern, daran sollten ein paar Gedanken verschwendet werden. Es sollten Möglichkeiten geschaffen werden, anständigen Leuten, die sich nach Kräften am sozialistischen Aufbau beteiligt haben und beteiligen, im eigenen Land eine Öffentlichkeit zu verschaffen, auch und gerade für kritische Auseinandersetzungen und Meinungsverschiedenheiten. Wenn es das gäbe, wäre Biermann gestern abend nicht vier Stunden lang über den Sender gegangen.

Lamberz:

Manfred, erstens: Führt man ein Gespräch, wenn man mit Leuten diskutieren will, über eine Nachrichtenagentur? Zweitens: Wer hat zum Beispiel – also mich kennen viele Leute, ich bin noch nie einer Debatte ausgewichen, ich habe auch gesagt, zu mir kann kommen, wer will, ich diskutiere auch mit jedem, auch in diesem Kreis – wer hat angerufen? Bei Honecker, was weiß ich, bei Hager, bei Lamberz, bei Y, bei Z in dieser Sache? Dritte Frage: Wie erklärst du dir, daß die Nachrichtenagentur der BRD als erste diese Erklärung hatte, **vor** uns?

Klaus Schlesinger:

Das stimmt nicht.

Lamberz:

Aber entschuldige! Ich kann euch die Zeitungen geben, wann DPA die Erklärung rausgegeben hat ...

Heym:

Das war um fünf Uhr nachmittags. Der Genosse Herrmann im NEUEN DEUTSCHLAND hat sie um zwei Uhr nachmittags gehabt.

Lamberz:

Genosse Herrmann? Weiß ich nicht.

Heym:

Herrmann wurde gesagt, er soll sie an ADN weitergeben. Von Stephan Hermlin persönlich, Sie können ihn anrufen. Wenn der Genosse Herrmann nicht den Mut hat, diese Erklärung an ADN weiterzugeben, dann ist das die Angelegenheit vom Genossen Herrmann. Das kann niemandem anders zum Vorwurf gemacht werden.

Lamberz:

Also, ich kann nur feststellen, daß ADN diese Erklärung nach DPA bekommen hat und ich persönlich – ich war zu dieser Zeit nicht in Berlin – durch einen Anruf erfahren habe, daß die Nachrichtenagenturen der BRD das bringen. Und, eine andere Frage, wenn man ein Gespräch will, muß man sich da an die andere Seite wenden?

Krug:

Das Dilemma hab ich doch eben erklärt. Laß mich eine Frage stellen: Glaubst du – das verkürzt die Sache vielleicht – glaubst du, daß diese Erklärung jemals im NEUEN DEUTSCHLAND hätte stehen können?

Heinz Adameck:

(Intendant des Fernsehens der DDR) Ist denn das dein Problem, Manne?

Ich nehm dir das persönlich übel. Gerade deine letzte Frage. Wir haben über alles in den letzten zehn Jahren geredet, über Stücke, Stoffe und so weiter. Das hab ich auch den beiden (Thate & Domröse) schon gesagt. Bloß in so einem entscheidenden Moment ... Wolltet ihr nun ein Gespräch oder wolltet ihr Informationen haben, oder wolltet ihr euch streiten – von mir aus auch streiten –, das kann man doch bei uns einfacher haben. Du (Thate) hast mich angerufen. Sie (Thate & Domröse) haben mich angerufen. Dem Frank (Beyer) nehm ich das auch übel, der hat auch nicht angerufen. Wieso könnt ihr mit jemand nicht in Kontakt kommen, den ihr kennt? Das kann doch nicht immer nur für Sachen gut sein, wo ihr was braucht. Das ist die erste Frage. Und das nehm ich dir (Krug) persönlich übel, daß du uns da jetzt attackierst. Oder nicht? Ich empfinde das als einen Vertrauensbruch, wenn ihr in dem Moment, wo es mal bei euch um was geht, nicht kommt. Sonst immer! Natürlich hätte es das, was es jetzt hier gibt, in normaler Weise geben können. Oder geht's euch um was anderes?

Lamberz:
Wenn Dienstag von euch irgendeiner bei mir oder woanders angerufen hätte ...

Adameck:
Krug, warum hast du nicht angerufen?

Krug:
Was gibt's da anzurufen? Ich saß hier – ich habe den Brief hier liegen – und schrieb einen schönen deutschen Hausfrauenbrief an den Genossen Erich Honecker, dem ich im ganzen Leben keinen Brief schreiben würde, ich meine, dessen Zeit ich nicht in Anspruch nehmen würde. Aber in diesem Fall hatte ich den Eindruck, daß er der richtige Adressat wäre. Jedenfalls konnte ich mir nicht vorstellen, daß so 'ne Entscheidung ohne sein Wissen gefällt worden war. Deshalb schrieb ich an ihn. Ich sitze also da und schreibe schon eine ganze Weile, da kommen zwei Freunde und legen mir diesen knappen, kurzen Text vor. (Das waren die Schriftsteller Schlesinger und Plenzdorf.) Ich hatte schon gut fünf Seiten fertig und sah meine Felle schwimmen, ob der Genosse Honecker überhaupt Zeit hätte, so 'n langen Brief zu lesen. Da sehe ich diesen kurzen, freundlichen Text, der mir total aus dem Herzen geschrieben war. Ich fragte: Wie soll das laufen? Da wurde mir gesagt, daß das erst bei uns hier abgegeben wird, mit der Bitte um Veröffentlichung. Und nach einer Frist von mehreren Stunden, von vier oder drei Stunden, glaub ich ...

Jemand:
... Drei Stunden ...

Krug:

... Also nach drei Stunden wird es dann, falls es bei uns nicht veröffentlicht wird, wird es dann ... himmelherrgottnochmal ... nicht an eine deutsche, sondern an eine ausländische Agentur gegeben, ich glaube an Reuter.

Adameck:

Das finde ich unanständig.

Krug:

Das finde ich nicht unanständig.

Adameck:

Wo ist das Vertrauen?

Becker:

Wo ist das Vertrauen. O.K. Nach 27 Jahren Sozialismus in diesem Land habe ich den festen Wunsch, solche Meinungsverschiedenheiten, die mich betreffen und die meine Emotionen hochfliegen lassen, in der Öffentlichkeit auszutragen. Und wenn man 27 Jahre lang die Leute für zu blöde hält, so was zur Kenntnis zu nehmen, dann wird das Irre passieren, daß sie allmählich wirklich zu blöde werden. Und mit der Zeit schafft man es, diesen Weg wirklich zu verschließen. Das ist für mich ein äußerst wichtiger Punkt. Was diese Resolution von heute betrifft, die ich in der Zeitung gelesen habe, also die sich gegen die zwölf Autoren und Mitunterzeichner richtet: Ich weiß sehr genau von vielen Leuten, mit denen ich gesprochen habe und die ich bewegen wollte, sich dem anzuschließen, daß sie es aus verschiedenen Gründen – unter anderem aus Gründen der Parteidisziplin – zum Teil abgelehnt haben, sich daran zu beteiligen, obwohl sie der Meinung der Unterzeichner sind und andere Initiativen gestartet haben: Briefe ans

Politbüro, andere sind selbst hingegangen usw. Ich habe davon nicht ein einziges Wort bei uns gelesen, obschon ich weiß, daß es sehr viele Personen gibt, die dies getan haben. Ich bin auch in der Lage, viele Namen zu nennen. Ich glaube, daß hier nur der Teil eines Bildes – in einer Art und Weise, die mich nicht befriedigen kann – geliefert wird. Und: Hier distanzieren sich in unserer Presse Leute von einer Aktion, von der die Leser dieser Presse ja eigentlich nichts wissen, es sei denn, sie hätten sich anderer Massenmedien bedient.

Beyer:
Davon gehen wir ja stillschweigend aus, daß das eh geschieht, nicht?

Lamberz:
Meine Frage ist noch nicht beantwortet, ich will mal unterbrechen; warum hat niemand den Weg gesucht, eine normale Diskussion zu erreichen, anzurufen, zu bitten, zu fragen: Kann man sich über dies oder jenes unterhalten.

Schlesinger:
Weil sich dadurch nichts geändert hätte.

Christa Wolf:
Darf ich dazu vielleicht einen Satz sagen, der vielleicht nur auf mich zutrifft. Als diese Frage stand, natürlich haben wir uns diese Frage gestellt, aber wir hatten an demselben Tag den Kommentar des NEUEN DEUTSCHLAND zu der Ausbürgerung Biermanns gelesen. Also, Biermann wurde ausgebürgert, und am nächsten Tag stand dazu der Kommentar im NEUEN DEUTSCHLAND. Und dieser Kommentar ist derart demagogisch und verlogen ... Also ich meine, ich habe mich in den letzten Tagen nicht sehr wohl gefühlt,

aber immer noch wohler als der Schreiber dieses Kommentars, das muß ich schon sagen. Denn was dort steht – ich weiß nicht, ob es den anderen ähnlich geht –, da hab ich mir gesagt: Was soll man da noch reden? Es sind keine Argumente, gegen die ich ankann. Was soll ich gegen Lügen sagen? Wenn da steht »Biermann ist zu jeder Schandtat bereit« ... Was soll der denken, der den Text kennt und der also weiß, in welchem Zusammenhang Biermann das sagt!

Soll ich zum Beispiel hier meine Haltung zu Biermann oder zu unserem Staat ausweisen! Ich könnte es freilich tun, aber ich kann auch noch was anderes sagen auf die Frage von vorhin. Wie das immer ist mit dem Klassenfeind. '69 ist mir folgendes passiert, was ich nicht vergessen habe, weil es sich nämlich in Bahnen eingräbt, die nicht nur im Kopf, sondern ganz woanders verlaufen. Daß ein westdeutscher Kritiker – er hatte offenbar ein Interesse daran – mein damals gerade im Druck befindliches Buch »Christa T.« für sich, für die BRD »eingekauft« und damit erreicht hat, daß es für **hier** tot war. Damit war ich vier Jahre lang sozusagen ein Opfer, obwohl ich nicht, aber auch nur einen Finger breit, diesen Leuten entgegengekommen bin. Möglichkeiten dazu hätte ich gehabt. Ich habe alles gemacht, was ihr mir geraten habt, was dazu gedient hat, sozusagen meine Stellung zu diesem Staat deutlich zu machen. Ich habe einen Preis abgelehnt. Ich hab in einem anderen Fall gesagt: Gebt ihn mir erst gar nicht. Ich mußte ihn sowieso ablehnen. Ich habe mich in Diskussionen drüben – schade, daß ich nicht wie Hermann Kant immer Tonbänder dabei aufnehme – für die DDR wacker geschlagen, all das gilt überhaupt nichts. Es steht dann heute in der Zeitung: »Leute, die unter dem GETEILTEN HIMMEL leben, gehören nicht dazu«. DER GETEILTE HIMMEL ist ein Buchtitel von mir. Also ich gehöre nicht zu denen, die hier in der DDR irgendwas bewirkt haben und am Aufbau dieses Staates teilgenommen haben. Ich bin also draußen. Das würde bedeuten, daß sie mich ausbürgern. Also mich müßt ihr schon anders rausschmeißen als Biermann, um mich rauszukriegen. Das würde ziemlich schwer werden.

Lamberz:
Aber entschuldige: Was im Zentralorgan der Partei steht, ist doch nicht der Beschluß des Politbüros. Wir sind doch nicht für jedes Wort im Zentralorgan verantwortlich.

Wolf:
Nein, das war jetzt kein Angriff gegen dich. Ich wollte nur sagen, wie es passiert. Das passiert dann auch Leuten, die nicht im Traum daran denken, sich in irgendeinen Gegensatz zu unserem Staat zu begeben. Indem man sie **hier** im Stich läßt: Guck mal, was die hier über dich schreiben! Also ist es doch so. Und wie man dann keine Möglichkeit hat, sich zu äußern, hier jedenfalls nicht. Und **ich** hab die Möglichkeit, es **drüben** zu tun, abgelehnt. Ich würde das auch heute immer wieder in Fällen, die mich betreffen, tun. Vor zehn Jahren würde ich wahrscheinlich so eine Erklärung nicht gemacht haben. Und daß ich kein Biermann-Fan bin, weiß jeder. Und Biermann weiß es auch. Aber es ging hier, glaube ich, um eine andere, grundsätzliche Sache. Wenn man so wie von einer Keule getroffen ist von einer Entscheidung, daß einem die Beine wegrutschen, daß einem alles aus der Hand fällt, da muß man sich doch fragen: Was ist jetzt hier eigentlich los? Reagierst du ganz falsch, oder ist jetzt hier wirklich was passiert, was über anderes, was dich auch schon getroffen hat, hinausgeht. Und die Reaktion ist sicherlich aus dieser Emotion heraus mit zustande gekommen. Und ich glaub, da kann ich jetzt für alle sprechen, die da als erste unterzeichnet haben, die übrigens nicht gewollt und gewünscht haben, daß sich dem andere anschließen. Wer

mich gefragt hat, dem habe ich gesagt: Diese Liste ist abgeschlossen. Wir wollen keine Kampagne, wir haben uns das
gut überlegt. Was ein anderer macht, ist eure Sache, aber
überlegt es euch gut. Das war meine Meinung, und das war
Stephan Hermlins Meinung und die anderer, die dort
waren. Wir haben das jedem gesagt. Denn es kamen viele
Fragen. Wir haben jedem gesagt: keine Kampagne, es handelt sich nicht um Erpressungsversuche. Wir haben das
Bedürfnis, uns öffentlich zu äußern. Das war also die Genesis. Wahrscheinlich muß man dazu noch mehr sagen, auch
fragen. Aber ich wollte erst mal wenigstens **das** sagen und
möchte den Krug da sehr unterstützen: ob wir uns nicht
überlegen können, gemeinsam, daß es eine Möglichkeit
geben muß, auch anderslautende, sogar kontroverse, aber
meistens ja differenzierte Meinungen zu Beschlüssen oder
zu bevorstehenden Beschlüssen in der Presse oder anderen
Massenmedien zu diskutieren.

Lamberz:
Warum nicht? Selbstverständlich.

Wolf:
Na ja, es ist nicht so selbstverständlich. Es ist wieder
schwächer geworden.

Lamberz:
Das streite ich nicht ab. Aber das soll es nicht geben? Ich
bitte Sie. Ich werde Ihnen ein paar Diskussionen schicken,
wo es zwischen Kuczynski und Kosiolek Debatten gab über
die sozialistische Ökonomie, in der Presse, **in der Presse**,
vor dem VIII. Parteitag, und zwischen Hanna Wolf und Otto
Reinhold, **in der Presse**: Man muß sie lesen, die gibt es.
Und sehen Sie sich manches »Professorenkollegium« an
im Fernsehen – mein Gott, was wird dort alles diskutiert,

was gar nicht reinpaßt in einen engen sozialistischen Rahmen. Das **ist** doch so.

Krug:
Meinst du etwa die Professorenforen sonntags bei uns im Fernsehen?

Lamberz:
Ja, natürlich haben wir das im Fernsehen. Im Rundfunk und im Fernsehen.

Krug:
Du lieber Gott. Was soll denn da den Rahmen sprengen?

Adameck:
Moment mal, ich mache einen Vorschlag. Wir haben uns vorhin über die Zeit unterhalten. Wenn wir jetzt **damit** anfangen, müßten wir sowieso sagen: was im ND steht, vertreten **wir**; was im Fernsehen läuft, vertrete **ich**. Das führt zu nichts. Wir können hier nicht Einrichtungen kritisieren. Zweitens: Genosse Lamberz hat zu Anfang klar gesagt, über Biermann werden wir uns hier nicht einigen können, da habt ihr unterschiedliche Auffassungen. Wir müssen über die Frage reden, über die Situation, die jetzt entstanden ist. Und die wäre genauso entstanden, wenn wir auf die Dummheit verfielen, so was bei uns zu veröffentlichen. Jetzt ist eine Situation entstanden, die hättet ihr ein bißchen besser beeinflussen können. Das müssen wir auch mal in den Kreis stellen ...

Jutta Hoffmann:
Warum erscheint so ein Artikel, von dem Christa Wolf gesprochen hat, wo einem wirklich das Zittern kommt? Warum erscheint **das**? Warum nicht das andere?

Adameck:
Jutta, warum redest du jetzt auch noch so?

Domröse sagt,
wenn der Text der Petition hier in der DDR erschienen wäre,
hätte niemand ihn mißbrauchen können. Jeder hätte wissen
müssen, daß Biermann drüben nichts anderes singt und
sagt als hier. Sie habe ebenfalls den Verdacht, daß der Rausschmiß geplant und von Anfang an gewollt gewesen sei.

Lamberz:
Angelica, **wir** haben ihn doch nicht eingeladen nach
drüben.

Domröse sagt,
man finde empörenderweise Berichterstattungen über
Biermann, wonach er gefaulenzt habe, während die Arbeiter in den Fabriken hätten arbeiten müssen.

Heym:
Er hat Hunderttausende von Devisen in die Deutsche
Demokratische Republik gebracht.

Lamberz:
Hunderttausend Devisen! Wie denn? Möchte wissen, wo
die liegen.

Heym:
Über die GEMA und AWA. (Anstalten zur Wahrung der
Autorenrechte.)

Domröse sagt,
Biermann werde schlechtgemacht, er habe keine Möglichkeit, sich zu verteidigen, und der Leser werde nicht wirk-

lich informiert. Sein Konzert in Köln habe den Rausschmiß nicht gerechtfertigt. Sie und Thate hätten auch die Absicht gehabt, Honecker zu schreiben. Dann hätten sie sich erst einmal mit Freunden beraten. Viele Leute, auch im Theater, zeigten Angst bei dem Thema.

Krug:
Es gab auch einen Schauspieler, der hat, als ich kam, gesagt: »Biermann? Moment... Kann sein, daß ich den Namen schon mal gehört habe. Hilf mir mal eben, wer ist das? Ach, was du nicht sagst. Was hat denn der in Köln eigentlich gemacht? Da stehen ja tolle Sachen im NEUEN DEUTSCHLAND. Tja, weißt du, den Westkanal sehe ich fast nie, und hier gab's nichts über den Mann zu lesen. Er scheint hier nicht veröffentlicht worden zu sein...«

Dieter Schubert:
Ich möchte auch was dazu sagen. Zunächst, daß ich die Resolution gut finde. Das ist sehr wichtig für uns alle, jedenfalls für mich. Ich bin 20 Jahre in der Journalistik der DDR tätig gewesen, jetzt arbeite ich seit längerer Zeit als Schriftsteller. Zehn Jahre war ich in der JUNGEN WELT, mein Chefredakteur war Joachim Herrmann damals, und ich weiß natürlich, wie bei uns Journalistik gemacht wird und wie Zeitungen entstehen. Also, ich muß sagen, um auf diese Sache zu kommen, daß ich erstens betroffen war von dem Ton, der im NEUEN DEUTSCHLAND zu lesen war über die Geschichte, und zweitens habe ich mich als disziplinierter Mensch – durch die Journalistik vor allem, was mir in der Literatur übrigens zunächst sogar ein bißchen geschadet hat – wirklich gefragt, und das sehr eindringlich: was machst du da, wenn du diese Unterschrift gibst? Wem nützt das? Und ich glaube, nach meinen Erfahrungen unter Journalisten war meine Entscheidung, mich auf dieser

Liste einzutragen, richtig. Denn ich habe keine Möglichkeit gesehen nach meinen Erfahrungen, diese meine Auffassung und die anderer bei uns veröffentlicht zu sehen. Vorhin war hier von Vertrauen die Rede. Vertrauen ist eine Sache von Gegenseitigkeit. Ich glaube, hier ist in den letzten Jahren – und man muß bei dieser Situation mal die Ursachen sehen für eine solche spontane massenweise Beteiligung –, hier ist eine Art Vertrauensvakuum entstanden. Ich glaube, daß es notwendig ist, dieses Vakuum auszufüllen mit schöpferischen, freimütigen Diskussionen, die wir übrigens im Vorstand des Berliner Schriftstellerverbandes schon eine Weile führen, aber nicht in der Öffentlichkeit. Heute noch nicht. Das ist eine ganz wichtige Konsequenz aus dieser Situation, über deren weitere Konsequenzen nachher vielleicht noch zu reden ist. Das ist eine ganz wichtige Sache, die wir uns alle überlegen müssen.

Becker:
Laß mich einen Aspekt hinzufügen. Ich halte es persönlich für wichtig, und ein ganz gravierendes Motiv für meine Entscheidung war folgendes. Du (Lamberz) sagst selbst, Biermann war bis zu dieser Geschichte ein in der DDR eigentlich relativ unbekannter Mann. Jetzt steht das im NEUEN DEUTSCHLAND über ihn. Und die fünf Millionen Leser – ich weiß nicht, wie viele das NEUE DEUTSCHLAND hat – müssen sich aufgrund dieses Artikels eine Meinung über Wolf Biermann bilden. Ich lege Wert darauf, daß mein Nachbar erfährt: Ich bin anderer Ansicht. Und es ist für ihn wichtig zu wissen, daß Krug gegen die Ausbürgerung ist. Das soll zu der Meinungsbildung des Nachbarn beitragen. Ich finde es für den wichtig zu wissen: Die Wolf ist dagegen und der Kant ist dagegen.

Lamberz und Adameck gemeinsam:
Kant ist dafür.

Becker:
Nein, Kant ist dagegen. **Kant ist gegen unser Vorgehen.** In diesem Brief von Kant steht, daß er nicht vor Biermann beschützt werden möchte. Das halte ich für einen Aspekt dieser Angelegenheit, den man nicht vergessen sollte. Und ich finde das wichtig. Und natürlich ist es auch wichtig für die Meinungsbildung der Leute, die Namen derer zu wissen, die **dafür** sind.

Krug:
Hier steht ein Sprachakrobat im NEUEN DEUTSCHLAND. Der Komponist Gerhard Rosenfeld ist auf folgendes gekommen, das muß man sich auf der Zunge zergehen lassen: »Mit Erstaunen las ich im ND vom Auftreten Wolf Biermanns in der BRD. Der Bericht über sein Verhalten fordert meine Distanzierung.« Ein Kunstwerk, dieser Satz. Gehört in eine Pfiffigkeitenanthologie.

Heym:
Da seid ihr auf einen Schwejk reingefallen. (Alle lachen.) Genosse Lamberz, ich will mal ein bißchen in die Vergangenheit zurückgehen, um dann auf die Zukunft zu kommen. Im Jahre 1965 klingelte es bei mir früh um sechs an der Tür. Sie kennen meine Tür, Genosse Adameck. Und es standen davor drei Männer in Ledermänteln. Und überbrachten mir einen Zettel, auf dem stand, ich sollte um sieben Uhr im Innenministerium sein. Ich sagte, ich möchte den Zettel gern behalten, weil ich solche Dokumente im Haus haben will. Diese drei Männer im Ledermantel sagten »Nein, Sie geben ihn sofort zurück, Sie haben ihn gelesen.« Ich sagte: »Sagen Sie dem Genossen Dickel, ich werde wahrschein-

lich nicht bis sieben da sein können.« Ich war kurz nach sieben im Innenministerium. Ich wurde von einem Polizeioffizier rechts und einem Polizeioffizier links über die berühmte Seufzerbrücke zum Genossen Dickel geführt, der in einem winzigen Büro saß, hinter einem Schreibtisch. Er bot mir keinen Stuhl an, ich nahm mir einen Stuhl. Dann zog er seinen Schreibtisch auf und zog einen Zettel heraus, er las nämlich ab. Und er las mir einen Befehl vor, in Zukunft davon abzusehen, die DDR zu verleumden.

Ich bin freiwillig in die DDR gekommen. Ich habe die DDR nie verleumdet, ich habe sie immer verteidigt. Ich erzählte dem Genossen Dickel, daß seine Ansicht, ich verleumdete die DDR, auf falschen Informationen beruhte. Das verstörte ihn ungeheuer, denn er las die Aufforderung daraufhin von Anfang an noch einmal vor. Ich sagte: »Ich nehme das zur Kenntnis. Soll ich gleich hierbleiben?« Darauf sagte er: »Nein, auf Wiedersehen.« Ich ging aus dem Büro, wieder in Begleitung dieser zwei Leute und traf auf der Seufzerbrücke – auch begleitet von zwei Leuten – den Genossen Biermann. Das war das zweite Mal, daß ich ihn in einer solchen Situation traf. Das erste Mal war 1956. Ich war im Krankenhaus. Nun tat sich einiges hier '56, das wissen Sie vielleicht auch noch. Da kam Biermann zu mir ins Krankenhaus, ein junger Student damals, und teilte mir mit, daß die Veterinärmediziner moserten, und ob ich nicht helfen könnte. Ich hatte damals »Offen gesagt« geschrieben, eine Kolumnenreihe in der Zeitung, und er glaubte, ich habe irgendwelchen Einfluß. Ob ich nicht verhindern könnte, was da geschieht. Er meinte, daß ich mich anziehe und hingehe. Ich lag aber wegen einer Herzgeschichte und konnte das nicht tun. Ich rief also den Genossen Erich Wendt an, sagte, hier ist das und das, könnt ihr da vielleicht etwas verhindern, ich hab eine Nachricht bekommen.

Das war Biermann. Wenn Biermann so geworden ist, wie er

heute ist, so kritisch, dann ist es, Genosse Lamberz, nicht die Schuld von Biermann. Ich habe später ein Gespräch geführt mit einem der höchsten Genossen hier – ich will den Namen nicht nennen, weil es ein vertrauliches Gespräch war –, wo mir der Genosse gesagt hat: das XI. Plenum war ein Fehler. Wir sprachen dann auch über Biermann. Und mir wurde das Versprechen gegeben, daß man sich mit Biermann zusammensetzt, um das zu tun, was man längst hätte tun sollen: diesen außerordentlich begabten Dichter, Komponisten, Sänger und Schauspieler mit seinen Sachen, die nämlich für **uns** gemacht sind, Genosse Lamberz, auch für **uns** zu verwenden. Ich habe hinterher noch zweimal bei Ministern nachgefragt, die wußten von diesem Versprechen, und die sagten, nein, wir können das nicht durchführen. Es gibt also im Politbüro Leute, die eine vernünftige Politik – nicht nur Biermann, sondern auch anderen Kulturschaffenden gegenüber – verhindern, Genosse Lamberz, Sie werden das selbst wissen, das wollen wir auch aussprechen. Ich bin überzeugt, es sind diese Leute, die uns alle in diese sehr peinliche und unangenehme politische Situation gebracht haben. Denn was ist geschehen? Ich will jetzt nicht darüber streiten, denn wir haben uns versichert, daß es eine Entscheidung innerhalb zwölf Stunden war. Ich will nicht fragen, wie es kommt, daß dieser unqualifizierte Brief, der da bestellt worden ist, am 12. November schon im NEUEN DEUTSCHLAND erscheint.

Lamberz:
Wer hat den denn bestellt?

Heym:
Gut, ich nehme das Wort »bestellt« zurück. Er wurde gebracht am 12. November. Ich will mich auch nicht mit Ihnen darüber unterhalten, Genosse Lamberz. Und aus-

gerechnet der »Dr. K.«, über dessen Vergangenheit man sehr viel sagen könnte, wird dazu benutzt, einen Mann auf diese Art ...

Becker:
In einem SFB-Kommentar wurde die NSDAP-Mitgliedsnummer von »Dr. K.« – Dr. Kertzscher – veröffentlicht. Das ist eine peinliche Sache. Ich könnte heulen vor Scham, wenn ich eine solche Nachricht höre.

Lamberz:
Dr. K. hat sich im Jahre '44/'45 von den Nazis abgewendet, in einer Zeit, wo so was ...

Heym:
Ich komme gleich auf diesen Punkt, Genosse Lamberz, der Mann muß aber erstens nicht stellvertretender Chefredakteur des NEUEN DEUTSCHLAND sein, zweitens möchte ich Sie darauf aufmerksam machen, daß die Terminologie dieses Artikels **wörtlich** entnommen ist den Ausbürgerungsdokumenten des nationalsozialistischen Staats. Ich habe mit einem Genossen gesprochen, der damals ausgebürgert wurde. Das ist nämlich eine Nazipraxis.

Lamberz:
Das ist nicht wahr.

Heym:
Die Ausbürgerung ist eine Nazipraxis. Und wenn das die Sowjetunion nachgemacht hat, dann ist das um so schlimmer für die Sowjetunion.

Lamberz:
Das ist das normale Völkerrecht eines jeden Staates. Ich

weiß nicht, ob Frankreich ein Nazistaat ist, denn in Frankreich ist das seit der Revolution Tradition.

K. Sensberg:

Das ist eine **Errungenschaft** gewesen, die die Revolution den Franzosen gebracht hat. Das können Sie nachlesen. In England genau das gleiche, seit 1648.

Heym:

Genosse Lamberz, bitte prüfen Sie das, es ist genau der Wortlaut der Nazikommentare. Die Ausbürgerung selbst war meiner Meinung nach erstens rechtlich nicht richtig. Denn er hat ein Wiedereinreisevisum gehabt, und ein Staat, der ein Wiedereinreisevisum gibt, **muß** dieses Wiedereinreisevisum akzeptieren. Wenn Sie etwas gegen Biermann haben und seine Auftritte im Westen, dann ist es an Ihnen, ihm hinterher ein Verfahren zu machen, ein Gerichtsverfahren, ein **öffentliches** Gerichtsverfahren, wo der Staatsanwalt nachzuweisen hat, daß gegen die Gesetze der DDR verstoßen worden ist. Und erst dann kann man ihn ausweisen. Das zum Formellen. Jetzt zum politischen Inhalt. Es ist Ihnen offensichtlich nicht ganz klar gewesen, daß wir nicht in einem Lande leben, das groß ist, das **ein** Land ist, sondern wir leben in einem geteilten Land in der Mitte Europas, und daß Biermann nicht ausgebürgert wurde aus Deutschland, sondern von Deutschland nach Deutschland. (Leichtes Zucken in einigen Gesichtern.) Daß dieser Mann, der Sie von links kritisiert, Ihnen ein Pfahl im Fleische sein wird für viele Jahre, das nenne ich einen politischen Fehler. Und ich meine, wir sollten uns jetzt nicht so sehr darüber unterhalten, warum wir diese unsere Resolution, diese Bitte an die Regierung auch an die West-Agenturen gegeben haben. Die Genossen hier, die Freunde, haben alle klargemacht, daß es bei uns keine Öffentlichkeit gibt für irgendeine Meinung, für irgendeinen Appell, der sich, abweichend von der gerade herrschenden Regierungsmeinung, an die Regierung und an das Volk richtet. Seit vielen Jahren zum Beispiel – obwohl ich auf die übelste Weise angegriffen worden bin in unserer Presse – ist es mir unmöglich gewesen, in dieser Presse zu antworten. Wenn ich mich an die Bevölkerung der DDR richten möchte – und Sie haben mir selbst vorhin das schöne Kompliment gemacht, daß ich mich in der fürchterlichen Talk-Show richtig verhalten habe, **selbstverständlich** richtig verhalten habe, denn ich bin Sozialist, und zwar etwas länger als die meisten hier –, wenn ich mich an die Bürger der DDR richten möchte, dann muß ich das West-Fernsehen benutzen. Seit vielen Jahren ist dies die einzige Möglichkeit zu kommunizieren.

Lamberz:
Sind nicht Ihre Bücher die geeignete Form zu kommunizieren mit der Bevölkerung?

Heym:
Ihr habt die Bücher verboten, dann habt ihr sie wieder gestattet, dann habt ihr sie wieder verboten. Und eines war **immer** ein verbotenes Buch (»Fünf Tage im Juni«), was ich Ihnen jetzt empfehlen möchte, weil es nämlich eine ähnliche Situation beschreibt.

Becker:
Das glaube ich nicht, Stefan.

Lamberz:
Sehen Sie! Sehen Sie! Jetzt kommen wir langsam drauf...
(Tumult) Das wollte ich nämlich nicht hören! Das ist für mich interessant, was ich da eben gehört habe.

Schubert:
... Ich hab was verstanden vom 17. Juni ...

Heym:
Ich will noch ... Ich will noch kurz davon sprechen, Genosse Lamberz, daß es uns nicht anders möglich ist, an die Öffentlichkeit zu kommen als über den Westen. Was ich im Westen gesagt habe, ist **für** die DDR gewesen, das ist 'ne andere Sache, aber hier habe ich es nicht sagen können. Ich meine jetzt, wir sollten über die Zukunft sprechen. Dieser Brief von den Genossen enthält die Bitte an die Regierung, diese Sache noch einmal zu überdenken. Ich weiß nicht, ob es nicht möglich ist, daß Sie dies tun. Ich habe neulich – auch wieder im Fernsehen – gesagt, das wäre nicht ein Zeichen von Schwäche, sondern ein Zeichen von großer innerer Kraft. Ich meine, wenn Sie sagen würden – das ist natürlich sehr erschwert durch diese Seite voller unqualifizierter Statements heute im ND –, wenn Sie sagen würden, daß Sie auf Bitten vieler prominenter Künstler und Schriftsteller der Republik diese Entscheidung rückgängig machen ...

Becker:
... Nicht aufgrund dieser Bitten! Aufgrund innerparteilicher Kommunikation! Das hat gar nichts mit diesen paar Leuten zu tun.

Heym:
Aufgrund wessen auch immer. Es gibt Möglichkeiten, das so zu formulieren, daß es vernünftig ausgelegt wird und aufgenommen wird. Sonst, Genosse Lamberz, kommt die Situation – nicht 17. Juni, das meine ich jetzt nicht –, wo die Sache sich immer weiter verschärft, immer härter wird. Und das wollen wir alle im Interesse der Republik, im

Interesse des Sozialismus und, ich bin nicht Parteimitglied, aber auch im Interesse der Partei nicht haben. Das müssen Sie mir schon glauben, das müssen Sie uns allen glauben. Und, sehen Sie, ich habe diesen 17. Juni erwähnt wegen der Fehlerdiskussion, der Rücknahme von Fehlern, dieser schwierigen Dinge, deshalb hab ich das erwähnt. Das war ja einer der Gründe. Ich kann Ihnen nur das Buch wieder empfehlen, das hier verboten ist. Damals wurden Fehler gemacht, genau wie die Biermannausbürgerung ein Fehler war. Dann wurde der Fehler auf unqualifizierte Art zurückgenommen. Und dann zog die Bevölkerung erst den Schluß... Das muß vermieden werden. Aber andererseits muß auch der Fehler, der begangen wurde, korrigiert werden, wenn nicht die Situation eintreten soll, die wir alle nicht wollen, daß das dauernd weitergeht. Ich habe mir gestern die ganze Show vier Stunden lang angesehen, bis zwei Uhr früh. Der Mann hat nichts gesagt, was gegen die DDR war. Er hat sehr viele Dinge gesagt gegen Bürokratie, gegen Mißstände bei uns...

Lamberz:
... Glauben Sie, daß wir keine Ehre haben?

Heym:
Wie bitte? Aber entschuldigen Sie, keine Ehre...

Lamberz:
Na, wenn Sie sagen, er hat nichts gegen die DDR gesagt, da muß ich doch wohl...

Heym:
Hören Sie zu. Er hat nichts gesagt gegen die DDR, er hat nur viel gesagt gegen die BRD. Identifizieren Sie sich mit der Bürokratie? Mit diesen Mißbräuchen der Bürokratie?

Lamberz:
Das ist mir nicht bekannt.

Heym:
Sie haben gesprochen vom Ghetto. Das hat Sie persönlich gekränkt, daß er gesagt hat, Sie wohnen in einem Ghetto.

Lamberz:
Nicht nur das.

Becker:
Daß hier kein falscher Eindruck entsteht, ich glaube, niemand, der hier sitzt, wird Ihnen ernstlich sagen, daß er Biermanns gestrigen Auftritt im Fernsehen von vorn bis hinten gutheißt. Das ist überhaupt keine Frage. Ich tu das nicht, und das tut hier kein einziger. Die Frage ist nur...

Heym:
... Er hat die DDR sogar verteidigt...

Becker:
Die Frage ist nur, ob dieses Maß an Nichtübereinstimmung Biermanns Ausbürgerung aus der DDR legitimieren kann oder nicht. Ich bin überzeugt davon, daß die Rücknahme einer solchen Entscheidung nicht hämisches Grinsen zur Folge hätte bei uns und bei unseren Freunden, bei den Freunden der DDR in der DDR, sondern Sympathie und...

Krug:
Achtung.

Becker:
Verwunderte Achtung.

Wolf:

Daß wir alles dazu tun würden, daß die Wirkung so wäre ...

Becker:

Das will ich versichern. Ich zerreiße mich dafür.

Wolf:

Aber davon einmal abgesehen. Selbst wenn das nicht eintrifft – und ich glaube im Moment doch nicht, daß es möglich ist und daß ihr es machen könnt oder wollt –, so möchte ich doch einfach etwas anderes sagen. Ich bin nämlich in einem Punkt mit Stefan Heym ganz konträr: Ich sehe überhaupt kein Fünkchen von Ansätzen einer Ähnlichkeit mit Situationen wie der von 1953. Meine feste Überzeugung – und zwar nicht, weil ich mir jetzt was ausdenke, sondern weil ich unter Leuten lebe, weil ich im Sommer auf dem Lande unter einer Bevölkerung lebe, die mir vorher fremd war und von der ich weiß, wie sie hier in der DDR lebt und nirgendwo anders leben will –, meine Überzeugung ist, daß unser Staat fest ist.

Darf ich noch was dazu sagen: Wenn es **doch** einmal dazu kommen sollte, vielleicht später, daß Biermann wieder herkommt – wir wären seine Diskussionspartner, mit denen er's nicht leicht hätte, das möchte ich auch noch dazu sagen. Denn ich hab zum weiteren – soviel ich weiß, wir alle hier – nie zu denen gehört, die ihm irgendwo nach dem Munde reden, ihm irgendwas geschenkt haben, abgesehen davon, daß ich mit ihm in keiner Diskussion seit vielen, vielen Jahren stand und jetzt dieses mißbilligt habe, besonders was er **tat**. Also wären wir ganz bestimmt diejenigen, denen er sich dann **auch** stellen müßte. Er müßte dann nicht denken, daß er hier jetzt auf Rosen gebettet und etwa als Held der Nation zurückkäme. Das alles bin ich auch bereit, öffentlich zu sagen. Das ist also nicht das Problem. Sondern es geht wirklich darum, daß dieses Grundproblem die ganze Zeit war, und ich höre das von andren Leuten: Autoren und Schauspieler und andere Intellektuelle haben ein stärkeres Bedürfnis, sich zu äußern, sich zu artikulieren, das ist ihr Beruf. Ich höre das aus vielen Kreisen der Bevölkerung, daß im Moment ein sehr starkes Verhältnis zur DDR entsteht in dem Sinne, daß hier Sicherheit ist, daß sie arbeiten, sehr oft eine Arbeit haben, an der sie hängen, daß sie sich verwirklichen können in diesem Arbeitsprozeß. Daß aber ein Gebiet sehr wichtig ist, das Gebiet der öffentlichen Meinung und Information. Und es wäre, ich weiß ja nicht, man kann immer wieder falsch verstanden werden, aber ich sag's trotzdem, es wäre, glaub ich, uns allen eine große Hilfe – also ich meine uns jetzt als Partei –, wenn wir, nicht von heute auf morgen und nicht in einer Gewaltaktion, sondern in einem ruhigen, vielleicht sogar unauffälligen Prozeß, in dem zum Beispiel ich bereit bin, mitzuwirken, das allmählich schaffen würden, daß die Studenten an ihren Universitäten miteinander und mit ihren Dozenten offener reden können. Daß die Schüler in der Schule miteinander und mit ihren Lehrern in eine offene Kommunikation treten, weil nämlich unsere Argumente wirklich die besseren sind, davon bin ich überzeugt. Und was ich nicht versteh', ist, warum die Lehrer, warum die Dozenten davon **nicht** überzeugt sind. Und diese Argumente nicht ihren Studenten nahebringen können. Ich erlebe es in jeder Lesung, die ich habe – ich hatte jetzt mehrere öffentliche –, daß man zu mir sagt: ja gut, was Sie hier sagen, das dürfte **ich** mir aber nicht leisten. Ich muß sagen, das hat mich mit der Zeit sehr bedrückt. Ich kann jedesmal sagen: Warum nicht? Was passiert dir? Und dann erzählen sie mir, was passiert. Und es passieren Sachen, die nicht jeder einfach auf sich nehmen will. Es passieren nicht die schlimmsten Sachen vielleicht, aber es will nicht jeder exmatrikuliert werden, wenn er irgend etwas kritisiert. Und es wäre wirklich gut, wenn wir das zum Anlaß nehmen würden, öfter miteinander zu sprechen. Ich meine es ganz ernst, ohne Hintergedanken, also im besten Sinne.

Becker:
Christa, du setzt einen Akzent, der mir nicht schmeckt. Ich will für meinen Teil erklären, daß ich keinen Sinn darin gesehen hätte, heute hierher zu kommen, nur um als ein Unbeschadeter aus diesem Vorgang herauszugehen, sondern ich hoffe und ich will und ich will's immer noch erreichen – und ich bin überzeugt davon, daß das nicht aus der Welt ist –, daß dieser Beschluß rückgängig zu machen ist. Ich weiß nicht, welch ein Bedürfnis ihr habt, euch in dieser Richtung zu äußern – **ich** finde, diese Nummer darf nicht hiermit vorbei und erledigt sein, und jetzt wollen wir darüber beraten, wie wir das am schnellsten vergessen können. Ich bin nicht bereit, an dieser Nummer mitzuwirken.

Wolf:
Nee nee, Jurek, das habe ich nicht gesagt und auch nicht gemeint.

Heym:
Ich glaube nicht, daß Christa das gemeint hat. (Zu ihr:) Das war sehr gut, daß du das gesagt hast, ich habe mich sehr darüber gefreut. Ich will noch einmal, damit keine Mißverständnisse entstehen, auf keiner Seite, das ergänzen, was ich zum 17. Juni gesagt habe. Ich erwarte nicht, wie ich vorhin schon angedeutet habe, eine Situation 17. Juni im Sinne von Bumm Bumm. Was ich meinte, ist diese

Situation 17. Juni: Fehler machen, dann versuchen, Fehler zu korrigieren und sie auf falsche Art zu korrigieren, was dann zu Weiterungen führt. Man müßte sich darüber unterhalten, wie man den Fehler, der nun einmal gemacht worden ist, auf vernünftige Art korrigiert. Das war mein Argument.

Schlesinger:

Da sind zwei Punkte, das eine ist für mich die Ausbürgerungssache Biermann. Der Anlaß ist seine Veranstaltung. Ich muß sagen, ich verstehe euch nicht. Ich brauch' keine Erklärung abzugeben, das hab ich oft genug gemacht. Ich bin freiwillig hiergeblieben in der DDR, bin zwar parteilos, aber ich habe immer, auch im Westen, für die DDR Stellung genommen. Das will ich hier noch mal sagen. Ich bin nicht Biermann, ich hätte es anders gesagt, ich hätte andere Begriffe für manche Sachen genommen. Aber wenn ich die Summe unter diese Veranstaltung ziehe, dann muß ich sagen, ich sehe nicht das DDR-Feindliche darin. Ich bin ermutigt worden auf eine ganz bestimmte Weise. Und ich habe gesehen, daß da ein Kommunist ist, eben kein Rechter, mit einer anderen Meinung, als das Politbüro sie gerade hat oder einige davon. Er ist kein Rechter, er ist ein Linker. Viele Sachen haben mich stark berührt, und mit manchem bin ich auch nicht einverstanden. Trotzdem ist das kein Grund, ihn rauszuschmeißen.

Darf ich noch den zweiten Punkt sagen. Weshalb es auch dazu gekommen ist, daß ich mich beteiligt habe. Ich war selten so in Übereinstimmung mit unserem Land wie nach dem VIII. Parteitag, und ich lebe lieber in Übereinstimmung mit der Partei, statt immer Differenzen zu haben. Seit zwei Jahren ungefähr hat sich das, was der VIII. Parteitag mir als Versprechen gegeben hat, zunehmend nicht erfüllt. Ich habe das laut gesagt und vorsichtig gesagt. Und irgendwann haben sie's dann auch mitgekriegt. Seit dieser Zeit beginnt bei mir folgendes: Die Lesungen werden weniger, die Auftritte meiner Frau, Bettina Wegner, ebenfalls. Wir kriegen die Informationen von den Leuten unten an der Basis, die allerdings nicht mit ihren Namen dazu stehen, das verlangen wir auch gar nicht. (Er meint Absagen von Veranstaltern in Kulturhäusern, Lesezirkeln und dergl.) Es gibt eben von staatlicher Seite ein Auftrittsverbot. Kein Podium für Heym, Schlesinger, Wegner, Braun und so weiter...

Heym:
Und für Jurek Becker.

Lamberz:
Wieso Auftrittsverbot? Für Jurek Becker zum Beispiel?

Schlesinger:
Darf ich zu Ende sprechen?

Adameck:
(Zu Becker:) Du hast doch einen Film nach dem anderen!

Becker:
(Zu Adameck:) Wenn du Wert darauf legst, erzähle ich dir eine Geschichte von vorgestern.

Schlesinger:
Darf ich zu Ende reden. Das kulminiert in einer Hausdurchsuchung bei mir, für die irgendein Vorwand gefunden wurde. Mir wurden Bücher und Schallplatten beschlagnahmt, und die haben reagiert auf meinen Protest auf eine infame, bürokratische Weise. Gut, das sind jetzt ganz persönliche Dinge. Ich sehe aber, ich habe gemerkt in

der ganzen Zeit an meiner Person und an all den anderen Leuten, daß etwas passiert ist, daß bestimmte Probleme unserer Gesellschaft nicht mehr reflektiert wurden. Das geht durch die ganze Gesellschaft. Ich hab mich gefragt, wie kommt das denn? Es gibt einen ungeheuren Widerspruch zwischen unserer Ökonomie, unserer Industrie, die immer differenzierter wird, und dem Überbau, der nach meiner Meinung nicht nachkommt, der alle Probleme, die in unserer Entwicklung aufgetreten sind, nicht mehr reflektiert. Und das kann nur öffentlich passieren. Da müssen auch die Mittel sich ändern. Also Presse zum Beispiel, die kriegt 'ne ganz andere Funktion. Die Rolle des Intellektuellen, die am Anfang richtig eine bestätigende Funktion hatte, ist jetzt eine andere. Das geht in Bereiche wie: Verhältnis Erwachsener-Kind-Schule; Verhältnis Erwachsene-Jugendliche; Staat, Polizei und so weiter, in **alles**, das geht in sämtliche Bereiche unseres Lebens hinein. Und wir haben aufgehört, darüber zu reden. Und dadurch, glaub ich, ist auch sehr viel Unzufriedenheit gekommen, bei mir jedenfalls, und Ratlosigkeit auch. Obgleich ich es bisher immer gesagt habe, überall, ich konnte ja immer reden. Über Kunze (nach dem Westen gegangener Schriftsteller) habe ich mit einem Minister geredet, ich habe gesagt, ich würde das falsch finden, aber ich würde stillschweigen, um das nicht zu einem Fall zu machen. Mein Eindruck war aber, es kam nichts mehr zurück. Es kam einfach nichts mehr zurück. Man hat geredet, man hat's gesagt, aber nun gut, alle haben zufriedene Gesichter gemacht: komm, gehen wir nach unten einen Kaffee trinken. Aus. Die Entwicklung lief weiter, die Entwicklung, die meiner Meinung nach zu schweren Problemen führen kann und vielleicht noch zu schwereren. Wir, wir sind doch engagiert für dieses Land. Wir leben da und **wollen** darin leben.

Lamberz:

Ich weiß nicht, wie viele von euch jemals auf meinen Veranstaltungen waren. Also, eine meiner Schlußfolgerungen ist, ich werde euch öfter mal einladen, wir werden in einen Betrieb gehen, mit den Menschen reden. In einer Veranstaltung – was da alles geredet wird. Von der Frage, ob VOLVO-GRAD stimmt, bis hin zu ... (Volksscherz; Anspielung auf die von hohen Politikern benutzten Volvo-Limousinen.)

Heym:

Ich möchte Sie auch gerne einladen. Kommen Sie mal **ohne** VOLVO, ganz privat, und wir gehen in eine Kneipe und unterhalten uns mit den Arbeitern dort, wo sie nicht wissen, wer Sie sind.

Lamberz:

Das ist leider durchs Fernsehen ein bißchen schwierig, das ist auch mein ...

Wolf:

Na ja, es gibt ja falsche Bärte. (Einige lachen.)

Lamberz:

Können wir machen.

Heym:

Ich glaube, hier in Berlin erkennt man Sie nicht.

Lamberz:

Das ist möglich. Das ist möglich. Das kommt immer auf den Kreis an.

Heym:

Nein, das hängt mit den Einschaltquoten ...

Lamberz:

Gut, redet ihr mal noch ein bißchen, ich will mal zuhören, weil das für mich sehr interessant ist.

Becker:

Ich krieg am Tag 50 Anrufe von Leuten, die mir sagen, wie gut sie das finden (die Resolution), die aber nicht sagen, wie sie heißen. Das ist Scheiße, das bedrückt mich, ich sag' denen, sie sollen mich am Arsch lecken.

Ulrich Plenzdorf:

Ich wollte noch einen Aspekt sagen, weil der bisher ungenügend behandelt scheint. Mich hat auch die Eile etwas erschreckt und hat mich auf den Eindruck gebracht, als würde das fertig auf dem Tisch gelegen haben. Und ich frage mich, warum wartet man denn nicht ab, warum sieht man nicht das komplette Programm, ich meine, Biermann hat ja noch andere Sachen drauf. Ich kenne verschiedene Lieder von ihm, die seine Einstellung deutlicher sagen...

Verschiedene Neuinterpretationen alter Kampflieder. Ich möchte meine Hand dafür ins Feuer legen, daß das alles noch auf seinem Programm gestanden hat. Er hatte ja noch mehrere Veranstaltungen vor sich, und ich nehme stark an, das hätte das Bild verändert.

Zum Thema Vertrauen: Ich finde, daß das Thema Vertrauen weiß Gott eine zweiseitige Angelegenheit ist. Eines Tages habe ich aufgehört, eine Liste zu führen – nur im Kopf, nicht auf dem Papier –, die, wenn ich sie jetzt auf dem Papier hätte vorlesen können, mir eine ganze Reihe von Mißtrauensbeweisen zeigen würde, von verschiedenen leitenden Genossen aus dem Kulturbereich. Soweit ich mich erinnere, habe ich so etwas nicht beantwortet mit irgendwelchen Abreaktionen, auch nicht bei meinen Auftritten im Ausland, auch nicht bei Auftritten in der BRD. Und was das Thema »Diskussionen um Wolf Biermann« angeht, da wüßte ich gar nicht: Wo? Bei wem? Welche Nummer? Habe das bisher auch nicht getan. Ich habe auch nicht viele Diskussionen **mit** Biermann erlebt. Ich habe nur vor etwa anderthalb Jahren beim Schriftstellerverband bei einem Podium mit dem Genossen Hoffmann (Kulturminister), wo verschiedene Genossen, darunter auch ich, die das Thema Biermann vorbrachten, eine **derart abfahrende, abwürgende** Antwort bekamen, daß ich seitdem den Eindruck davongetragen hatte: Es ist sinnlos, darüber zu diskutieren. Und ich empfinde auch das, was wir gemacht haben, nicht als Diskussionsbeitrag, sondern als eine Tatsache. Und ich glaube, sowohl als Genosse wie als Staatsbürger habe ich das Recht, meine Meinung ebenso öffentlich darzutun, wie es mit diesem Artikel im ND geschehen ist. Wir alle wissen, daß zwei Wege beschritten worden sind, und der eine hat eben zur Öffentlichkeit geführt. So liegen die Dinge.

Lamberz:

Was meinst du denn zu der ganzen Entwicklung jetzt? Du bist doch einer derjenigen, die die meisten Unterschriften sammeln. Weil ich eben gehört habe, man hat sich auf die dreizehn beschränken wollen. Kollege Plenzdorf und Schlesinger haben doch verschiedene besucht und sind dabei, verschiedene zu besuchen. Ich meine: wo soll das hingehen? Soll das weitergehen? Sollen zu den 70 **noch** 70 kommen? Und dann **noch** 70? Oder wie stellen Sie sich – oder du, bist ja Genosse – wie stellst du dir das vor? Wo, glaubst du denn, liegt der Weg?

Plenzdorf:

Der Irrsinn liegt darin, daß – bei mir jedenfalls – keine Strategie oder ähnliches vorliegt …

Becker:
Das wirft er dir ja vor ...

Lamberz:
Nein, ich frage: Wo soll's hin?

Plenzdorf:
So was liegt nicht vor. Es ist ganz einfach ein Ergebnis von Gesprächen mit Freunden, Anrufe, die gekommen sind, daraus ist das ganz einfach entstanden, weiter nichts.

Lamberz:
Es sind keine Freunde und Anrufe gekommen – ich werde keine Namen nennen –, sondern **ihr** seid bei **denen** gewesen. Ihr habt insistiert bei vielen und habt versucht, sie auf eure ...

Plenzdorf:
Aber nicht! Entschuldigung, das ist anders. Es hat keine Agitation stattgefunden.

Lamberz:
Nein?

Ulrich Plenzdorf:
Nein, ich habe niemanden agitiert, ich hab nur gesagt, hier ist folgendes, möchtest du bitte oder nicht? Oder so. Ich habe gesagt, wie ist deine Meinung?

Lamberz:
Und diejenigen, die euch abgewiesen haben, euch gebeten haben, aus der Wohnung zu gehen ...

Heym:

Sie fragen, wohin das führt, Genosse Lamberz. Vielleicht führt es dazu, daß Sie sich einmal Gedanken darüber machen, wie die Schriftsteller, Dichter, Künstler in diesem Lande zu verschiedenen Fragen stehen. Das scheinen Sie bisher nicht zu wissen. Wenn ich mir die Liste der Leute ansehe, deren Erklärungen Sie heute – im Gegensatz zu der unsrigen – im NEUEN DEUTSCHLAND veröffentlicht haben und die ja nicht abstreiten, daß sie das gebilligt haben, dann kann ich Ihnen nur sagen, daß Sie sich einer Täuschung hingeben, wenn Sie glauben, daß das die Meinung der Mehrheit der Intellektuellen in diesem Lande ist.

Lamberz:

Das werden wir sehen.

Sensberg:

Auch, wenn noch mehr kommen?

Heym:

Auch wenn Sie noch so viele...

Lamberz:

Ja, wenn Sie uns hier den Fehdehandschuh hinwerfen...

Heym:

Ich werfe nicht... Das ist ein gefährliches Wort, was Sie eben gesagt haben: den Fehdehandschuh.

Lamberz:

Bevor die Partei Stellungnahmen veröffentlicht hat von verschiedenen Schriftstellern und Künstlern – Thate und Domröse wissen das genau, denn sie waren bei mir –, habe ich ihnen gesagt: bis zu diesem Moment, bis um acht Uhr, sind

wir der Meinung, nicht eine Sache zu veröffentlichen. Ja?
Aber eins muß man wissen. Daß man nicht weiter herum-
läuft und Unterschriften sammelt für einen Protest. Und das
Gegenteil war der Fall. **Deshalb** stelle ich die Fragen.
Es gab nicht **eine** Erklärung von dreizehn Künstlern, es gab
schon **drei** Erklärungen bis gestern mittag und **drei** Samm-
lungen von Unterschriften. Und es gibt noch mehr Samm-
lungen. Ich kann euch alle diese Erklärungen zeigen, die
bei ADN (DDR-Agentur; Allgemeiner Deutscher Nachrich-
tendienst) abgegeben werden. Da muß ich mich doch fragen: Wo soll das hinführen?

Krug:
Wie wär's denn, wenn es dahin führte, daß ihr zur Kenntnis
nehmt: Wir denken über die Ausweisung Biermanns
anders als ihr. Das wäre das erste. Das zweite ist, daß ihr
auch mal eine Konsequenz zieht und euch sagt: Wenn die
Leute alle dagegen sind, ...

Sensberg:
Nicht alle.

Krug:
Alle, die unterschrieben haben! Mann ...
Wenn die alle dagegen sind, müssen wir vielleicht mal dar-
auf eingehen.

Thate sagt,
man solle das Wort »protestieren« nicht überbewerten,
alles andere sei doch brav sozialistisch formuliert.

Lamberz:
Alle weiteren Unterschriften lauten: Wir erklären uns mit
dem **Protest** der Berliner Künstler vom Soundsovielten

solidarisch. Wir erklären uns mit dem **Protest** solidarisch. Es handelt sich also nicht um Bitten. Und ich frage: Wohin soll das führen?

Schlesinger:
Aber das ist doch eine eindeutige Sache ...

Lamberz:
Ich meine, ist das die Plattform einer Diskussion? Was für eine Plattform ist das, Genosse Plenzdorf?

Becker:
Genosse Lamberz, lassen Sie mich ein Wort dazu sagen. Ich mache mir große Sorgen, wohin das führen soll. Ich weiß es nicht. Ich bin völlig ratlos. Und ich möchte das Ding, das gestehe ich Ihnen, vollkommen anhalten.

Wolf:
Ja.

Becker:
Und eine Möglichkeit dieses Anhaltens bedeutet für mich zum Beispiel ein Gespräch. Was soll man denn sonst machen, als sich irgendwann einmal zusammensetzen und darüber sprechen, was man nun tut. Es muß dieser Prozeß der Polarisierung irgendwann aufgehalten werden. Es ist also denkbar: 20 000 Unterschriften auf dieser Seite und 70 000 auf jener Seite, was weiß ich. Das ist drin. Aber das möchte ich nicht, und das will ich nicht, denn es wird auch nach der Klärung, nach der eventuellen Klärung einer solchen Angelegenheit zu Feindschaften führen bei den Beteiligten, was also mit dem unmittelbaren Fall schon gar nichts mehr zu tun hat. Und ich möchte das aus der Welt geschafft und angehalten wissen.

Thate fragt sich,
wie man sich zum Mißbrauch der westlichen Medien nun
verhalten solle. Es könne nicht unser Interesse sein, uns
gegen die DDR einspannen zu lassen. Wenn eine Auseinandersetzung, dann besser hier im Lande und auf konstruk-
tive Weise.

Wolf:
Jawohl.

Thate sagt,
alle sollten positiv diskutieren und uns nicht feindselig
gegen das eigene Land verhalten.

Lamberz:
Jetzt kommen wir eigentlich zu dem Ausgangspunkt zurück, wo wir angefangen haben und was für uns die Absicht war, mit Angelica Domröse und Hilmar Thate zu
besprechen. Ich habe zu ihnen gesagt, es kann unterschiedliche Meinungen über Biermann geben, die **gibt** es auch,
die sind auch nicht ausgeräumt – das zeigt die ganze Diskussion – oder zumindest nicht in ein paar Stunden ausgeräumt. Wenn man die ausräumen will, muß man sicherlich
ein bißchen gründlicher diskutieren über das, was wirklich in seinen Liedern steht und was darin ausgedrückt ist,
was es für eine Plattform ist und wie man sie auffaßt. Ich
möchte noch folgendes sagen. Hier wurde von Vertrauen
gesprochen. Ich weiß nicht, wie Sie unsere Politik in den
letzten Jahren beurteilen. Ich bin kein Anhänger einer solchen Praktik, sozusagen mit alten, sicherlich schmerzvol-
len, für den einzelnen nicht einfachen Geschichten – das
streite ich gar nicht ab – die Politik von heute oder sogar die
von morgen zu machen. Ich beurteile eine Partei nicht
nach einem Innenminister, ich beurteile eine Partei nach

ihrem politischen Programm, ihrer politischen Hauptlinie, nach ihren Aktionen. Und da bitte ich Sie wirklich, diese Partei zu sehen, die selbst von einer Wende in ihrer Politik seit dem VIII. Parteitag spricht, auf verschiedenen Gebieten, und die Entwicklung zu sehen, die sich seitdem vollzogen hat. Und ich meine, daß das, was das Verhältnis der Partei zu den Künstlern betrifft, ein wirklich vertrauensvolles Verhältnis ist. Aber Vertrauen kann natürlich nicht ausschließen, daß es oft hier und da Mitglieder der Partei gibt, die das nicht verstehen. Daß es Leute gibt, die engherzig denken, daß es auch Dinge gibt, die nicht in Ordnung sind. Also, wer Vorstellungen vom reinen Kommunismus hat...

Es wird auch in unserer Gesellschaft immer Leute geben, die Angst haben. Pardon. Sie haben vielleicht eine Familie. Die Kinder haben manchmal auch Angst vorm Vater. Und wenn sie größer sind, dann kommen die Töchter nicht mit der Mutter zurecht oder die Söhne nicht mit dem Vater oder umgekehrt. Das gibt's doch alles. Bloß: Ist das ein gesellschaftliches Phänomen, was von der politischen Führung dieses Landes gewollt wird oder was dem Sozialismus immanent ist, oder sind es Mängel, die wir überwinden wollen und an denen wir genauso interessiert sind wie Sie? Und ich bejahe letzteres. Und ich sage, daß diese Führung, diese Führung unter Honecker – und Honecker persönlich, ja, da kann man halten und stehen und denken, wie und was man will und so weiter – sich mit viel Leidenschaft dafür einsetzt, daß wir eine gesellschaftliche Atmosphäre haben, die erfüllt ist von Vertrauen. Das zum einen. Zweitens, Kollege Heym, ich bitte, daß Sie uns nicht sehen als weltfremde Leute, die nicht wissen, wie das Leben ist, die nicht unter Arbeitern sind. Ich treffe mich heute noch mit den Leuten, mit denen ich in die Berufsschule gegangen bin, meine Nachbarn vom Straußberger Platz. Die können Sie fragen. Besuchen Sie sie. Zweite Etage. Die kommen heute noch zu mir nach Wandlitz. Wir sind alles normale Leute. Vielleicht ist mal einer überkandidelt in dieser oder jener Beziehung, aber ich kenne viele – Ehlert, Karrner – ganz einfache normale Leute. Mit einer riesigen Verantwortung, einem schweren Arbeitstag, mit einem Leben, das sie eingesetzt haben in vielen kritischen Situationen, und die immer, immer daran gedacht haben, wie die einfachen Leute besser leben. So ist es. Da hat sich niemand bereichert, das mußte sogar Biermann zugeben. Wo er die Quelle herhat, weiß ich nicht. Es gibt mehr Intellektuelle in der DDR, die doppelt soviel verdienen und besser leben als die Mitglieder der Parteiführung. Das ist die Wahrheit, die ganze Wahrheit. Also. Uns braucht man nicht zu sagen, wie die Leute leben. Wir wissen, wie die Leute leben. Daß man nicht weiß, wie jeder einzelne lebt, ist auch wahr. Aber wir sind unter Leuten. Und wenn man durch einen Betrieb geht, vollziehen sich so viele Gespräche, und es gibt oft so viele Dikussionen und so viele kritische Fragen. Ich mache hier niemandem etwas vor. Ich lade Sie ein – nicht zusammen, aber einzeln – bitte, wir gehen zusammen, wir machen zusammen Foren und werden das erleben.

Was ich bei diesen Wahlen erlebt habe an offener Atmosphäre, an Fragen, besonders von der Jugend ... Ich habe auch Kinder, die studieren. Meine Tochter ist an der Hochschule für Ökonomie, na, was die mir alles vorlegt und was auch diskutiert wird. Und da kenne ich niemand, der exmatrikuliert wird, weil er gesagt hat ..., weil er 'n Witz über VOLVOGRAD erzählt hat oder sonst etwas, ja? Ich will hier nicht in dieser Beziehung polemisieren, sondern: **Wir haben eine offene Atmosphäre.** Wir haben sie wirklich. Wir haben sie. Ich bitte Sie, in die Betriebe zu gehen und auf das Land zu gehen und mit den Leuten zu reden – das machen wir auch – und hier die Tendenz zu sehen. Und diese Tendenz ist positiv. Und die dritte Sache, ich will das noch einmal sagen: Ich halte den Weg, wie die Auseinandersetzung begonnen hat, nicht für richtig, und ich kann mich nicht mit ihm solidarisieren und sympathisieren. Ich halte es für legitim – das ist meine persönliche Auffassung –, für absolut legitim, daß jemand die Frage stellt, auch an die Führung des Staates und an die Führung der Partei: Warum ist das erfolgt? War diese Maßnahme berechtigt? Bitte, sagt mir, warum ihr diese Entscheidung getroffen habt. Ich halte es für **nicht** legitim, daß man diese Diskussion über die Massenmedien, über die Nachrichtenagenturen führt, schon gar nicht nach beiden Seiten, das heißt, über ausländische Agenturen. Das ist unsere Sache. Wenn man sich nicht verständigt, dann bleibt vielleicht der Weg offen. Aber es ist kein Versuch unternommen worden, kein Versuch, irgend jemand zu engagieren oder zu einer Diskussion dazu zu bitten. Und ich kann garantieren: Jeder wäre zu einer solchen Diskussion gekommen. Die Diskussion von heute, die hätte wirklich am Morgen nach der Veröffentlichung stattfinden können.

Domröse sagt,
vorher wäre besser gewesen.

Lamberz:
Vorher gab's ja keine Veranlassung. Vorher habt ihr ja auch nichts gesagt. Mir geht es aber jetzt um die Gegenwart. Weil: Was sehe ich persönlich mit Sorge? Genauso wie ihr: Es gibt so viele Kräfte, die in der Zwischenzeit mitmischen und ihr eigenes Spiel verfolgen, daß man sich wirklich fragen muß, was soll da rauskommen? In der DDR und **außerhalb** der DDR? Denn **in** der DDR gibt's auch Feinde, das wissen wir. Das wissen Sie genauso wie wir, daß es Feinde gibt. Und ich glaube, daß diese Form der Auseinandersetzung kaum im Interesse der Erstunterzeichner oder der Nachun-

terzeichner dieser Erklärung lag oder liegt. Wer kann gewinnen aus einer solchen Auseinandersetzung?

Schlesinger:
Die sozialistische Demokratie.

Lamberz:
Nein. In diesem Fall kann nicht die sozialistische Demokratie gewinnen, weil die Formen über die Formen der Demokratie hinausgehen. Wenn die West-Korrespondenten dieses Landes gegenwärtig eine Aufgabe darin sehen, die Leute zu propagieren, die unterzeichnet haben, und sie als Fahne gegen die DDR zu benutzen, dann hat das nichts mehr mit Demokratie zu tun.

Sensberg:
So ist die Situation.

Lamberz:
Niemand drüben benutzt doch eure Erklärung, um die Entscheidung der Regierung zu korrigieren.

Sensberg:
Das interessiert doch niemand.

Heym:
Die Erklärung steht in vollem Wortlaut in der westdeutschen Presse.

Sensberg & Adameck:
Nein, das stimmt nicht.

Heym:
Sogar in der Scheiß-WELT haben sie's abgedruckt.

Lamberz:
Nein, es steht dort, daß eine Protesterklärung abgegeben worden ist.

Heym:
Nein. Eine volle Seite. In der Mitte dieser Seite stand die Erklärung im Wortlaut, mit den Unterschriften.

Domröse fragt,
wer denn DIE WELT lese.

Lamberz:
Ich lese sie.

Domröse sagt,
aber die übrigen DDR-Bürger kämen an solche Zeitungen nicht ran. Deshalb würde sie gern in einer hiesigen Zeitung den Text lesen, den sie mit ihrer Unterschrift versehen habe.

Lamberz:
Jetzt geht es doch um was anderes, jetzt geht es darum, daß die andere Seite diese Sache ausnutzt.

Domröse sagt,
das hätten wir nicht zu verantworten. Nun, da es zu spät sei, frage man uns, wie es weitergehen solle.

Heym:
Hätten Sie uns vorher gefragt.

Jutta Hoffmann:
Wohin soll die Sache nun gehen?

Adameck:

Das ist **eure** Sache. Jutta, nicht **so**. Nicht solche lllusionen haben...

Hoffmann:

Sie drucken diesen Artikel von Herrn »K.«. Darin ist ganz eindeutig **ihre** Position dargelegt auf eine Weise, die mich schaudern macht. Und daraufhin versuchen wir etwas auszudrücken, nämlich die Regierung, das Politbüro zu bitten, die Sache zu überdenken. Dem schließen wir uns an. Das drucken sie nicht. Und einen Tag später – rot eingerahmt – Leute, die sich distanzieren. Das drucken sie.

Lamberz:

Nicht einen Tag, zwei Tage später. Jetzt muß man folgendes verstehen. Die Leute, die Biermann gehört haben oder manches gehört haben von ihm, haben gestern **auch** ihre Meinung sagen wollen dazu. Und das Politbüro war der Meinung, **keine** solche Diskussion zu machen, sondern wir waren daran interessiert, wirklich in einer Debatte – deshalb haben wir **euch** eingeladen und **andere** eingeladen – die Sache zu regeln. Aber alle, die gekommen sind – und es gibt noch mehr, viel mehr, viel mehr, und Leute gleichen Ranges –, die haben **verlangt**, das zu drucken.

Heym:

Wir haben auch verlangt, daß Sie die Erklärung drucken.

Lamberz:

Wir haben Biermann von 1953 bis 1973, an die 20 Jahre lang, ertragen. Ich weiß nicht, wie lange ihn dann die anderen ertragen werden. Wir haben gezeigt, daß wir Geduld haben. Ich hab selbst schon mit ihm diskutiert. Wir haben die erste Dichterlesung unseres Landes organisiert in der

Humboldt-Universität. Schubert, du müßtest das wissen. 1960, mit Biermann zusammen. Ich habe . . . Um ihn wurde auch gekämpft, und es wurde auch diskutiert.

Also, wenn wir einen Weg finden können, ich meine nicht den Weg: Ihr nehmt zurück und alles bleibt, sondern einen differenzierten Weg, einen wirklich klugen und überlegten Weg, so würde das ganz gewiß in meinem persönlichen Interesse liegen.

Wolf:
In meinem auch.

Lamberz:
Weil ich glaube – Leidenschaften hin und her –, wir werden sonst in eine Diskussion kommen, die für Sie viel komplizierter wird. Weil natürlich viele Leute – ich meine jetzt nicht das Politbüro, das Politbüro ist da ruhiger –, aber doch viele Genossen sehr erregt sind. Sehr erregt. Und, um das offen zu sagen, das Politbüro hat bis jetzt gebremst . . .

Krug:
Hoffentlich sind das nicht dieselben, die so erregt waren bei der Aufführung des Films »Spur der Steine« in den Kinos, Werner, das wäre schade. Das klingt ein bißchen wie eine Drohung. Ich höre das schon wieder heraus. Das klingt so nach Steine schmeißen . . .

Heym:
Der Heiner Müller will die ganze Zeit nichts reden. Nun laßt ihn mal reden, er meldet sich.

Heiner Müller:
Ganz simpel. Es hat keinen Zweck, darüber zu reden, was da falsch oder richtig war bei dem Weg, den diese Erklä-

rung gegangen ist. Es geht jetzt nur darum, was man daraus machen kann, wie daraus eine Chance werden kann, um über die Dinge zu reden, über die wir eigentlich alle reden wollen und worüber Gespräche eben immer nur in solchen Runden möglich waren. Ich glaube auch nicht, daß es möglich ist, noch jetzt bei dem internationalen Kontext der DDR, daß man nur die Öffentlichkeit in Betrieben, Institutionen usw. als Öffentlichkeit definiert. Es muß auch mal die Presse langsam eine Öffentlichkeit werden für Meinungen. Das ist dann sicher immer eine Streitfrage, wieviel da möglich ist. Gestern gab's ein Gespräch, das einzige, und jedenfalls hatte ich den Eindruck, die wären völlig zufrieden gewesen, wenn ich sagen würde: Ich nehm' alles zurück. Und das ist ganz dumm. Erst mal ist es beschämend, so was von einem zu erwarten, und dann finde ich den propagandistischen Effekt gerade negativ. Das hat überhaupt keinen Sinn. Das kommt bei den Leuten nur so an: Also gut, den haben sie nun in die Mangel genommen und nun ...

Ich überlege einfach, was man jetzt daraus machen kann. Und ich sehe auch ein, daß die Situation blöd ist. Natürlich sollte man alle Leute daran hindern, da weiter zu unterschreiben, das ist ganz klar. Aber wie man jetzt daraus etwas machen kann, was überleitet in eine Diskussion, nicht um Biermann ...

Lamberz:

Ich bin zum Beispiel für eine Diskussion sehr vieler dieser Probleme, und unser Anliegen war immer, in den Künstlerverbänden diese Diskussion zu entwickeln. Wir haben doch lange aufgehört, vorher uns anzusehen, Werke zu lesen, zu zensieren. Wir leben in einer ganz anderen Welt jetzt. Christa! Oder nicht? Du kennst die alte ...

Wolf:

Du, ich habe das gesagt und beklagt, solange es mich betraf. Heute ist auch wieder eine andere Luft um mich.

Lamberz:

Um so erschütternder – das sage ich ganz offen –, um so erschütternder wurde und wird für mich die ganze Angelegenheit.

Frank Beyer:

Verzeihung, Genosse Lamberz, darf ich auch einen Satz dazu sagen. Das ist mir auch so gegangen. Bis vorgestern habe ich das auch gedacht. Bis ich diesen Artikel im ND gelesen habe. Und mir schaudert, mir schaudert noch heute – ich will nicht wieder zurück, das ist hier alles gesagt worden –, mir schaudert noch heute, ich kriege noch heute Schweißausbrüche, wenn ich daran denke, wie nicht nur ich, sondern ein ganzes Parteiaktiv im DEFA-Studio von dem damals für Kultur verantwortlichen Genossen, der auch heute noch in einer hohen staatlichen Funktion ist, unter Druck gesetzt worden ist. (Er meint den Ärger um seinen Film »Spur der Steine«.) Das ist der Punkt, warum ich zum Beispiel als Mitglied der Partei, der nie, auch nicht in den Zeiten meiner größten ideellen und persönlichen Not – mit persönlicher Not meine ich nicht materielle Not etwa, aber es gibt ja auch eine andere Not –, der nie einen Schritt gemacht hat in die Öffentlichkeit, schon gar nicht in **diese** Öffentlichkeit, und der auch an dieser Stelle zunächst zu seinem Parteisekretär gegangen ist, zu seinem staatlichen Leiter und ihm mitgeteilt hat, was er zu sagen hatte. Aber es sind in diesem Zusammenhang wieder Dinge geschehen, die für mich diese grauenhafte Vorstellung aufgebracht haben von damals, und ich sehe auch schon, was hier heute steht. Was soll morgen geschehen? Hier ist das Wort »Plattform« gefallen. Was soll morgen geschehen? Gibt es nun nach eurer Meinung eine »Plattform« inzwischen? Und ist es nun sozusagen für jeden einzelnen von uns das beste, uns von dieser Plattform – so wie Ekkehard Schall und...

Krug:
Rauch...

Beyer:
Fritz Cremer – zu entfernen? Zu widerrufen? Oder? Ich meine, hier sind nicht alle Parteimitglieder. Ich bin Parteimitglied und bin ganz sicher, ich bin **ganz sicher**, daß so etwas gefordert wird von mir. Gleich morgen. Und ich werde es nicht tun können. **Ich werde es nicht tun können.** Auch wenn ich ab übermorgen keinen DEFA-Film oder für ein Jahr oder für fünf oder für zehn Jahre keinen DEFA-Film machen kann. Ich werde es nicht tun können. Ich will das nur sagen, weil ich persönlich der Meinung bin, daß jetzt an dieser Stelle vielleicht als erstes von uns erklärt werden kann, daß keine Unterschriften gesammelt werden, und daß es keine Eskalation in dieser Angelegenheit geben soll. Weil diese Frage vorhin hier gestellt worden ist. Nur um einen ersten Schritt... Ich weiß nicht, also der Dialog, der hier geführt wurde, ist ja sozusagen stellenweise in Konfrontation ausgebrochen...

Müller:
Das hat 'n Dialog manchmal so an sich.

Heym:
Ich möchte eben erwähnen, daß ich dem Genossen Lamberz dankbar bin für seine versöhnlichen Worte, selbst wenn sie gegen Ende hin so waren, daß man die Drohung deutlich spürte.

Lamberz:

Was für eine Drohung?

Sensberg:

Darf ich sagen, daß es eine normative Kraft des Faktischen gibt, ja? Es ist ein Prozeß in Bewegung gesetzt. Von Ihnen. Und es ist jetzt ein Prozeß von **uns** in Bewegung gesetzt. Ich nehme das auf mein Verständnis, daß ein Kampf begonnen hat. Darf ich das für mich ganz alleine sagen: Sie haben einen Standpunkt veröffentlicht, der ich weiß nicht zu was führen sollte. Ich sage noch mal: Wenn man überlegt, Biermann zurück, ja? Biermann zurück bedeutet, daß die Regierung der DDR nicht nur einen Beschluß aufhebt, sondern ein neues Gesetz machen muß. Wenn man sich mit dem Gesetz beschäftigt, wird man sehen, daß es gegen die Ausbürgerung keine rechtlichen Mittel des Einspruchs gibt, sondern es gibt nur eine Wiedereinbürgerung. Oder wir müssen eine Lex Biermann machen, ja? Das wäre eine Möglichkeit, aber es wäre keine Möglichkeit, die wir machen werden, glaube ich, unter dem Druck des Gegners. Und der Gegner hat sich der Sache angenommen. Ich glaube nicht, daß dieses Land unter dem Druck des Gegners eine Lex Biermann machen wird. Ich spreche von einer normativen Kraft des Faktischen. Das Faktische ist, daß es eine Bewegung gegeben hat, die heißt Protestbewegung gegen die DDR, ja? Und dieses Wort hat leider in der Sache dringestanden. Ich hab's nicht reingeschrieben. Es ist zwar wahr, daß wir einen anderen Standpunkt haben, daß ich es sogar für legitim halte, daß es Menschen gibt, die einen anderen Standpunkt haben als er im NEUEN DEUTSCHLAND ausgedrückt worden ist. Wobei ich für mich mal sagen möchte: Ich taste nicht die Vergangenheit, die intellektuelle und die antifaschistische Vergangenheit von irgend jemand an, und ich bitte, nicht die Sauberkeit und auch die Vergangenheit eines mir gut bekannten Mitarbeiters des NEUEN DEUTSCHLAND anzutasten, der auch einen großen Weg hinter sich hat und in den 25 oder 30 Jahren mindestens genausoviel gekämpft hat, wie andere das für sich in Anspruch nehmen...

Becker:
Das glaube ich dir gern, bloß er schreibt heute scheußliche Artikel.

Sensberg:
Das ist ja möglich, das mag ja sein, das ist der Standpunkt, ja?

Lamberz:
Über den Artikel kann man streiten. Ein anderer hätte ihn anders geschrieben...

Sensberg:
Es ist was entstanden daraus, gut, ja? Ich sage, es ist etwas entstanden. Niemand hat die Möglichkeiten genutzt, auf andere Weise seinen Standpunkt mitzuteilen als durch eine Protesterklärung, die Öffentlichkeit genommen hat. Und selbst wenn wir heute hier erklären, ja?, diese Unterschriftensammlung ist beendet – ich weiß nicht, wer weiter Unterschriften sammeln wird. Es wird möglicherweise welche geben – schon längst über den Rahmen dieses Kreises heraus –, die weitermachen werden, ja?

Lamberz:
Sibylle Havemann sammelt Unterschriften. Ist Sibylle Havemann eine Künstlerin? Ist Thomas Brasch ein Künstler, der von euch legitimiert worden ist, Unterschriften zu sammeln?

Schlesinger:
Thomas Brasch ist ein Künstler.

Lamberz:
Der von euch legitimiert worden ist, frag' ich.

Schlesinger:
Legitimiert ist keiner.

Wolf:
Keiner. Keiner.

Sensberg:
Gestern habe ich viele Anrufe aus Betrieben bekommen, die mir gesagt haben – Parteisekretäre, die ich kenne, zum Beispiel aus Schwedt –, die natürlich gehört haben, Krug ist auf der anderen Seite, **ja?**

Lamberz:
Das haben die nicht von uns gehört! Aus dem West-Rundfunk. Die haben doch die ganze Sache gebracht!

Sensberg:
Die Diskussion schlägt hohe Wellen, **ja?**

Domröse fragt,
warum die Politiker uns in der Lage nicht schützen.

Adameck:
Wie denn das?

Sensberg:
Krug hat ja unterschrieben.

Domröse sagt,
es wisse aber niemand, **was** unterschrieben worden sei.

Wolf:
Darf ich mal 'n Vorschlag machen? Ich verstehe genau
dein...

Sensberg:
...Wo ich hin will...

Wolf:
Ja, eben. Also, vielleicht ist es auch abwegig. Das kommt
ganz von mir, und ich bin sogar unter anderem mit der
Absicht hierhergekommen, so etwas zu sagen...

Lamberz:
Christa, du sagst was Produktives... Entschuldige, das ist
etwas unfreundlich, ich muß das sagen: Wenn wir sagen,
andere Menschen reagieren genauso, bloß in andere Richtung, wie ihr reagiert, so ist das doch keine Drohung. Ich
will hier noch mal erklären: Gestern abend habe ich persönlich – und nicht nur ich persönlich – gesagt: »Nicht
eine Zeile kommt.« Ja? ADN hat um 22.00 Uhr begonnen,
Stellungnahmen anzunehmen. Das war unsere Meinung,
und nichts anderes.

Sensberg:
Aber um fünf sind fünfzig neue gekommen...

Lamberz:
Und als wir die **neue** Liste kriegten, da hab ich gesagt: Was
passiert hier? Ihr kennt sie doch alle, die große Liste der
Fünfzig. Warum kommt das jetzt? Warum hört man nicht
auf? Und als um 22.00 Uhr **neue** Namen kamen – zum Teu-

fel noch mal –, da sollte ich mit Kant und allen sprechen. Ich kann doch nicht die anderen Meinungen **nicht** bringen! Nicht nur sie. Die Partei hat angerufen und gesagt, was ist los mit euch? Was ist los? Warum verhindert ihr, daß auch **andere** Meinungen gesagt werden? Denn der Westen sagt **diese** Meinung.

Sensberg:
Wir wollten die Konfrontation nicht.

Lamberz:
Das geht nicht. Wir sind gewählt worden von Leuten. Wir haben uns nicht hineingeschoben in Funktionen. Wir sind nicht mit dem Fallschirm ins Politbüro gefallen. Wir sind jünger, aber wir haben gearbeitet, **auch** gearbeitet. Ich bitte zu sehen, daß es ganz normale Menschen gibt bei uns, die auch reagieren wollen und daß wir die Pflicht haben, auch das, was die sagen...

Heym:
Aber Sie sehen, wie Manfred Krug und Frank Beyer reagiert haben, die Erfahrungen haben mit dem organisierten Volkszorn.

Adameck:
Auf einmal ist Beyer so schweigsam, und das nehm ich ihm übel. Er ist ja **auch** bei mir beschäftigt. Ich nehm ihm eine Sache übel: daß ich ihn mit Hilfe von Genossen Lamberz aufgesucht habe und daß wir ihn wiedergeholt haben und haben ihm Arbeit gegeben. (Er meint, nachdem Frank Beyer auf »Spur der Steine« hin zwei Jahre in die Theaterverbannung nach Dresden mußte.) Das muß er dann **auch** sagen. Und ich nehm ihm auch übel: Er kommt mit allem zu mir, und er kam nicht in dieser Sache...

Beyer:
Moment ...

Heym:
Genosse Adameck, Sie sind ein Nachbar von mir. Sie haben
es in all den Jahren nicht für notwendig befunden, einmal
herumzukommen zu mir und zu sagen: Wie ist das, Herr
Heym, wie ist das bei uns am Fernsehen, wollen Sie nicht
dort sagen, was Sie sagen wollen?

Adameck:
Wir haben doch eine ganz andere produktive Strecke
gehabt, da haben wir zwar viel Streit gehabt, aber ...

Wolf:
Ich glaube, das ufert aus, ich glaube, wir müssen bei dieser
Sache bleiben. Und ich will folgendes sagen. Ich wiederho-
le, daß von uns – soviel ich es weiß und soviel ich die Möglichkeit hatte, andere zu beeinflussen: ich meine die zwölf,
die diese erste Erklärung unterschrieben hatten – jedem
abgeraten wurde, sich dieser Erklärung anzuschließen,
weil wir eine Eskalation vermeiden wollten. Was wir nicht
verhindern konnten und können – konnten sagen wir
mal –, ist, daß andere sich auch äußern wollten und zum
Teil ebendiese Erklärung dazu verwendet haben. Ich will
jetzt uns nicht von diesen distanzieren, das ist wieder ein
anderer Punkt, ich sage nur, wie es gelaufen ist. Es ging also
hier nicht um irgendeine »Plattform«, eine Gruppenbildung oder etwas Derartiges. Ich möchte das in solchen Worten hier mal aussprechen, um das auszuräumen. Das ist das
eine. Das zweite ist: Wie die Sache jetzt nun mal gelaufen
ist, frage ich – euch und besonders dich –, ob es eine Möglichkeit gibt, daß Unterzeichner dieser Erklärung, die also
diesem Text folgen, sich äußern können, bei uns, und nicht

das zurücknehmen, was sie dort gesagt haben. Sich aber ganz scharf distanzieren von dem Mißbrauch.

Thate sagt,
das sei gestern sein und Domröses Vorschlag gewesen.

Wolf:
Im In- und Ausland, also wo auch immer. Diesen Text können wir sicherlich so zusammenkriegen . . .

Heym:
Aber das steht schon in der Erklärung drin, die Distanzierung von dem Mißbrauch.

Wolf:
Es steht in der Erklärung, daß wir uns von dem Mißbrauch von Biermann, äh, äh distanzieren. Ich halte es in so einem Punkt auch für gut, wenn ich die Möglichkeit bekäme, mich auch **davon** zu distanzieren. Daß ich ganz klar sage, wo ich stehe. Natürlich hat mich zum Beispiel die Springer-Presse angerufen. Und was ich denen gesagt habe, das habe ich leider auch nicht auf Tonband, und das veröffentlichen sie auch nicht. Aber ich möchte es dann hier sagen können, wie ich von diesen Leuten denke und wie meine Haltung dazu ist. Nun will ich noch was sagen. Zufällig bin ich gestern in einer Runde mit einem Betriebsleiter zusammengekommen, der als erstes gesagt hat: Sag mal – um Gottes willen – stehst du auf dieser Liste? Ich sag, ja. Wie ist es dazu gekommen? Das kann doch nicht sein! Also wir haben angefangen zu diskutieren. Ich hab ihm gesagt, was wir für Probleme haben und was uns dazu gebracht hat. Und da hat er gesagt: na und? Das ist doch bei uns genau dasselbe. Und er hat mir **seine** Probleme erzählt, die auch hinauslaufen auf eine sehr, sehr ernste innere Auseinandersetzung,

die er **nicht** öffentlich macht. Und ich sag: warum nicht? Er sagt: aus Disziplin, aus Zucht und Ordnung, aus Ruhe und Ordnung. Und wir sind auseinandergegangen und haben gesagt: Das war ein gutes Gespräch. Und weißt du warum? Nicht weil wir über den Beschluß über Biermann etwa einer Meinung waren, sondern weil er mit jemandem über seine Probleme gesprochen hatte; und ich glaube, daß das eine Funktion der Literatur ist.

Ich betrachte als meine Hauptarbeit das Schreiben und nicht das Verfassen von Resolutionen oder Briefen.

Lamberz:
Was du gesagt hast bei der letzten Dikussion – und ich habe nur das gelesen – das war doch so offen und so interessant.

Wolf:
Ja. Und ich habe immer und überall vertreten, daß ich offen reden kann. Ich hab's im Westen überall gesagt. Die DKP-Leute haben mir gesagt: Mensch, bist du aber offen! Ich sag: ja, genau wie in der DDR. So offen sind wir nämlich. Und ich hab jetzt die Angst gehabt, daß das wieder in die andere Richtung geht. Wenn das **nicht** der Fall ist – beabsichtigt unterstelle ich sowieso nicht –, aber wenn auch diese Vorgänge jetzt nicht dazu führen – ich verstehe euch sehr genau, das ist zum Teil auch mein Denken, was da mitspielt –, dann wäre das natürlich eine ganz große Sache. Und ihr hättet uns alle wieder zu euren Verbündeten. Wir alle zusammen wären an diesem selben Zug, und das wollen wir auch. Und die Frage ist nun eben: Ist es in eurem Interesse, daß so etwas geschähe, daß eine Erklärung formuliert würde, die weiß ich wer alles unterzeichnet oder die im Namen von Unterzeichnern jemand abgeben würde, zum Beispiel im Fernsehen bei uns, ruhig und scharf, ohne dabei sich selber ins Gesicht spucken zu müssen. Das kön-

nen wir nicht tun, wir können nicht sagen: Das, was wir vor zwei Tagen geschrieben haben, denken wir heute nicht mehr.

Thate sagt,
das sei diskreditierend für uns.

Wolf:
Ich meine, wer es will, soll es sagen. Das ist klar. Wenn Cremer und Schall wollen, sollen sie's sagen. Ich hab nichts gegen solche Zurücknahmen empfunden, weil ich Verständnis dafür habe. Es gibt auch Angst, das ist ein ernster Faktor. Aber wenn es möglich ist, das zu machen ...

Lamberz:
Der Fritz Cremer macht das doch nicht, weil er Angst hat.

Wolf:
Ist auch egal. Ich unterstelle ihm nichts. Wirklich nichts. Ich halte ihn für einen sehr anständigen Mann.

Lamberz:
Der sagt, was er denkt. Und der sagt das genauso im Politbüro. Den hab ich schon in Situationen erlebt ...

Wolf:
Du, die Menschen sind komplizierter. Aber gut, darum geht's nicht. So, das ist jetzt mein Vorschlag. Ich weiß nicht, ob das für euch akzeptabel ist.

Heym:
Die Voraussetzung dafür ist zunächst mal, daß unsere Erklärung überhaupt in einem DDR-Organ, im NEUEN DEUTSCHLAND endlich, abgedruckt wird, damit die

Leser und die Bevölkerung der DDR genau wissen, was wir gesagt haben. Dann können wir dazu sagen: Wenn diese Erklärung vom Westen mißbraucht wird als Propaganda gegen die DDR, so distanzieren wir uns von solchen Propagandaversuchen.

Wolf:

Das meinte ich natürlich, daß diese Erklärung sozusagen verlesen wird von den Betreffenden.

Heym:

Und gedruckt im NEUEN DEUTSCHLAND.

Wolf:

Wir haben uns veranlaßt gesehen, das auch an westliche Agenturen zu geben, wir erleben jetzt den Mißbrauch – also, ich improvisiere, nicht? – dieser Erklärung und unserer Namen. Und wir erklären hiermit aufs allerschärfste – ohne was zurückzunehmen, das brauchen wir gar nicht zu sagen oder was –, daß das und das und das unser Standpunkt ist. Zum Beispiel zu unserem Staat, zum Beispiel zu dieser Presse da drüben und all diese Sachen.

Heym:

Aber auch zu unserem Nichtübereinstimmen mit Ihrer Entscheidung.

Wolf:

Das steht ja in der Erklärung, das brauchen wir nicht noch mal zu sagen.

Krug:

Wie schizophren das alles ist. Erst rechnen wir mit dem Mißbrauch, damit die Erklärung öffentlich wird und Publizität erlangt, die wir bei uns nicht erlangen konnten, und dann... Ich glaube, jeder einzelne ist sich hier klar darüber: Wir hätten in Einzelgesprächen, in netter, freundschaftlicher Form mit euch darüber reden können. Jeder schön einzeln. Das wäre alles ganz prima gelaufen. Leise und unauffällig. Nun haben wir uns aber entschlossen, diesen für uns alle sehr schmerzhaften Weg zu gehen. Sehenden Auges, denn wir wußten vorher, daß es mißbraucht werden würde, deshalb haben wir's ja dem Klassenfeind gegeben. Der hat jetzt seine Schuldigkeit getan und wie erwartet mißbraucht, jetzt **hat** es Publizität, da setzen wir uns schizophrenerweise hin und hecken aus, wie wir den Mißbrauch... äh... verteufeln können.

Adameck:
Aber Manne, die Frage ist doch die...

Krug:
Ich sag das nur, damit wir uns nicht lächerlich machen.

Wolf:
Ich würde diese Erklärung auch nicht für die Springer-Presse machen, sondern für die Genossen bei uns, die wissen sollen, wo wir stehen, die nicht plötzlich denken sollen: Was ist mit denen los?

Becker:
Werner, ich halte es für ganz wichtig, es geht gar nicht anders, wenn ich nicht lächerlich werden will. Wenn heute in der Zeitung steht: Die Leute distanzieren sich von etwas, das kein Leser kennt... Wir können nicht gegen den Mißbrauch von etwas protestieren, das die Leser nicht kennen. Das heißt, das Ding muß rein, sonst hat das alles keinen Sinn.

Adameck:

Nein. Jurek, paß mal auf. Einige Töne habe ich mir jetzt gemerkt. Ihr müßt ja wirklich wissen, was **ihr** wollt. Wollt ihr – und das hat hier stattgefunden – **gehört** werden? Soll ein Gespräch stattfinden? Die Probleme, die wir auch sehen, und das müssen wir euch ganz ehrlich sagen, sehen wir anders. Und da sind auch ein paar Illusionen drin über ... du hast ja schon so ein paar Töne angeschlagen ...

Becker:

Ich sag **haargenau,** was ich will. Ich kann dir das in einem halben Satz sagen: Ich will den Biermann wieder zurückhaben.

Adameck:

Aber wenn du das zur Bedingung machst, das ist doch schizophren. Entweder haben wir uns hier unterhalten und haben euch mal gehört und ihr habt auch **unsere** Meinung gehört, zwar ohne hier eine Einigung erzielt zu haben ... (Bandwechsel.)

Heym:

Was die Genossen unterschrieben haben, ist die Bitte an die Regierung, die Sache zu überdenken.

Lamberz:

Und der Protest.

Heym:

Und der Protest, jawohl. Weil eure Maßnahme falsch war, und weil wir als Bürger dieser Republik das Recht haben zu protestieren. Öffentlich zu protestieren.

Wolf:

Aber das geht jetzt alles wieder auf Sachen zurück, die wir schon hatten.

Heym:

Nein, ich will weiterkommen. Der Vorschlag von Christa ist richtig. Und das hat nichts mit Schizophrenie zu tun, mit Schizophrenie zu tun hat merkwürdigerweise die Nachrichtengebung in unseren Medien. Ich meine, daß es natürlich notwendig ist – schon damit das Volk auch vollkommen orientiert wird und zu unserer eigenen Ehre: Wir haben nicht etwas **gegen** die Republik unterschrieben, sondern **für** die Republik –, daß das veröffentlicht wird. In **unserem** NEUEN DEUTSCHLAND und über **unser** Fernsehen. Und dazu können wir dann eine Erklärung geben gegen den Mißbrauch, diese Bemühung, die **natürlich** zu erwarten war, weil wir eben in einem geteilten Land leben.

Lamberz:

Geteiltes Land?

Becker:

Das ist ein Wort, das wird der nie mehr los. Damit muß man sich abfinden.

Lamberz:

Das sind noch mehr Worte. »Von Deutschland nach Deutschland« und so weiter.

Heym:

Wollen wir hier eine Diskussion machen über die Nationale Frage? Das halte ich im Augenblick für zuviel.

Wolf:

Nein, aber jetzt mal wirklich. Also, ich halte diesen Vorschlag aufrecht, ich halte ihn für wichtig. Ich glaub schon auch, daß die anderen, die als erste unterzeichnet haben, sich in ähnlicher Weise dazu verhalten würden. Vielleicht. Das muß man erfragen. Man könnte also so etwas machen. und ich bin dafür, daß das jetzt gestoppt wird. Und ich bin dafür, etwas dafür zu tun, **mit** zu tun. Die Genesis, wie es dazu gekommen ist, das haben wir nun alles besprochen. Und da bleibe ich dabei, was hier auch gesagt wurde, was du gesagt hast. Das muß man jetzt nicht alles wiederholen, und es wird auch jetzt, wenn wir auseinandergehen, Punkte geben, wo wir eben nicht der gleichen Meinung sind. Macht nichts. Wir denken weiter darüber nach. Ihr auch. Aber jetzt geht's darum, das jetzt heute – also heute oder morgen oder so – zu tun und zu erreichen.

Heym:

Ich würde noch **einmal** und **noch** einmal unterstreichen, daß Sie die Frage Biermann überdenken. Obwohl es hier schon um Größeres geht. Aber das hängt damit zusammen, ob es Ihnen nicht möglich ist, die Sache auf anständige Art rückgängig zu machen. Sie sagen da was von irgendwelchen Gesetzen, da müßte eine Lex Biermann sein. Unsinn. Stimmt nicht. Ein administrativer Schritt kann ebenso administrativ zurückgenommen werden. Sie können das begründen mit seiner Frau, Familienzusammenführung, was weiß ich, es gibt viele Begründungen. Aber ich gebe es Ihnen noch einmal zu bedenken, denn das wäre natürlich die vornehmste und eleganteste Art, die Sache aus der Welt zu schaffen. Und Sie würden dann die solide hundertprozentige Unterstützung aller Schriftsteller und Künstler in diesem Lande haben.

Lamberz:

Also ich glaube, a.) daß: – zumindest in diesem Kreise – sich alle darüber einig sind, die jetzige Unterschriftensammlung zu stoppen. Darüber gibt es Übereinstimmung?

Mehrere, viele, wohl alle:

Ja.

Lamberz:

Gut. b.): daß man einen Weg suchen sollte, um die Diskussion, die es gegenwärtig gibt, in der Form weiterzuführen, daß sie für alle Seiten nutzbringend ist. Wobei ich noch einmal sagen möchte: wir haben es – Kollege Heym, dann müssen Sie auch die DDR besser kennenlernen – gar nicht notwendig, irgendeinen Zornesausbruch zu organisieren. Jedes Volk ist reif, jedes Volk ist bewußt, jedes Volk hat seine Meinung. Und niemand kann das so organisieren, daß Manne Krug oder Hilmar Thate oder Frank Beyer auf irgendeiner Veranstaltung geschnitten werden oder daß sie dort keine Fragen gestellt bekommen. Was wir auch hier lenken können, ist, daß jemand die Dummheit macht, ja, die Dummheit, die politische Dummheit macht und persönliche Dummheit macht, irgend jemanden beruflich einzuschränken. Ich habe gestern schon gesagt: den holt der Teufel, wer so was macht. Das ist also eine echte Dummheit.

Heym:

Also keine Repressionen?

Lamberz:

Was heißt »keine Repressionen«? Sie denken in Kategorien, die keine sozialistischen sind. So denken Sie.

Heym:

Ich habe die Stalin-Zeit miterlebt, Genosse Lamberz. Sie müssen verzeihen, daß wir noch manchmal daran denken.

Lamberz:

Da muß man umlernen, einen Lernprozeß machen. Was heißt »Repressalien«? Wenn jemand solche Dummheiten macht, die nicht zu verantworten sind mit der Tätigkeit eines Staatsbürgers, dann wird es auch andere Dinge geben. Aber darunter verstehen wir nicht, was weiß ich, eine Resolution machen oder so etwas. Können Sie so etwas ausschließen? Ich kann so etwas nicht ausschließen. Die Dinge ändern sich manchmal. Am 15. 10. beantragte Christine Biermann die Scheidung, und – was weiß ich – vor fünf Tagen sagt sie, sie wollen weiter zusammenleben. So ändern sich die Dinge.

Heym:

Das ist verständlich, daß sie sich unter diesem Druck nicht von ihrem Mann trennen möchte.

Lamberz:

Das kann gemacht werden über die Familienzusammenführung... Ich kenne nicht die persönlichen Verhältnisse, und ich denke, man sollte das nicht komplizieren. Wir mischen uns da auch nicht ein. Aber Repressalien gibt es überhaupt nicht. Es gibt nur Maßnahmen, die dann notwendig sind, wenn sich jemand so bewegt, daß er die Gesetze der DDR verletzt. Dann ist das etwas anderes.

Domröse sagt,

es sei ein Unglück, daß durch die Kampagne in den DDR-Zeitungen so viele Künstler eingeteilt würden in »gute« und »böse«, das könne Auswirkungen bei der Auswahl von

Schauspielern haben. Die Zurücknahme seiner Unterschrift durch Ekkehard Schall sei schädlich für die Standhaften, es sei zu hoffen, daß das nicht Schule mache. Sie rechne mit einschüchternden Gesprächen in ihrem Theater und, obwohl sie nicht Parteimitglied sei, auch vor der dortigen Parteileitung.

Adameck:
Angelica, **eine** Sache kann man nicht verhindern: daß um euch herum Genossen und Kollegen leben, die euch angreifen werden.

Domröse sagt,
Adameck könne ruhig bleiben, verteidigen wolle sie sich schon selbst.

Heym:
Ich schlage vor: Im Hinblick auf dieses Gespräch, heute ist Montag, kann man am Samstag zusammenkommen, dieselben Kollegen, die die ursprüngliche Erklärung verfaßt haben – vielleicht unter Zuzug von Kollegen Krug, Frank Beyer und einigen anderen, die inzwischen unterschrieben haben –, um dann diese Erklärung, über die wir geredet haben, gegen den Mißbrauch, gemeinsam zu verfassen.

Lamberz:
Ich habe Zweifel, ob es richtig ist, wiederum eine Erklärung von Zwölfen zu machen oder was weiß ich ...

Becker:
Das ist richtig.

Lamberz:
Oder dann wiederum die Unterschriften der anderen.
Jeder der anderen siebzig fühlt sich doch bemüßigt, entweder etwas dazu zu sagen oder nichts zu sagen.

Heym:
Ich finde das eher eine prozedurale Frage.

Lamberz:
Das ist keine prozedurale Frage. Im Denken der Menschen erscheint es doch – ob man will oder nicht –, daß es hier eine Gruppe gibt. Mir wäre es, ehrlich gesagt, lieber...

Heym:
Jeder wird verstehen, daß es sich **nicht** um eine Gruppe handelt.

Lamberz:
Noch nicht. Aber jeder der anderen wird sich bemüßigt fühlen oder nicht bemüßigt fühlen zu unterschreiben. Wir haben **wieder** den gleichen Prozeß in Bewegung. Ich hielte es für besser, individuelle Erklärungen zu machen des gleichen Inhalts, nicht wörtlich natürlich, wo jeder das ausdrücken kann. Warum nicht?

Adameck:
Warum wollen wir hier mit den Mitteln des Gegners arbeiten? Plattform und so weiter...

Heym:
Der Gegner hat nicht mit »Plattform« gearbeitet.

Adameck:
Natürlich!

Lamberz:

Wenn wir die Form wegnehmen wollen, daß es Gruppen gibt. Und das ist ja unser Interesse auch, daß es keine Spaltung gibt, und es gibt ja keine Spaltung. Es gibt eine Meinungsverschiedenheit über Biermann.

Heym:

Es gibt eine Meinungsverschiedenheit über die Aktion der Regierung.

Lamberz:

Gut. Es gibt sicherlich viele Meinungsverschiedenheiten über das Wesen des Sozialismus. Ja? Wir zwei haben ganz bestimmt welche, das weiß ich aus der Diskussion, aber das macht nichts. Darüber kann ich ja diskutieren. Aber wenn wir das in dauernden kollektiven Beschlüssen oder Gruppenbeschlüssen machen, finde ich, wird es kompliziert. Auch **das** kann eine Fortsetzung der Bewegung geben.

Wolf:

Wenn wir zum Beispiel einzelne Erklärungen machen würden – das würde auch dieses Problem nicht ausräumen, daß ja unsere ursprüngliche Erklärung nicht bekannt ist.

Heym:

Sie müssen diese Erklärung abdrucken, Sie kommen nicht drum herum, Genosse Lamberz.

Lamberz:

Das weiß ich nicht. Erstens mal bin ich kein Alleinherrscher. Das ist wirklich bei uns anders, ja? Ich stimme einem zu, völlig zu. Hier sitzen alles so ernstzunehmende Leute, daß natürlich niemand sein Gesicht dabei verlieren kann.

Das ist absolut berechtigt, und hier muß man einen Weg finden, der vielleicht von gegenseitigem Vorteil ist. Aber es kann nicht eine Wiederholung eines Protestes sein.

Krug:
Mit anderen Worten, darüber sind wir nicht hinaus? Der Satz, den wir unterschrieben haben, der das Wort »protestieren« enthält, kann nicht kommen?

Lamberz:
Ich könnte mir vorstellen, daß man durchaus sagt: wir haben eine unterschiedliche, oder ich habe eine unterschiedliche Meinung zu Biermann, ich halte diese Maßnahme nicht für richtig, ich sehe, daß meine Haltung mißbraucht wird, ja? Mein Verhältnis zu diesem Land ist so und so, und ich wende mich gegen den Mißbrauch.

Heym:
Wenn das in dieser Weise gemacht wird, dann schreit die ganze Welt: Die haben sich plattschlagen lassen.

Krug:
Was ich richtig finden würde: Das Originalding, das wir unterschrieben haben, müßte abgedruckt werden, darunter müßten alle Unterschriften stehen. Nicht in Grüppchen sondern meinetwegen alphabetisch hintereinanderweg. Darunter steht: Alle hier Unterzeichneten erklären – und dann kommt das, was zu formulieren wäre. Das ist eine saubere Sache. Und da brauchen wir keine Geschichten zu machen, die dann wirklich nach Umdreherei aussehen.

Lamberz:
Ich persönlich bin für eine schnelle Überwindung jeglichen Gruppengedankens und jeglicher Ausweitung.

Adameck:

So etwas würde ja **bestätigen**, daß hier Gruppenbildung vorliegt.

Lamberz:

Genau. Machen wir es so: Wir lassen die Diskussion sich fortsetzen. Sie diskutieren untereinander ... Ich kann hier sagen, wir machen nichts. Aber es gibt Diskussionen. Es gibt seit heute vormittag neue Stellungnahmen. Die Leute haben vielleicht gestern Biermann im Fernsehen gesehen, andere haben sich's überlegt. Ich weiß nicht, aber ich glaube, solche Stellungnahmen werden wir auch weiter entgegennehmen, ich bin davon überzeugt. Hier wurde von der Kraft des Faktischen gesprochen. Das ist in Bewegung, und das ist nicht durch eine administrative Festlegung gegenwärtig aufzuhalten. Das ist völlig klar. Und am Montag – ich weiß nichts von diesem Gespräch. Wenn es ein solches Gespräch gibt, um so nützlicher. Und dann könnte man sich erneut verständigen, nach diesem Gespräch.

Domröse sagt,

die Unterschriftenaktion müsse doch umgehend zu beenden sein, sie könne nicht glauben, daß sie sich noch wochenlang fortsetzen würde.

Lamberz:

Von wochenlang spricht ja niemand. Ich spreche von heute und morgen.

Schubert:

Da bin ich ja beruhigt.

Heym:

Zum Teil ist das sehr gut. Sie können ruhig die Stellungnahmen, die Sie heute gedruckt haben, fortsetzen. Die Menschen in unserer Republik sind gescheit genug, sich selbst eine Meinung über die Leute, die das tun, zu bilden. Und wenn wir dann so verfahren, wie wir heute besprochen haben, wie Manfred Krug das jetzt sehr gescheit formuliert hat, glaube ich, das würde die Sache entscheidend klären.

Wolf:

Du findest den am gescheitesten. Ich bin mir nicht so sicher, daß Genosse Lamberz den akzeptieren kann. Ich würde ihn auch gut finden, aber er scheint ihn nicht akzeptieren zu können aus Gründen, die ich mir vorstellen kann.

Lamberz:

Meine Furcht ist die, daß der Gedanke wächst, hier gibt es soundso viele Leute, die eine solche Meinung in dieser Frage haben, die jetzt erneut zusammentreffen und jetzt eine, **eine** Meinung haben und – was weiß ich – übermorgen bei einer weiteren Diskussion wieder zusammentreffen; denn auch darüber wird's Debatten geben.

Thate sagt,

Lamberz spräche von einer Gruppe. Wenn der Verdacht einer Gruppe, einer Gruppenbildung zustande käme, dann ist es sozusagen eine Gruppe, die absolut **für** diesen Staat sei.

Plenzdorf:

Bei »Gruppe« denkt man immer an **konterrevolutionäre** Gruppe. Das ist der einzige Vorwurf, der hier noch nicht ausgesprochen ist.

Lamberz:

Also, ich hatte geglaubt, es gibt gar kein Interesse daran, als Gruppe zu erscheinen.

Wolf:

Das ganz bestimmt nicht. Ganz im Gegenteil.

Heym:

Stellen Sie sich mal vor, es erscheinen jetzt in der Presse hintereinanderweg 72 Erklärungen ...

Lamberz:

Doch nicht 72 Erklärungen. Warum denn?

Heym:

Wenn's auch nur 12 Erklärungen sind, die haargenau das gleiche sagen, das ist doch ein lächerlicher Zustand.

Lamberz:

Aber Kollege Heym, Sie sind gegen Uniformiertheit. Wir machen hier den Vorschlag, gerade differenziert zu sein. Das kann jeder so sagen, wie er es sagen will.

Hoffmann:

Ich meine, es geht nicht so sehr um Gruppenbildung oder so was, sondern es geht nämlich darum – das kann man nicht eliminieren, ich wäre jedenfalls nicht dazu bereit –, es gibt verschiedene Meinungen, und zwar **zwei** verschiedene Meinungen über die Maßnahme der Regierung. Das ist doch Fakt. Oder nicht?

Lamberz:

Die Sache ist die: Soll man das institutionalisieren durch eine nochmalige Erklärung eines gleichen Kreises, der wiederum eine Reaktion nachfolgt? Darüber muß man sich im klaren sein, wenn es sich um den gleichen Kreis handelt. Oder soll man es aufgliedern und es individuell sagen.

Hoffmann:
Man kann doch sagen: Im Namen von ...

Lamberz:
Na gut, laßt uns das überlegen ...

Heym:
Ich hatte ursprünglich die Absicht, eine individuelle Erklärung abzugeben. Als dann die Kollegen zusammenkamen und diese sehr schöne Bitte an die Regierung – verbunden mit dem Protest – verfaßt haben, entschloß ich mich, meinen Brief zur Seite zu legen. Wenn ich meinen Brief allein weggeschickt hätte, würde ich mich hier allein diesen Zusatzfragen gegenübersehen. Da das aber zusammen geschehen ist, müssen wir schon auch zusammen diese Zusatzfragen klären. Das geht nicht anders. Und der Verdacht einer »Gruppenbildung«, zugunsten unserer Republik, das ist ja wohl sehr abwegig.

Krug:
Alle, die hier unterschrieben haben, treten auf einen Haps dafür ein, daß man den Leuten drüben sagt: Wir machen uns nichts daraus, daß die Sache aufgeblasen, mißbräuchlich aufgeblasen wird und wir damit – diese Gruppe hier – zu einer staatsfeindlichen Gruppe stilisiert werden. Es liegt im Interesse dieser Gruppe der Unterzeichner, daß sie den Verdacht, eine staatsfeindliche Gruppe zu sein, auflöst und damit sich selbst auflöst. Das ist der Witz bei der Sache. Und ich finde es nicht gut, wenn wir jetzt den ND-Kram nachmachen, daß jeder für sich da sein Sprüchlein

schreibt und rumeiert. Es kann ja wohl nicht jedesmal unsere Erklärung miterscheinen. Ich würde vorschlagen, daß dasselbe Kollektiv von Schriftstellern und Dichtern, die schließlich auch die größte Stärke im Formulieren haben, diesen Zusatz gemeinsam verfaßt, gemeinsam entwirft.

Wolf:
Ich finde, daß wir dazu verpflichtet sind.

Lamberz:
Gut. Verbleiben wir erst mal so, daß wir uns nach dem Gespräch noch verständigen.

Wolf:
Es wäre gut, wenn ihr wirklich glauben würdet, daß es nicht um Konfrontation oder so was ging. Daß es uns nicht geht um irgend etwas, was sich jetzt hier DDR-feindlich nennt. Daß wir in der Zukunft vielleicht wieder – was in letzter Zeit wirklich nicht so gut war wie schon zwei Jahre vorher – wieder ein bißchen mehr darauf kommen können, über Probleme zu reden.

Schubert:
Und zwar öffentlich. Daraus muß etwas Produktives entstehen.

Krug:
Gibt es denn keine Möglichkeit – Werner, das ist doch wirklich **deine** Arbeit –, da genauer hinzugucken, wenn jemand so einen Artikel schreibt wie den ersten nach Biermanns Rausschmiß? Kann man sich da nicht 'n klein bißchen mehr Mühe geben mit der Auswahl des Schreibers und der Kontrolle dessen, was dann drinsteht? Muß das eine Gän-

sehaut auslösen bei Leuten, die Worten gegenüber sensibel sind? Du sprachst vorhin von einfachen Männern. Mir ist klar, daß einfache Leute leichter darüber hinweglesen und vielleicht sagen, aha, dem haben sie mal richtig in den Hintern getreten. Ich habe einige Stellen in diesem Artikel – große Schweinerei, muß ich sagen – bei Biermann vergeblich gesucht.

Lamberz:
Pardon: »Die Rote Armee hat uns einen Sozialismus serviert, der, halb Mensch, halb Menschenwelt, halb Tierreich war...«

Wolf:
...Halb Menschen**bild** war...

Lamberz:
...Halb Menschen**bild**, halb Tierreich war.
Aber entschuldige. Was glaubst du, was die Leute sagen, die Tausende Kilometer, bis hierher, gezogen sind... Was das für ein Sozialismus war, der halb Menschenbild, halb Tierreich war... Einen Sozialismus serviert, Moment, einen Sozialismus »serviert«, der halb Menschenbild, halb Tierreich war...

Schlesinger:
Ich hab das ganz anders, ganz anders verstanden...

Lamberz:
Ja, aber lies ihn!

Schlesinger:
Ich hab's ja gelesen, ich versteh's anders...

Krug:

Wenn schon. Warum denkt keiner darüber nach, daß Biermann diesen Begriff im Grunde für eine positive Aussage benutzt hat? Warum nimmt man diesen halben Satz beim Wickel? Ich hab doch den Einmarsch erlebt 1945, als Kind zwar noch, die Angst ist mir noch heute ...

Lamberz:

Woran messen wir denn diese Sachen? Was hat man mit den Amerikanern drüben erlebt? Woran messen wir denn das? Messen wir dies an der gestohlenen Uhr oder an der historischen Entscheidung, die gefallen ist!

Wolf:

Das ist doch keine Frage.

Krug:

Das soll auch keine Frage sein. Er meint eben auch die dunklen, die schlimmen Augenblicke, er meint auch Stalin.

Lamberz:

Aber das will ich dir sagen. Wenn einer in der Partei ... Vielleicht sagt dir jemand was anderes, dann sage ich: der soll seine Mitgliedschaft überdenken. Wer behauptet, die Rote Armee hat uns einen Sozialismus »serviert«, der halb Tierreich war – **das haben die Sowjet-Soldaten nicht verdient.** Da gibt es ein Prinzip, **ein eisernes Prinzip!** Man kann Witze machen über zum Teufel welche Geschichten, aber doch nicht mit so 'ner Sache.

Heiner Müller:

Ich hab das nie anders aufgefaßt als: Hier ist zum Sozialismus aufgebrochen worden mit einer Bevölkerung, die zum Teil durch den Faschismus ...

Lamberz:

Nee. »...Hat uns einen Sozialismus serviert...« Ich kenne die Stelle: Die haben ihn mitgebracht, diesen Sozialismus haben die mitgebracht, das geht doch wirklich nicht!...

Wolf:

Über diese Sachen würde ich überhaupt nicht streiten. Nicht umsonst steht in diesem unseren Schrieb, daß wir uns eben nicht mit allem, was Biermann sagt und tut, identifizieren. Und so was würde dazugehören...

Becker:

Jetzt fangen wir an, was zu machen, was wir erklärtermaßen nicht tun wollten, über Details von Biermanns Konzert zu reden...

Heym:

Wir sind ja mit der Diskussion fertig. Was jetzt ist, das ist ein Pausengespräch, nicht mehr.

Lamberz:

Ja, aber das war ein wichtiges Pausengespräch. Klauen bei uns die Arbeiter auf dem Bau? Mich hat der Kohlmann angerufen, da hab ich gesagt: »Du, hör mal, wie ist das?« Sagt der: »Bei uns klauen sie auch, aber daß **der**...« Den kennt ihr, den Kohlmann?

Schlesinger:

Kohlmann?

Adameck:

Ist ein Brigadier.

Lamberz:

Kohlmann hat ein Drittel aller Häuser gebaut in Berlin. Hat zehn Jahre in einer Hinterhofwohnung gewohnt. Ein Charakter. Ein Charakter. Zehn Jahre im Hinterhof gewohnt, und die Häuser gebaut. All die großen... Leipziger Straße... Das ist Kohlmann mit seinen 27 Leuten. All die Baustellen. Da hab ich gesagt: »Wie ist das?« »Ja, bei uns fehlt schon mal ein Sack Zement. **Aber daß einer drüben bei dieser Mistbande das singen muß** und rumerzählen muß, nee. Der hätte zu mir aufn Bau kommen können, dem hätte ich gesagt, du hör mal, wieso passiert das. Das regt mich auf.«

Krug:

Der Biermann hätte zu ihm auf den Bau kommen sollen?

Lamberz:

»Und die Jungen in meiner Brigade haben gesagt: dem hauen wir den Arsch voll, wenn der zurückkommt.«

Heym:

Biermann konnte nicht auf den Bau kommen, dort singen.

Lamberz:

Er brauchte nicht zu **singen**. Er konnte auf den Bau kommen und diskutieren! Er ist doch beim Festival auch auf dem Alexanderplatz gewesen und hat gesungen.

Heym:

Genosse Lamberz, haben Sie das Programm angesehen, das der Biermann gemacht hat in Köln? Die ganze Sendung?

Lamberz:

Ja.

Heym:

Haben Sie nicht bewundert, wie der diese Zwischenrufe aufgefangen hat? Ich wünschte, daß unsere Genossen mal mit einer Versammlung zu tun hätten, wo solche Zwischenrufe kommen. Ich habe das ja letztens mitmachen müssen. Und daß er so geschickt und klug und so **für** die DDR und **für** den Sozialismus argumentiert hat, das müssen Sie doch anerkennen und bewundern. Noch kann er zurückkommen. Noch kann er. Noch mal: **Versuchen** Sie, versuchen Sie, eine Lösung zu schaffen, die auch für den Biermann bedeutet, daß er zurückkommen kann. Ich sage es Ihnen vom Herzen her.

Lamberz:

Ich habe mehrere Jahre im kapitalistischen Ausland gearbeitet. Ich habe nicht mit 7000 eine Debatte gemacht, aber ich habe mehrere internationale Pressekonferenzen gemacht. In Wien, in Paris, da war ich noch ein ganz junger Spund, und hab mich auseinandergesetzt mit den Leuten. Ich kenne das auch ein bißchen und weiß, wie man reagieren kann und wie man ragieren muß unter den Bedingungen. Das, was ich persönlich nicht verstehe, er hat ja auch überlegt: Er geht dort hin. Was macht er dort? Wie ist seine Konzeption für diesen Abend?

Plenzdorf:

»So oder so – die Erde wird rot!«

Lamberz:

Wo lagen denn die Angriffe an diesem Abend? Lagen die gegen die andern? Oder lagen die gegen uns!

Krug:

Wo die Angriffe gelegen haben, das kann man unschwer daran erkennen, wo auf dieser 7000-Mann-Veranstaltung, vor allem nach der Pause, der Schwerpunkt bei den Zwischenrufen gelegen hat. Ich glaub, da hätte mir auch das Wasser im Arsch gekocht. Hör dir die Einwürfe an. Da hast du zwei, drei Einwürfe von DKP-Leuten, wobei der eine davon, dieser Luft schnappende junge Mann, entsetzlich schlecht war. Die anderen schienen ganz harte, reaktionäre Leute zu sein, die unentwegt »Polizeistaat« und solche Sachen auf der Pfanne hatten. Aber **das** war das, was er dort verbal zu verteidigen hatte. Das habe ich mir angeguckt, und ich finde, das hat er getan. Er hat mit diesem Abend eine ungeheure linke Veranstaltungsreihe in Westdeutschland gestartet. Wir haben ihm durch den Rausschmiß zu einer zusätzlichen Publizität verholfen, was die Sache geradezu gigantisch macht. Vier Stunden im Fernsehen. Nicht **wir** haben ihm verholfen, nicht unser Clübchen hier, sondern die Regierung. Er hat die größte linke Veranstaltung gelandet, die es je gegeben hat.

Becker:
Wißt ihr, daß die CDU verhindert hat, daß die Sendung um 20.15 stattfindet?

Krug:
Das ist interessant.

Lamberz:
Vor dem Rausschmiß waren alle Fernsehstationen da und haben das aufgenommen. Die hatten auch **ohne** die Ausbürgerung geplant, das zu senden.

Plenzdorf:
Wie habt ihr das rausgefunden?

Lamberz:
Wir hatten nämlich nicht nur **einen** Guillaume.

Wolf:

Das glaube ich, Genosse Lamberz.

Lamberz:

Es gab schon Veranstaltungen, wo das Programm **klar** war. Ich kann auch eine Reise beginnen mit einem Solidaritätskonzert. Oder ich kann eine Reise beginnen, wo ich ein bißchen auch die **andere** Seite akzeptiere. Oder ich kann eine Reise so beginnen. Die Lieder waren ja schon zum großen Teil bekannt, aber die **verbalen** Ausfälle sind **dort** gemacht worden.

Krug:

Die schmerzhaften Lieder waren doch nicht die neuen, sondern die altbekannten.

Wolf:

Genosse Lamberz, mir ist, ich glaube 1970 oder 1971, ich weiß jetzt nicht mehr so genau, in welchem Jahr, von einem Rundfunkredakteur gesagt worden: Also, **Sie** können hier 'ne Stellungnahme gegen sonstwas abgeben, von mir aus gegen den Vietnamkrieg – wir können das nicht senden. Das hat mich sehr geschmerzt. Ich hab's auch nicht vergessen können. Vor zwei Jahren haben wir diesen Band gemacht beim Deutschen Verlag: »Chile – Gesang und Bericht«. Da hatte Biermann ein Gedicht eingereicht. Dieselbe, was er ...

Heym:

... Das vom Kameramann ... Unidad popular ...

Wolf:

... jetzt also in Köln gesungen hat. Das hat er eingereicht. Ich war im Redaktionskollegium und war dafür, es zu drukken. Mit der Begründung, daß ich zwar in vielen Punkten nicht mit Biermann einverstanden bin – das liegt also schriftlich vor. Drei Stunden war der Verlagsleiter vom Mitteldeutschen Verlag bei mir, um mich umzustimmen... Ich finde aber, wenn es sich um den Faschismus handelt, dann geht's um eine antifaschistische Einheitsfront. Und da sie Leute von auswärts dazugenommen haben, die **überhaupt** nicht Kommunisten sind und auch sonst gar nichts mit uns zu tun haben... – warum nicht den Biermann? Mit diesem ganz eindeutigen und noch dazu guten Gedicht? Es ging nicht. Er kam nicht rein. Ich bin daraufhin aus dem Redaktionskollegium ausgetreten, und zwar eingedenk dessen, was mir damals passiert ist. Und solche Sachen, weißt du, das vergißt einer auch nicht. Das sind so Sachen, die irgendwie eine Entwicklung mitprägen, ja? Es geht mir wirklich jetzt nicht darum zu sagen, ihr habt schuld, daß er so geworden ist. Es hat jeder immer selber mit schuld, wie er wird, das weiß ich ganz genau. Und es gibt immer Möglichkeiten, sich auch woanders noch zu orientieren, woanders hinzugehen, andere Meinungen zu hören. Und ich werfe dem Biermann vor, daß er das ganz bestimmt nicht in genügendem Maße getan hat. Das alles gehört zu meiner Kritik an ihm. Aber das alles wischt auch das andere nicht aus, wie einer dann so wird. Und wir sind nun mal Autoren. Neulich hat mir einer vorgeworfen: Jetzt kommst du mit Psychologie! Das war auch ein Autor. Da mußte ich sehr lachen, weil: das ist ja unser Arbeitsfeld. Also wenn wir, wenn **wir** nicht versuchen, auch zu verstehen, was in den Köpfen und in den Nervenfasern der Leute vorgeht, ja wer sollte es dann tun?

Lamberz:

Wenn die Politiker die Psychologie vergessen, dann vergessen sie auch einen wichtigen Teil ihrer Arbeit. Wir sind doch eine Gesellschaft mit...

Wolf:

... in Widersprüchen. Und genau das wollen wir ja eigentlich ausdrücken. Wir sind eine Gesellschaft in Widersprüchen, und **wir** wollen uns auf die produktive Seite des Widerspruchs stellen. Und das ist mein Kampf seit vielen, vielen Jahren, und es gibt dabei Rückschläge, und es gibt alles dies und alles jenes. Man kommt wieder drüber hinweg, man hat wieder ein neue Phase und so weiter, ja?

Lamberz:

Sieh mal, das alles kann man debattieren, **soll** man debattieren. Aber: Ihr, die ihr im Volk wirklich bekannt seid und einen Namen habt, und manche von euch sehr populär sind, müßt natürlich auch wissen, wie man einen solchen Schritt macht wie den der Resolution. Es ist ein Unterschied, ob ich in einer öffentlichen Dikussion das verlange, ob ich mich an jemand wende, ob ich persönlich einen Brief schreibe, oder ob ich eine solche Sache mache mit allen ihren Konsequenzen. Das kann man abschätzen, das kann man überlegen und so weiter...

Heym:

Ich wundere mich, wie ihr darüber redet, wie es bei uns mit der Öffentlichkeit ist. Die Öffentlichkeit ist in **Ihrer** Hand...

Lamberz:

Nein! Die ist **nicht** in meiner Hand! Pardon!

Heym:

Ich meine jetzt, in der Hand des Politbüros, wo Sie die Presse unter sich haben...

Lamberz:

Erstens mal ... erstens mal ist für Sie die Öffentlichkeit alleine die Zeitung? Die Öffentlichkeit ist das ganze gesellschaftliche Leben. Was bei uns in der Jugend, in den Gewerkschaften und überall, auch in der Schule, sicherlich unterschiedlich, debattiert wird, das ist doch **auch** Öffentlichkeit. Oder nicht? Und wo sind die konstruktiven Vorschläge? Ich kenne niemand in diesem Raum, der dem verantwortlichen Leiter der Agitation oder Karl Sensberg als dem Sekretär der Kommission oder mir einen Vorschlag gemacht hätte, man muß das und das und das machen. Jedesmal, wenn sich jemand an mich gewandt hat – ob das Krug war oder Becker oder Beyer in komplizierten Dingen –, haben wir uns getroffen. Stimmt's? »Jakob der Lügner« haben wir diskutiert? Haben wir unterschiedliche Meinungen gehabt? Sind wir zu Lösungen gekommen? War alles möglich! Aber ein Vorschlag für die oder jene Diskussion ist mir nicht bekanntgeworden. Ich weiß nicht, was Sie vor dem IX. Parteitag eingereicht haben, um zu sagen, dieses Problem müßten wir mal zur Parteidiskussion stellen.

Gut, ich muß gleich weg. Ich fahr jetzt schon 160, aber mit dem VOLVO kann man das ja fahren ...

Schlesinger:

Moment, eine Sache möchte ich noch ... Die Unterschriften, die jetzt noch kommen können. Da kam zu mir einer aus Jena hochgefahren, den ich gar nicht kenne, ein unbekannter Mensch, der mühsam die neue Adresse rausgekriegt hat, der hat gesagt: »Die haben Unterschriften gesammelt bei uns, da ist einer verhaftet worden ...«

Heym:

So weit geht das also ...

Schlesinger:
Ein Arbeiter aus Jena, ein Zeiss-Arbeiter. Und ich habe gesagt: »Warum sammelt ihr Unterschriften? Hättet ihr Willenserklärungen gemacht, ohne Unterschriftensammlung. Das müßt ihr wissen.« Er: »Das wußten wir nicht. Wir wollten uns aber solidarisieren. Und wir **meinen das** auch.« Und ich habe gesagt: »Hört auf damit, macht das nicht über diese Sache, schreibt, **wenn** ihr 'ne andere Meinung habt, dann schreibt ans ZK oder so.« Das haben wir also gestern schon gemacht. Für unsere Resolution haben wir ja nicht umsonst nur Leute genommen, die unabhängig waren.

Lamberz:
Wie viele Unterschriften kann man noch erwarten?

Schlesinger:
Ich weiß es nicht!

Lamberz:
Ehrlich!

Schlesinger:
Ich schwöre Ihnen! Ehrlich! Sie mißtrauen mir... Ich weiß es nicht!

Adameck:
Mal eine konsequentere Frage: Wie viele Unterschriften werden weitergegeben?

Schlesinger:
Keine Ahnung.

Lamberz:
Es liegen ja schon welche da.

Adameck:

Aber irgendwo müssen Sie sie doch herhaben.

Lamberz:

Moment. Die von Frank Beyer ist ja noch gar nicht auf der Liste drauf, ist aber schon im Westen. Die hab ich ja heut morgen schon um 7.00 Uhr gehört! Also. Deshalb stelle ich die Frage. Ich sage wirklich das, was ich denke. Ich habe keine Angst, meine Meinung zu sagen, hab keine Angst, meine Meinung zu vertreten, ja? Wir müssen wirklich bald miteinander reden. Und verhaftet wird niemand, dafür geb ich meine absolute Garantie, meine Unterschrift. Niemand. Es wird nur jemand verhaftet, der andere Dummheiten macht...

Schlesinger:

Na ja, aber man kann Gesetze so und so auslegen.

Lamberz:

Ich garantiere, daß niemand für eine Unterschrift verhaftet wird. Wenn jemand irgendwo eine Gruppe organisiert, in ein Parteihaus geht, um dort zu erklären: Ihr seid alles große Schweine – gestern hat die Abteilung Kultur des Zentralkomitees solche Angriffe gekriegt, er war dabei, er hat's erzählt, das hat auch nichts mehr mit euch zu tun –

Wolf:

Allerdings nicht.

Lamberz:

... Dann müssen wir uns dagegen wehren. Pardon: Das ist alles rausgekommen: rote Schweine, Banditen, weg mit euch. Das geht doch nicht! Wenn vorgestern diese Mannschaft von DYNAMO da drüben Eishockey spielt und das ganze Stadion brüllt:

Hängt Ziesche, hängt Honecker, Freiheit für Biermann! Was ist denn das? Kennt ihr **auch** nicht? Lest die Westpresse.

Schlesinger:
Die kennen wir nicht.

Lamberz:
Kollege Heym, das sind die Auswirkungen.

Heym:
Das ist die Wirkung der Ausweisung von Biermann. Wir wollen das hier nicht auf die Dreizehn schieben.

Lamberz:
Moment! Moment! Das sind nicht die Auswirkungen der Biermannausweisung. Das sind die Auswirkungen dessen, daß andere Leute euch mißbrauchen. Ich möchte genauso wie ihr, daß ihr nicht mißbraucht werdet, weil ihr es nicht nötig habt, weil ihr andere Leute seid...

Krug:
Die Politik selber wird mißbraucht. Eine politische Entscheidung ist falsch, und schon wird sie mißbraucht. Sorgt ihr bitte dafür, daß ihr nicht selbst mißbraucht werdet, indem ihr schlechte politische Entscheidungen trefft.

Adameck:
Jetzt ist aber gut.

Lamberz:
Moment mal...

Krug:
Freilich ist sie schlecht. Gar nicht zu reden von der Form, in der das Ganze vorgetragen ist. Wenn man einen loswer-

den will, dann kann man ihn an die Grenze bringen und ihn da rausschmeißen. Aber nicht den Eindruck von Feigheit erwecken – bei mir jedenfalls – dadurch, daß man ihn rausläßt, das empfinde ich als heimtückisch, und dann sagt: so, Junge, jetzt bist du endlich draußen, weg mit dir. Das ist der Eindruck, der entstand in Westdeutschland im Volk und in der DDR bei vielen Leuten. Und diesen Eindruck mußtet ihr voraussehen. Dafür seid ihr Fachleute als Politiker. Es braucht nicht nur Herz, sondern auch politischen Verstand und politisches Vorausschauen.

Lamberz:

Du hast nicht mal unrecht. Denn wenn wir vorher gewollt hätten, hätten wir nach der Aufführung in der Kirche, die nicht angemeldet war und die auch ungesetzlich war, das machen können. Da haben die Genossen in der Regierung gesagt... Ich habe ja nie gesagt, daß wir das nicht **wissen**, ich habe ja nur gesagt, daß wir es nicht **beschlossen** haben. Ja? Das ist doch logisch, daß das Politbüro etwas davon weiß, von der Kirche. Da haben wir gesagt: also, so eine Dummheit. Warum macht er solche Dummheiten mit der Kirche! Schluß. Das war alles. Aber ich will noch etwas sagen: Wenn es Leute gibt, die solche Aktionen organisieren, werden wir sie verhaften. Und ich bitte doch, das nicht übelzunehmen.

Beyer:

Wir können da nichts weiter übelnehmen.

Lamberz:

Wir können nicht zulassen, daß unsere Partei von irgendwelchen Leuten angegriffen wird, fälschlich, und daß dann die Partei... Wir sind nicht Polen. Ja?

Schubert:

Andererseits haben wir, hab ich geglaubt, daß wir's nicht zulassen können, daß ein politisch wichtiger Entschluß, den Biermann auszuweisen, offenbar leichtfertig getroffen wurde.

Krug:

20 Jahre lang – wenn einer von drüben gesagt hat: Polizeistaat – habe ich gesagt: Gönnt ihr euch erst mal einen, der bei euch so loslegt wie Biermann bei uns, und der bei euch nicht im Knast sitzt. Was sag ich denn jetzt?

Lamberz:

Da hast du recht.

Krug:

Ich möchte es gern wieder sagen können.

Lamberz:

Ich bedanke mich für die Aussprache. Wir sind uns einig, daß das in diesem Hause bleibt? Oder wird das heute abend noch weitergegeben?

Einige:

Nein, nein, schon klar. (usw.)

Beyer:

Ich habe nur die Frage: Gilt die Vertraulichkeit auch für die reine Tatsache, daß mit dir ein Gespräch stattgefunden hat? Ich frage das, weil ich meinen Drehort verlassen habe heute nachmittag.

Lamberz:

Ich würde sagen: ja.

Beyer:
Auch? O. K. Gut.

Wolf:
Gilt das, Werner, auch dafür, daß man zum Beispiel mit Stephan Hermlin darüber spricht?

Lamberz:
Nein, Stephan Hermlin nicht. Der hat mit unterschrieben. Aber ich bitte: Wem nützt das, wenn Westjournalisten heute abend in Leipzig zu mir kommen und sagen: Herr Lamberz, Sie haben sich heute getroffen...
Ihr findet keine Formulierungen aus diesem Gespräch und über dieses Gespräch bei uns, und ich hoffe, daß ich keine Formulierungen darüber bei euch finde.

Heym und andere:
Das ist selbstverständlich.

Lamberz:
Danke.

(Er und seine beiden Begleiter gehen ab.)

TAGEBUCH

19. April 1977, 10.15 Uhr, Dienstag

Das Rathaus in Berlin-Pankow hält noch ein paar hundert Jahre. Es ist ein roter Backsteinbau mit einem Stummelturm, ein wilhelminisches Gemäuer, nur die Fenstergitter sehen nach Jugendstil aus.

Heute ist Behördensprechtag, aber niemand will die Behörde sprechen, die Stühle auf den Gängen sind leer. Kaum zu glauben, sonst ist es auf allen Ämtern voll. Dabei riecht es hier nach Menschen, wie in einer Schule, nach Schweiß und Bohnerwachs. Ich komme an die Tür mit der Aufschrift ABTEILUNG INNERE ANGELEGENHEITEN – DER LEITER. Einen Moment bleibe ich stehen und überlege, mit welchem Gesicht ich reingehen soll. Eindrucksvoll muß es sein und MIT MIR IST NICHT ZU SPASSEN muß auf der Stirn stehen. Zwischen meinen – nebenbei gesagt: gütigen – Wurstfingern steckt der Brief. Ich klopfe. Das Fräulein sagt, der Leiter sei nebenan in Nummer drei. In Nummer drei ist wieder ein Fräulein, hausbacken aber geistesgegenwärtig. Sie nimmt zögernd den Brief und lehnt es ab, die mitgebrachte Empfangsbestätigung zu unterschreiben. Sie erkennt, daß es sich um was Wichtiges handeln muß, und sie erkennt auch mich und sagt, ich solle im Flur warten.

Da sitze ich nun. Ganz schön berühmt für meine Verhältnisse. Und doch bloß ein Furz auf einem Behördengang in Pankow. Gut 26 DDR-Jahre habe ich auf dem Buckel. Habe lässig die ersten, die trostlosen Jahre runtergerissen, mit den Trümmern und den Lebensmittelkarten, habe mit meinem Alten zusammen in einem Bett geschlafen und mich nie im Leben so verladen gefühlt wie im Winter '49/'50 in Leipzig, unter den Sachsen, die sich dann als so feine, gutherzige Leute erwiesen haben. Das Beste war noch, daß ich die Pauker auf dem Gymnasium in Duisburg hinter mir hatte, eingetauscht gegen die Neulehrer an der 33. Grundschule in Leipzig. Die hatten nicht alle Welt zu bieten, aber sie hatten den Enthusiasmus, dir die neue Welt zu erklären, die wir jetzt gemeinsam bauen würden, die klassenlose, gerechte, endgültige Ordnung, die irgendwie um mich herum errichtet wird, denn ich bin der Mensch, der im Mittelpunkt steht.

Endlich lassen sie mich rein. Der Leiter sitzt hinter dem Schreibtisch, der mit einem rechtwinklig davorstehenden Tisch ein T bildet. Um den T-Fuß herum stehen vier Stühle. Das ist nicht so doll. Im Politbüro der SED sitzt ein wirklich großer Leiter, Werner Lamberz, verantwortlich für das Fernsehen, das Radio und die Zeitungen. Im Westfernsehen sagen sie immer, er würde mal der Nachfolger von Erich Honecker werden. Den Lamberz schätze ich auf zwei Dutzend Stühle. Adameck aber, der Vorsitzende des Fernsehens, begnügt sich mit der Hälfte. Die Stühle in den Audienzsälen »hochgestellter Persönlichkeiten« sind ihre Rangabzeichen, man kann sie zählen wie Sterne auf Schulterstücken.

Der Vier-Stühle-Leiter hier im Rathaus zeigt Haltung. Worum es geht, weiß er schon aus der Überschrift: ANTRAG AUF AUSREISE AUS DER DDR IN DIE BRD. Er muß die paar Seiten schon mehrmals gelesen haben, jetzt blickt er nur noch auf das Papier und versucht, kein Gesicht zu machen. Kein Gesicht zu machen, ist das Schwerste, was es gibt, man macht dabei immer zuviel. Mir gegenüber sitzt das Fräulein mit Block und Bleistift, aber es gibt nichts zu notieren. Es ist still.

Ich muß an mein Haus denken, das schönste Haus in der ganzen DDR. Unter dem Ärmel meiner bulgarischen Lammfelljacke versteckt, lege ich den Daumen auf meinen Puls.

»Haben Sie dem mündlich noch etwas hinzuzufügen?« fragt der Leiter.

»Nein.«

Das Fräulein schreibt sich meine Telefonnummer auf, der Leiter gibt mir angeekelt die Hand, ich gehe.

Draußen fange ich damit an, mir die Häuser einzuprägen. Der Buchladen und der orthopädische Schuster waren mir nie aufgefallen. Die Straßenbahnschienen müßten mal wieder gemacht werden. Das gußeiserne Pissoir ist das Grünste, was es an diesem 19. April auf dem Kurt-Fischer-Platz zu sehen gibt. Es ist noch sehr kalt. Schräg rüber vom Kohlenhändler hängt das Transparent, das den ganzen Winter durchgehalten hat, und so sieht es auch aus: PLANE MIT, ARBEITE MIT, REGIERE MIT! Wieviel tausend Menschen mögen das in diesem Moment lesen, an wie vielen Straßenecken im ganzen Land? Und was denken die Leute, wenn sie es lesen? Die Leute denken: Leckt mich am Arsch, und fertig. Ich weiß, wovon ich rede, ich hab wirklich viele gefragt. Die Typen, die das Transparent malen und aufhängen, können die sich nicht dieselbe Frage stellen? Dann kämen sie zu demselben Ergebnis. Warum malen sie das und hängen es auf? Nur um der Partei zu schaden. Um große, unsichtbare Massen zu versammeln, die Tag für Tag, nämlich immer, wenn sie an so einem Transparent vorbeilaufen, denken: leckt mich am Arsch, und fertig. Welchen Schaden die Genossen sich damit zufügen. Und daß sie diesen einfachen Mechanismus bis heute nicht verstanden haben, muß jeden denkenden Menschen befremden, wenn nicht gar abstoßen. Das ist einer der Gründe, warum ich nie Lust hatte, in die Partei einzutreten, obwohl mein Vater mir gelegentlich zu diesem Schritt geraten hat, wegen der Karriere und so weiter.

Nein, im Ernst, wer tatsächlich mitdenken will, oder auch nur mitregieren, der sollte nicht viel über zwanzig sein. Ich bin vierzig. Das ist zu spät, denn wenn du in der Deutschen Demokratischen Republik ausgeschaltet wirst, mußt du jung genug sein zum Warten, bis du wieder eingeschaltet wirst.

Wer schaltet da eigentlich und waltet? Honecker? Abrassimow? Lamberz? Oder dürfen schon die Kleinen, wie etwa Adameck, an den Hebeln spielen? Es hat mir immer ein bißchen ein stolzes Gefühl, ja sogar ein gewisses Gefühl von Freiheit gegeben, mir unter diesen Männern keinen Freund und keinen Gönner gesucht zu haben, nicht mal in den Jahren bis zum XI. Plenum, als ich überzeugt war, die DDR sei noch zu retten. Meine Freunde und Gönner saßen im Publikum. Und wenn ich das Land verlasse, verlasse ich mein Publikum, und sonst gar nichts.

Über 60 Filme und Fernsehfilme habe ich gemacht, nur die Hauptrollen gerechnet, und ein Dutzend Langspielplatten. Alles in 20 Jahren. Es hätten dreimal soviel sein können, aber für unsere Verhältnisse ist es viel, es zeigt, wie unermüdlich und fleißig ich war. Das Telefon ging den ganzen Tag, wir hatten eine beachtliche Zahl von Ausreden gelernt, um in freundlicher Form Termine abzusagen. Im November '76 verstummte der Apparat.

Ich war nicht im Krieg, nicht mal Flakhelfer. Damit gehöre ich schon der Generation von schlappen Jungs an, die eine anständige Niederlage nicht in Würde wegstecken können. Trotzdem. Ein halbes Jahr ist viel Zeit. Vielleicht nicht für einen Profi wie den Grafen von Monte Christo. Für mich war es zuviel. Wenn man in der DDR ein Jahr als Filmschauspieler arbeitet, muß man die Hälfte davon ohnehin mit Warten vertrödeln. Anders geht es im Sozialismus nicht.

Aber was sie mit mir gemacht haben: einen anständigen Menschen bestrafen, indem sie ihm die Arbeit wegnehmen; einem Schauspieler zeigen, was 'ne Harke ist, indem sie so tun, als sei er nie wirklich gebraucht worden, als seien ihm bloß aus Erbarmen ein paar Brocken hingeschmissen worden; ihm eins rüberziehen und sagen: Ohne uns bist du gar nichts; seine Ehre verletzen, seinen Ruf schädigen, indem er verleumdet wird – das kränkt den Stolz des Künstlers.

Mit denen bin ich fertig. Die waren hart mit mir, jetzt muß ich hart mit denen sein. Ein Zurück kann es nicht geben. Wenn ich umkehre, bin ich verloren.

Vor ein paar Tagen rief mich Biermann von drüben an, ich erzählte ihm, daß ich seit seiner Ausbürgerung kein einziges Arbeitsangebot hatte. Einen Tag später warfen sie mir einen Knochen hin, ein paar Takes seien zu synchronisieren in einem rumänischen Film. Ich habe abgelehnt. Ich habe kein schlechtes Gewissen, das mich treiben würde, wieder als Synchronsprecher anzufangen, wie vor 20 Jahren. Verdammt, ich bin ein Star in diesem Land, was ich nie zu sagen gewagt hätte, und jedermann kennt meine Stimme und weiß, daß sie mir gehört und daß sie zu mir gehört, was also nütze ich dem Schauspieler Popescu? Das wäre, als wenn mich in Amerika Jack Nicholson synchronisiert. Die Leute würden im Kino sitzen und sich fragen, was die Visage von dem Fremden da hinter der Stimme von Nicholson zu suchen hat.

Im Wintergarten meiner Villa sitzen der Schauspieler Armin Müller-Stahl, genannt Minchen, und meine Frau Ottilie, sie haben mit dem Frühstück auf mich gewartet. Auf Minchens fragenden Blick sage ich: »Erledigt.« Ottilie steht unter einer Art Schock, sie plaudert über den Haarausfall einer unserer Katzen.

Ich lege den Finger auf das Zifferblatt der Standuhr, es ist halb elf. Wenn der Mann den Instanzenweg einhält, wird er seinen Chef im Roten Rathaus anrufen, den Leiter der Abteilung Inneres von Berlin/Hauptstadt der DDR, der wird den Brief selber lesen wollen und läßt ihn sich im Dienst-WOLGA kommen. Mein Finger rückt vor auf halb zwölf, um zwölf Uhr bestellt das Politbüro einen Dienst-TATRA, also nach der Mittagspause haben sie den Ausreiseantrag. Hinter mir steht Minchen, der meinen Finger verfolgt hat, und sagt: »Das würde ich auch denken, um zwölf haben sie ihn.«

Wir frühstücken schweigend. Alle kauen an ihren Rühreibrötchen.

Ich ziehe ein Blatt in die Schreibmaschine und fange auf der Stelle an, dieses Tagebuch zu schreiben. Bis zur Ausreise oder bis zur Verhaftung will ich es durchhalten. Im ersten Fall will ich ihr eine Kopie zukommen lassen, der DDR, damit sie weiß, was sie angerichtet hat. Es könnte eine heilsame Medizin für sie sein; denn wenn ich sie jetzt auch hasse, die DDR, sie ist krank und scheint von ihrem Zustand nichts zu wissen. Wenn sie mich einsperren, erscheint das Buch im Westen. Ich sorge dafür, daß mein Freund Nico von der Italienischen Botschaft auf dem neuesten Stand bleibt, er bekommt täglich die letzten Blätter, die er in Westberlin aufbewahrt.

Am Abend kommt Jurek Becker. In letzter Zeit umarmen wir uns wie Brüder, die sich lange nicht sehen werden.

Die BERLINER ZEITUNG bringt auf Seite 1 ein Foto aus Italien: ein alter Mann mit hochgeschlagenem Kragen sitzt auf der Straße, neben sich ein Pappschild mit der Aufschrift »Fame«, Hunger.

20. April 1977, Mittwoch

Eine benachbarte Freundin stutzt mit Kamm und Schere meinen Haarkranz, manchmal tropft mir eine Träne auf die Glatze. Sie hat bis heute nicht geglaubt, daß ich es tun würde. Sie will, daß ich ihr den Antrag vorlese:

Antrag auf Ausreise aus der DDR in die BRD

Mein Name ist Manfred Krug, ich bin Schauspieler und Sänger. Infolge der Scheidung meiner Eltern bin ich als Dreizehnjähriger aus Westdeutschland in die DDR gekommen, wo ich seither lebe. Ich bin verheiratet und habe 3 Kinder.

1956 lernte ich Wolf Biermann kennen, mit dem ich befreundet war und bin. 1965 erschien ein erster gegen Biermann gerichteter Artikel im NEUEN DEUTSCHLAND, gegen den ich polemisiert habe. Daraus erwuchsen mir Maßregelungen und die üblichen Nachteile. Ich gehörte nie zum »Reisekader«, durfte nie an einer der vielen in ferne Länder reisenden DEFA-Delegationen teilnehmen. Weitergehende Folgen sind mir damals jedoch nicht erwachsen.

Diesmal ist das anders: Wie bekannt, verfaßten nach der Biermann-Ausweisung 12 Schriftsteller einen Protest, den auch ich unterschrieb. Nachdem ich nicht bereit war, diese

Unterschrift zurückzuziehen, hat sich mein Leben schlagartig verändert.

– Das Fernsehen der DDR schloß mich von jeder Mitarbeit aus. Das war hart, weil mir dadurch zwei unwiederbringliche Rollen in Erstverfilmungen verlorengegangen sind: der Ur-»Götz« und »Michael Kohlhaas«.

– »Die großen Erfolge«, eine fertige LP, wird nicht erscheinen.

– Der DEFA-Film »Feuer unter Deck« wird nicht Beitrag der SOMMERFILMTAGE 77 sein, mit der Begründung, ich hätte in Erfurt einen Genossen niedergeschlagen.

– Zwei Tage vor der Biermann-Ausweisung war mir durch das KOMITEE FÜR UNTERHALTUNGSKUNST DER DDR eine Tournee durch Westdeutschland angeboten worden. Diese Tournee findet nicht statt.

– Der VEB DEUTSCHE SCHALLPLATTEN hatte mir die Produktion einer Mark-Twain-Platte für das 1. Quartal '77 angeboten. Diese Produktion findet nicht statt.

– Im letzten Herbst habe ich auf eine schon genehmigte Reise nach Westdeutschland zur Hochzeit meines Bruders verzichtet, weil mich das KOMITEE FÜR UNTER-HALTUNGSKUNST gebeten hatte, statt dessen an den TAGEN DER UNTERHALTUNGSKUNST DER DDR IN DER ČSSR teilzunehmen, was ich mit Erfolg tat. Das Versprechen des Kulturministeriums, die Reise später antreten zu dürfen, wurde nicht gehalten, mein Antrag nicht einmal beantwortet.

– Obwohl alle meine Jazzkonzerte in den vergangenen Jahren ausverkauft waren, gibt es keine neuen Angebote. Von 15 im Vorjahr zugesagten Konzerten sind 9 ersatzlos und unbegründet gestrichen worden.

Dies ist eine unvollständige Auswahl von Repressalien, von denen angekündigt worden war, daß es sie nicht geben würde.

- Neuerdings werden mich betreffende unwahre Informationen verbreitet wie z. B. die Behauptung des Kulturministers, ich hätte Leute unter Druck gesetzt, um ihre Unterschriften unter die Petition zu erwirken.
- Falsche Geschichten werden in Umlauf gebracht. In Erfurt hat ein Mann mir gegenüber öffentlich behauptet, ich würde über ein Dollarkonto in der Schweiz verfügen. Die berufliche Tätigkeit dieses Mannes, er ist Mitarbeiter der Staatssicherheit, läßt vermuten, daß ihm nicht ein Gerücht diente, sondern eine gezielte Verleumdung.

Schmerzlich ist die durch solche Mittel erzielte Isolation. Erste Bekannte verzichten auf Besuche; bei der Auszahlung der Jahresendprämie wagten es in der DEFA unter Hundert noch fünf, mir die Hand zu geben; Eltern verbieten ihren Kindern, weiterhin mit meinen Kindern zu spielen; auf Parteiversammlungen wird gesagt, Krug spiele zwar Parteisekretäre, führe aber das Leben eines Bourgeois, man müsse sich von solchen Leuten trennen; eine Berliner Staatskundelehrerin sagt ihren Schülern, Schauspieler verkauften für Geld ihre Meinungen, insbesondere Krug sei ein Krimineller, der schon mehrmals im Gefängnis gesessen habe; einem befreundeten Bildhauer wird von Armeeoffizieren, seinen Auftraggebern, geraten, sich von mir zu distanzieren; Beamte stellen in der Nachbarschaft Recherchen darüber an, wen ich wann und wie oft besuche; auf einem Potsdamer Forum wird öffentlich geäußert, ich sei ein Staatsfeind und ein Verräter an der Arbeiterklasse.

Das war ich nie, und ich werde es nie sein.

Während meiner letzten Konzerttournee im Winter '76/'77 bin ich von Kriminalbeamten offen observiert, meine Bühnenansagen sind demonstrativ mitgeschrieben worden; Freunde unserer Konzerte beklagten sich, es habe kein freier Kartenverkauf stattgefunden; Fotografen sind mit Ge-

walt aus den Sälen entfernt worden; es gab sortierte Zuhörer, vor allem in den vorderen Reihen, die während des
gesamten Konzerts finstere Mienen zur Schau trugen und
demonstrativ keine Hand rührten; es gab verabredete
Feindseligkeit aus dem Publikum, die einem Bühnen-
künstler die Arbeit unmöglich macht, die ihn kaputtmacht.
Ich weiß jetzt, welche Unzahl von Möglichkeiten es gibt,
Menschen zu entmutigen und zu deprimieren. Dagegen
waren Geschmacklosigkeiten, die ich bei der Premiere des
Films »Spur der Steine« erlebt habe, vergleichsweise
plump und schmerzarm.

Ich bin nach wie vor davon überzeugt, daß es verschiedene
Meinungen geben muß und daß es nicht verboten sein
darf, sie öffentlich auszutragen. Ich bin davon überzeugt,
daß Biermann unserem Land fehlt. Nach meinen Erfahrungen sehe ich keine Chance, hier weiter zu existieren. Die
Situation mag für einen Schriftsteller eine andere sein, der
für seine Arbeit nur Papier und Bleistift braucht.

Nach reiflichem Bedenken beantrage ich für meine Familie
und mich die Ausreise aus der DDR in die BRD, wo meine
Mutter und mein Bruder leben.

Mein Haus in 111 Berlin, Wilhelm-Wolff-Str. 15, überlasse
ich dem Staat. Es ist das materielle Ergebnis langjähriger
fleißiger Arbeit. Ebenso überlasse ich der Gemeinde Vippe-
row im Kreis Röbel das Grundstück, das ich als Vergünsti-
gung nach dem Fernsehfilm »Wege übers Land« 1968 kaufen konnte.

Ich hoffe sehr, daß meinem Antrag stattgegeben wird und
bitte darum, meine Umzugsangelegenheiten ohne Verzug,
aber nicht überstürzt regeln zu können.

Manfred Krug

Einige, darunter auch Stefan Heym, haben über den November '76 was geschrieben, Chroniken und Protokolle.

Wir werden sehen, wie lange sie das Zeug in den Schubkästen verstecken werden. Bald wird es stiller werden, die Dichter wandern wieder ab in die Welt ihrer verklausulierten Geschichten, die sie gern im alten Griechenland spielen lassen und die das einfache Volk kaum liest und versteht. Deshalb werden sie auch gedruckt.

Manchmal stehe ich morgens auf und frage mich, ob meine Lebensumstände eigentlich normal sind. Normal – ich weiß schon, die Irrenärzte waren die ersten, die sich dieses Wort abgewöhnt haben. Also, ich frage mich, ob ich eine Chance habe, ganz selbstverständlich meinen eigenen Entschlüssen folgend zu reagieren, wenn mein Dahinleben angegriffen oder gestört wird. Wenn ich z. B. Krach habe mit dem Generaldirektor des Filmstudios, werde ich bei ihm keinen Film mehr drehen. Es sei denn, er begreift, daß dieser Krach nichts mit meiner Qualität als Schauspieler zu tun hat. Das begreift er aber nicht. Er ist ein dummer Junge, so wie alle Männer ihr Lebtag dumme Jungs bleiben. Nicht anders ist es, wenn ich Krach kriege mit dem Fernsehchef, dem Schallplattenchef, dem Rundfunkchef; denn alle diese Institutionen und ihre Chefs gibt es in der DDR jeweils nur einmal. Ich kann nirgendwo anders hingehen, und kein anderer Direktor kann sich darüber freuen, daß die Unfähigkeit der Konkurrenz ihm endlich eine Zusammenarbeit mit mir ermöglicht.

Wenn einer die Regierung kritisiert, dann kriegt er mit der Regierung Krach, dann wird es ungemütlich, das kann schlimm enden. Man kann es noch so freundlich säuselnd tun, es können sich – wie im letzten Fall – zwölf berühmte Schriftsteller dransetzen, sich die Hirne zermartern, um ausreichend unterwürfige Formulierungen zustande zu bringen – es gibt Krach. Wenn die Regierung mit einem Regierten wie mir Krach hat, dann ist der unten durch bei all den Chefs, die ich eben aufgezählt habe, und da habe ich noch den Synchronchef vergessen und die Mehrzahl der Theaterchefs, die feigen Hunde. Das ist doch nicht normal.

Wenn die mächtigen Männer im Land, die zugleich ängstliche Männer sind, mit dir schmollen, wird's gefährlich, denn, das weiß jeder, Macht und Angst, das ist ein fürchterliches Gemisch.

Ich hätte also mein Haus vermietet oder bedürftigen Freunden geliehen, und dann wäre ich nach Zürich, mein Glück versuchen, vielleicht hätte ich gehört, daß sie dort einen genialen Vierziger brauchen, oder nach Paris, da ist das Leben so süß. Und nach Jahren wäre ich nach Pankow zurückgekommen, um nachzusehen, ob sie mich dort wieder brauchen können. Aber es bliebe doch wenigstens meine Heimat, ich hätte niemandem was weggenommen, nur mich selbst für eine Weile aus der Schußlinie. Das geht nicht. Nur eine absolute Trennung, eine Amputation, das geht. Das ist doch nicht normal.

Wir haben den Brief abgegeben und gehören jetzt zu den Aussätzigen in der DDR. Heute abend noch nicht, heute sind wir bei Freund Pröbrock in der Nachbarschaft eingeladen. Auch ein paar Ausländer sind da, Italiener, Holländer und eine Australierin. Ich erwarte Minchen und Jurek, die sich heute die interne Vorführung des Films »Das Versteck« angesehen haben. Die Arbeit an diesem Film hatte vor der Biermann-Ausweisung begonnen, den größeren und schwierigeren Teil haben wir nach Erscheinen der Liste gedreht, unter dauerndem Streß, täglich hatten wir Zusammenkünfte in den Garderobenräumen, wo wir unsere Chancen, unsere Lage besprachen. Denn die Namen der wichtigsten Mitarbeiter an diesem Film standen allesamt auf der Liste: Autor Jurek Becker, Regisseur Frank Beyer, die großartige Jutta Hoffmann als Hauptdarstellerin und der Hauptdarsteller Manfred Krug. Es ist ein Film, der die vergeblichen Hoffnungen auf Wiederbelebung einer kaputten Ehe schildert, gedreht von vier »Dissidenten«. Minchen Müller-Stahl kam mit seiner Frau. Sie hatte die Tränen noch in den Augen, die sie während des Films geheult hatte. Jurek kam mit Jutta Hoffmann. Alle erzählten, wie schön der Film war, den sie in einer internen Vorführung sehen durften, zu der ich nicht geladen war. Vielleicht würde ich »Das Versteck« niemals sehen. Der kleine Saal sei von Leuten voll gewesen, es habe langen Applaus gegeben. Da liegen nun drei Filme in den Kellern, in denen ich spiele und die aller Wahrscheinlichkeit nach nicht herauskommen werden. »Feuer unter Deck«, »Das Versteck« und »Abschied vom Frieden«, ein dreiteiliger Fernsehfilm. Wie viele Millionen mögen die gekostet haben? Wie viele Hoffnungen auf Erfolg mögen dranhängen, Hoffnungen der Regisseure, Autoren, Schauspieler? Ich sollte mich schämen. Mein Ausreiseantrag hat alle diese Hoffnungen begraben. Meine eigenen dazu.

Den finanziellen Verlust könnte ich wiedergutmachen. Nebenan wohnt ein ausländischer Botschaftssekretär in einem dieser hastig gebauten Kästen, sein Land zahlt monatlich 5000 Mark West Miete dafür, die Heizung nicht gerechnet. In meinem Haus könnte der Botschafter einer großen Nation würdig residieren, es müßte vergleichsweise 10 000 Mark abwerfen, das würde in zehn Jahren meine drei Filme bezahlen. In West. Aber die Leute sagen, die Hoffmann sei nie so gut gewesen wie in »Das Versteck«, Angelika Waller sei nie so gut gewesen wie in »Abschied vom Frieden«. Von der Hoffmann habe ich den Eindruck, daß sie mich verstehen kann. Die anderen?

21. April 1977, Donnerstag

Den ganzen Tag über klingelt es. Immer stehen Freunde draußen. Es zerreißt mir das Herz, daß ich so viele Freunde habe. Manche parken ihren Wagen direkt vor meiner Haustür. Jedem drücke ich meinen Ausreiseantrag in die Hand, alle nehmen ihn mit größter Selbstverständlichkeit und lesen.

Am Nachmittag kommt Frank Beyer. Auch er liest. Ich verdächtige ihn, daß er die Absicht oder den Auftrag habe, mit mir vernünftig zu reden, mich umzustimmen. Aber es kommt anders. Ich rede mit ihm. Ich sage ihm, daß er vielleicht der einzige sei, von dem ich mich verraten fühle.

»Ich weiß«, sage ich, »daß ich auf andere oft den Eindruck einer starken, selbstsicheren Persönlichkeit gemacht habe, die ich nicht bin. Ich hoffe, wenigstens du weißt das. Ich bin ein Weichtier, eine Nacktschnecke. Ihr habt mich alle nicht heulen sehen über ein paar Töne von Ella Fitzgerald oder über ein Erdbeben im Fernsehen. Viele haben sich Rat von mir geholt und nicht bemerkt, daß sie auch mich beraten und beeinflußt haben, du am allermeisten. Denn du hast dieses große Wort gesagt, du wolltest im Bunde von Jurek und mir der Dritte sein. Als wir damals im November aus dem Zentralkomitee – oder war's das Politbüro? – kamen nach stundenlangen Gesprächen mit Lamberz, in denen er uns um alles in der Welt gebeten hat, ihm einen Es-lebe-die-DDR-Brief zu schreiben; wo er uns buchstäblich angebettelt hat, daß einem himmelangst werden konnte, weil wir mitten in seinem Büro, wo immer die anderen die Hosen runterlassen mußten, seinen nackten Arsch gesehen haben – da saßen wir abends in meinem Haus zusammen, und du sagtest: Nein. Keinen Brief. Niemals. Du sagtest: Sie werden die Briefe auf einen großen Haufen legen – ganz egal, was drinsteht – und werden die Liste ahhaken und unterteilen in die, die geschrieben haben und die anderen, die nicht geschrieben haben. Und den harten Kern werden sie sich vorknöpfen. Du warst ein paar Tage so herrlich in Fahrt, Frank Beyer! Du sagtest: Mehr als zehn

Jahre habe ich gewartet, um ihnen einmal die Zähne zu zeigen, jetzt tue ich's. Du sagtest: Ich Idiot hab mich an der Kandare der Parteidisziplin gängeln lassen, damit können sie mich jetzt gern haben. Seit zehn Jahren gebe ich den Leuten nicht gern die Hand, weil ich Schwitzehändchen habe. Das ist jetzt vorbei! Kuck hier: furztrockene Hände! Du warst so echt in diesen Tagen, das Feuer deiner roten Haare, die dir die Kindheit vergällt haben, stand dir zum erstenmal gut zu Gesicht, deine Ohrläppchen waren nicht so lila wie sonst, und deine Sommersprossen gaben dir was Männliches. Du sahst aus wie ein wütender Cowboy. Ich wußte an diesem Abend: von Jurek Becker, Frank Beyer und Manfred Krug wird es keine Zeile geben. Ein paar Tage später hast du dem Lamberz irgendeinen Scheiß geschrieben, den ganzen Scheiß vom VIII. und IX. Parteitag. Jetzt hast du die Kandare wieder im Maul.«

Frank sagt: »Ich habe die Unterschrift nicht zurückgezogen, sie gilt bis heute. Ich habe nie die Absicht verfolgt, mich irgendeiner oppositionellen Gruppe anzuschließen. Für mich gab es nie die Alternative, in den Westen oder sonstwohin zu gehen, ich gehöre auch nicht zu denen, die aus der Partei ausgeschlossen werden wollten. Meine Unterschrift hatte einzig das Ziel, Biermann zurückzuholen.«

Plötzlich sprechen wir über die kritische Weltlage. Er sei bewegt von dem Gedanken, wie nahe wir einem dritten Weltkrieg seien. Ob ich mir schon einmal überlegt hätte, was aus Jugoslawien wird, wenn Tito stirbt. Was für Interessen und Völker dort widerstreiten, da könnte es – nachdem der Einmarsch in die ČSSR so glimpflich verlaufen sei – leicht sein, daß die Russen wieder Briefe bekommen, serbische Hilferufe diesmal, und da unten einmarschieren und für Ordnung sorgen, und es könnte sein, daß die Amerikaner dann nicht tatenlos und so weiter.

Was ist denn jetzt los? Was soll mir Jugoslawien?

Frank Beyer kommt mir verwirrt und zerrissen vor. Er wischt sich wieder wie früher mit dem Taschentuch über die Handflächen. Drei Filme haben wir miteinander gemacht, den ersten 1959, er hieß »Fünf Patronenhülsen«, ein Polit-Märchen, und doch eine gute Arbeit. Die beiden anderen waren »Spur der Steine« und »Das Versteck«. Der eine ist seit 1965 eine Legende, der andere wird vielleicht eine werden. Ein Film kann nie so gut sein wie seine Legende. Die lange verbotenen »Sonnensucher« von Konrad Wolf waren großartig, der endlich aufgeführte Film eher schwach.

Ich fühle mich immer unfähig, über Sachen wie die Weltlage oder den Weltkrieg zu sprechen, aber aus Erleichterung darüber, daß wir unser Thema einer verrinnenden Freundschaft verlassen können, gehe ich auf Jugoslawien ein. Ich könne an einen solchen Konflikt schon deshalb nicht glauben, weil die jugoslawischen Soldaten bei einem Einmarsch ihre Hände nicht so stramm an die Hosennaht legen würden wie die tschechischen das klugerweise gemacht haben und wie wir es machen würden und weil die Amerikaner nicht zusehen würden und weil die Chinesen schon lange auf den Appetit der Sowjetunion und so weiter. Frank Beyer findet mich lächerlich. Wir finden uns gegenseitig lächerlich.

Frank Beyer geht, ich habe das Gefühl, ihn nicht wiederzusehen. Er sagt: »Du hast meine Telefonnummer, ich bin immer zu erreichen, falls du Hilfe brauchst.« Und ich verstehe, mißverstehe vielleicht, daß er Vermittlung meint. Er will, daß ich dableibe. Er will seine Filme wiedersehen. Er würde die richtigen Leute aufsuchen, falls ich zu feige oder zu stolz wäre, es selbst zu tun. Solange wir uns kennen, berühren sich zum erstenmal unsere Wangen. Es war auch das letzte Mal.

Am Abend klingelt es immer wieder, unangemeldet kommen Freunde, darunter solche, die ich lange nicht gesehen habe. Zuerst Hilmar Thate und Angelica Domröse, ein nicht mehr ganz junges, flitterndes Schauspielerpaar. Beide standen auf der Liste. Er gehört zu denen, die etwas geschrieben haben. »Lieber Werner, Deinem Wunsch nach Geschriebenem habe ich entsprochen...«, so beginnt sein Brief an Lamberz vom 2. Dezember '76, in dem nichts über die Zurücknahme der Unterschrift steht, nur daß wir den Klassenfeind draußen lassen, denn er hat verleumdet, und wir sollten doch lieb und vertrauensvoll miteinander sein, so wie das immer war. Es ist ja nichts dagegen zu sagen, aber je öfter ich diesen Ringelwurm von einem Brief lese, desto weniger gefällt er mir. Wir küssen uns, wir setzen uns, ich reiche den Ausreiseantrag rüber, es folgen die zehn stillen Minuten, unterbrochen nur durch gelegentliche Entrüstungsschnalzer. Mein Antrag wird nicht mißbilligt, ich werde verstanden, und doch scheint die alte Solidarität irgendwie dünner geworden, mit feinen aber hörbaren Unterschieden reden wir von derselben Sache. Ist es noch dieselbe Sache? Es gebe auch glücklichere Nachrichten, sagt Hilmar, er habe ein Angebot für das erste Halbjahr '78, in Basel Theater zu spielen, und heute habe man ihm und seiner Frau erlaubt, in der nächsten Woche in die Schweiz zu reisen, sich das Theater und das Land einmal anzusehen. Einmal anzusehen. Ich denke an Frank Beyers Worte von damals: Sie werden die Briefe auf einen Haufen legen – egal, was drinsteht – und einteilen in die, die etwas geschrieben haben und die, die nichts geschrieben haben. Ich gönne den beiden die Reise, aber neidisch bin ich doch. Ich kann ihnen nichts vorwerfen, so gern ich es tun würde. Sie haben sich einen winzigen Hauch geschickter verhalten, dafür gibt's ein feines Zuckerbrot. Noch ein Schauspielerpaar kommt, Annekatrin Bürger und Rolf Römer. Wir küssen uns, wir setzen uns, zehn stille

Minuten. Römer sagt: »Ich habe neue Rufmordgeschichten mitgebracht. In den Bezirken Rostock und Cottbus wird auf Bezirksleitungsebene der Partei von Manfred Krug offiziell als von einem Kriminellen gesprochen, gegen den genug Material vorliege, um jederzeit den Staatsanwalt zupacken zu lassen.« Ich spüre, wie mein Heldengefühl anfängt zu bröckeln. Wir sitzen da, ich verberge meine Unsicherheit im Plaudern. Die Frauen gehen zwischendurch in die Küche, wo sie Ottilie beim Kaffee helfen und ein bißchen weinen. Wir trinken eine Flasche Weinbrand, Teile des Gesprächs entgehen mir, ich denke an meine Kinder, an Ottilie, sehe irgendeine Straße vor einem Westberliner S-Bahnhof, wo wir mit den Koffern stehen werden, die Kinder schon hier des Abenteuers überdrüssig. Die werden mich noch oft von der Seite ankucken, mich, den Verursacher ihres Elends. Werde ich es schaffen, darin eine Herausforderung zu sehen? Kann ich noch denken, ohne daß mir vorgedacht wird? Kann ich noch handeln, kann ich den kapitalistischen Freistil noch lernen?

Hier habe ich diese kuschlige Villa, in die ich vielleicht eine Million verbaut und verbuttert habe, die eigenen Arbeitsstunden mitgerechnet. Wer sich die Wand ansieht, die ich errichtet habe, um mit dem Arsch an dieselbe zu kommen, der weiß, wie unmöglich mir der Gedanke gewesen sein muß, dieses Land zu verlassen. Freilich, eine Villa ist nicht alles. Aber nirgendwo ist eine gute Wohnung nötiger als in der DDR, denn außerhalb der Wohnung ist so gut wie nichts. Ein eingezäuntes, umfriedetes Haus ist für keinen wichtiger als für Leute mit öffentlichem Beruf, denn außerhalb des Hauses belästigt sie das übersteigerte Interesse der Mitbürger. Ich bin Schauspieler in der DDR, ich mußte dieses Ghetto bauen, denn an mich kommt die Öffentlichkeit den ganzen Tag ran. Kein Mensch würde auf einer Straße in Borna das Politbüromitglied Lamberz erkennen, er könnte dort unrasiert und nasebohrend einen Schaufensterbummel machen. Für mich gab es das nicht, ich mußte auf der Hut sein und mich halbwegs so vorführen, wie die Leute es erwarteten. Nach Verlassen meines Hauses wurde ich verkrampft und steif und ordentlich, ich hatte den ganzen Tag Sehnsucht nach zu Hause. Dieses Haus ist mein Refugium, hier kann ich mich erholen, hier bin ich nicht der Vorbild-Mensch Manfred Krug.

Ich höre Rolf Römer, der sich gerade von einer Krankheit erholt hat, sagen: »Schlimm genug, daß mich in jungen Jahren dieser Hieb getroffen hat, sonst wäre ich wohl schon weg. Ich weiß nicht, was ich machen soll, seit November habe ich keine Zeile geschrieben, weil ich nicht weiter an den Sachen vorbeikucken kann. Ich hab die Indianer und die Krimis satt, ich hab den ganzen Laden satt. Aber schmeiß mal hin... Was soll ich im Westen? Außerdem, Annekatrin will sowieso nicht.«

Sie wollen sicher beide nicht. Sie wollen mir nur klarmachen, daß mein Entschluß nicht aus der Welt ist, daß es eine Konsequenz auch für jeden anderen werden kann. Annekatrin will immer etwas sagen, ihr Mann fährt ihr immer übers Maul. Dann sieht sie immer ein bißchen beleidigt aus. Sie war als junge Frau so außergewöhnlich schön, daß es ihr sicher mehr weh tut als anderen Frauen, diese Schönheit schwinden zu sehen, wodurch für eine Schauspielerin auch ein Teil der Arbeit ausbleibt. Ein Mauerblümchen ist sie nicht geworden, sie hat politisch zu tun, sitzt in der Stadtbezirkskulturkommission oder wie das heißt. Und dort hat sie noch einiges zu erledigen, sagt sie. Nachdem sie soeben ein Museum vor der Auflösung bewahrt hat, will sie nun dafür sorgen, daß die schon zweimal als beliebteste Fernsehansagerin ausgezeichnete Maria Moese ihre Abenddienste wiederbekommt. Die hat man ihr weggenommen, weil ihr Mann ein Unterzeichner ist. »Lamberz ist zur Kur«, sagt Annekatrin, »sonst hätte ich das schon erledigt.« Ach, Annekatrin.

Es ist spät, wir trennen uns. Die Liebe in unserer Ehe macht ihre erste Krise durch.

22. April 1977, Freitag

Am liebsten würde ich dauernd im Zimmer auf und ab laufen, aber ich komme nicht dazu, es klingelt und klingelt. Ein Mensch, den ich kaum kenne, will 20 000 Mark von mir geliehen haben, bevor ich ausreise. Niemand glaubt mir, daß ich kein Geld habe. Ich hatte nie Geld, ich hatte immer nur Sachen.

Wir fahren nach Pankow und kaufen zehn Pappkoffer und – in verschiedenen Läden – einen Zentner Zellstoff als Verpackungsmaterial. Ich fange an, einige hundert alte Schellackplatten einzukoffern.

Am Nachmittag kommt Müller-Stahl und bringt Schwester und Schwager mit. Schwester und Schwager haben einen Sohn, der seinen Dienst bei der Naumburger Transportpolizei abreißt. Der Politoffizier habe im Unterricht zu diesem Sohn gesagt, Leute vom Schlage eines Krug lebten wie die Fürsten und seien Feinde des Staates. Wenn ich statt des Ausreiseantrags ein bißchen Asche auf mein Haupt geschüttet hätte, vielleicht von der Sorte, die kübelweise beim XI. Plenum übriggeblieben ist, wie hätten sie dann den Schlenker zustande gebracht. Wie hätten sie all den Stasileuten, Lehrern, Funktionären beigebracht, daß ich eigentlich kein Staatsfeind, sondern doch wieder der liebe Manfred bin, der Nationalpreisträger, Heinrich-Greif-Preisträger, der Mann mit dem Bestenabzeichen der Volksarmee, mit dem Goldenen Lorbeer des Fernsehens, mit der Verdienstmedaille der DDR. Und wenn sie eines Tages rauskriegen würden, daß, sagen wir, der Hacks oder der von

Ardenne Staatsfeinde wären, wie werden die dann hier gelebt haben? Wie Kaiser und Könige. Wie denn sonst?

Minchens Schwager war bis vor kurzem Staatlicher Leiter, er war Intendant des Theaters Halle. Eines Tages im Januar hatte er keine Lust mehr, er schrieb einen kräftigen Brief an die Bezirksleitung der Partei, in dem er bedauerte, nicht um seine Unterschrift auf die Liste gefragt worden zu sein. Einen Tag später war er entlassen. Seit zwei Wochen ist er nicht mehr Mitglied der Partei.

Minchen redet immer seltener von seinen Ausreiseplänen, es sah eine Weile so aus, als würde er den Antrag eher stellen als ich. Nun wird es grün in dem Park, der sein Haus umgibt, der Blick auf den See stimmt versöhnlich und läßt in diesen wärmeren Tagen öfter darüber nachdenken, ob es je im Leben noch einmal einen solchen Schwanensee hinter dem Haus geben wird.

Beim Abschied wird laut Mut zugesprochen und laut gelacht, aber das klingt alles nicht gut.

Abends besuchen uns die Nachbarn Pröbrock, wir sehen uns gemeinsam den sowjetischen Film »Die Prämie« an. Ach, hätte es je in der Sowjetunion eine Brigade gegeben, die ihre Jahresprämie ablehnt, weil sie sich selbst das Geld durch eine kriminelle Planmanipulation zugeschanzt hat. Ein schöner Märchenfilm. Soll man Hoffnung daraus schöpfen, daß er überhaupt gedreht und aufgeführt werden konnte? Soll man mutlos darüber werden, daß es einen solchen entblößenden Film in der DDR nie gegeben hat?

23. April 1977, Samstag

Den ganzen Tag Besuch, den ganzen Tag Kondulationen. Während der freien Augenblicke Koffer gepackt. Am Abend den Doktor Meinhard Lüning und seine Frau, die Schauspielerin Barbara Dittus, besucht, die auf der Liste steht. Sie würde lieber heute als morgen gehen. Er wird bleiben.

Er war immer lieb zur DDR, die DDR war immer lieb zu ihm.

24. April 1977, Sonntag

Ich gehe noch einmal durch das ganze Haus, fange oben auf dem Dachboden an. Da sind die Balken, frisch bebeilt und durch und durch mit Gift getränkt, hundert Jahre holzbockfrei. Die Dachziegel heißen Biberschwänze. Wie ich das Wunder fertiggebracht habe, sie zu ergattern, habe ich vergessen. Ich klettere durch die neue Luke auf das Dach, die Laufplanken neu, die Kaminköpfe neu, mit Kupferblech umschlagen, alle Dachrinnen Kupfer, einen Millimeter stark, dünneres Blech gab's nicht, alle Dachgauben, die Ochsenaugen und alle Abwässerungen Kupfer. Es ist windig und regnerisch heute. Auf dem Dachboden liegt ein ausgestopfter Braunbär, Geschenk einer Potsdamer Dame, die nach dem Westen gegangen ist. Seine Glasaugen sehen mich im Halbdunkel gutmütig an. »Dich werde ich wohl hier liegen lassen, mein Freund«, höre ich mich sagen.
Im oberen Stockwerk der lange Korridor, an dem jedes Kind ein Zimmer hat, da ist die Bude von Daniel, das aufgeräumte Zimmer von Josephine mit verspiegelten eingebauten Schränken und die kleine Kammer von Stephanie mit eigenem kleinen Klosett. Ganz hinten das verwinkelte Stübchen für Gäste, vorn an der Treppe das Schlafzimmer mit nie benutztem Speiseaufzug und großem Balkon, daneben das Badezimmer. Wegen des Badezimmers habe ich mich einst in die Ruine verliebt. Es ist ganz mit hellem Marmor ausgekleidet, die großen Platten schwarz abgesetzt, auch die doppelt große Wanne ist eingefaßt, ebenso die Nische für das Bidet und die Dusche. Das ovale Waschbecken ist aus feinstem Carrara-Marmor und alle Armaturen alt, gediegen, hochherrschaftlich. Ein solches Badezimmer sieht man manchmal in Hollywoodfilmen der 30er

Jahre, wenn es die Schauspieler anders nicht geschafft hätten, Millionäre darzustellen.

Im ganzen Haus diskret verkleidete Heizkörper, seit einem Jahr an die vollautomatische Gasheizung angeschlossen, die aus dem Westen stammt. 8000 West und 7000 Ost für die Montage. Wie ich das wieder gedeichselt habe. Ich wandere durchs Parterre, die drei schönen Wohnräume, das Speisezimmer, durch eine Schiebetür vom Wohnzimmer und der Bibliothek getrennt. Das Wohnzimmer getäfelt, alles restauriert, kein Quadratzentimeter alter, rissiger Putz mehr am Haus, nicht außen noch innen. Alles, alles ist getreu restauriert, als wäre es ein Barockschloß. Wo man hinsieht, kleine Überraschungen. Der Wintergarten aus feinstem Napoleonmarmor mit Springbrunnen, die Schwingtür zwischen Diele und Windfang mit ihren geschliffenen Scheiben, die drei fein gestrebten weißen Bogentüren zur Terrasse, der Kamin, die Parkettböden, der wohlumfriedete Garten mit seinen alten Bäumen, Hecken, den versteckten Winkeln und dem Teehäuschen. Elf Jahre Arbeit.

Die Schauspielerin Marita Böhme aus Dresden kommt. Sie liest ihre zehn Minuten runter und sagt: »Schöne Scheiße, du.«
Wir trinken Kaffee. Sie sagt: »Warum gibst du das Haus nicht deinem Vater?«
»Was soll der mit dem großen Haus?«
Sie sagt: »Und deine Möbel, kannst du die mitnehmen?«
»Ich hoffe es.«
»Meinst du nicht, daß deine Möbel allesamt zu Museumsstücken erklärt werden könnten?«
»Möglich ist es.«
»Dann bleiben sie hier.«
»Das kann schon sein.«
»Gibt es da ein präzises Gesetz?«

»Das weiß ich nicht«, sage ich, »aber wenn es ein Gesetz gibt, dann ist das völlig Wurscht, ob es ein präzises ist oder ein anderes. In keiner Goldgräberstadt des Wilden Westens ist es je so Wurscht gewesen, ob es Gesetze gibt oder nicht, wie es hier Wurscht ist. Ob meine Sachen hierbleiben oder mitgehen, das entscheidet irgendwer hinter irgendeinem Schreibtisch. Abschiedsgeschenke überreiche ich ihnen genug.«

Ihr Auto sei kaputt, ob ich ihr nicht eins verkaufen könne. Ich biete ihr den Käfer, den alten Jaguar und den Trabant zur Auswahl an. Sie will es sich überlegen.

Abends sind wir bei Maria Moese, der Fernsehansagerin, und ihrem Mann Willi eingeladen. Es wird getrunken, gelacht und geheult. Ottilie nimmt eine Beruhigungspille, die Schauspielerin Barbara Dittus ruft an: »Am 4. Mai werdet ihr ausreisen.«

Ich: »Woher weißt du das?«

Barbara: »Vom Kollegen Handel, er ist FDGB-Vorsitzender beim BERLINER ENSEMBLE.«

»Woher weiß der das?«

Barbara: »Er muß es irgendwo aus dem ZK haben. Er ist ein ganz penibler Mann, bisher hat alles gestimmt, was er gesagt hat.«

Ich kann das Ganze kaum glauben, bin aber umsichtig genug, es in der Runde auszuposaunen. Die Runde erstarrt. Ottilie nimmt noch eine Beruhigungspille. Es kostet Kraft, nicht in den Heulkanon einzustimmen.

Spät kommen Rolf Römer und Annekatrin Bürger dazu, er legt Wert auf die Feststellung, neulich abends bei mir ganz schön angetrunken gewesen zu sein. Er hat noch eine Geschichte bei sich: In den Bezirksleitungen der Partei wird von dem Schriftsteller Ulrich Plenzdorf gesagt, er habe zugegeben, einer konterrevolutionären Gruppe anzugehören.

Das meiste von dem Gespräch entgeht mir. Ich bin noch immer mit dem Abschied von meinem Haus beschäftigt, gehe in Gedanken durch die Keller, wo meine Werkstatt ist, wo die Sauna ist, die sich mit der im Interhotel »Stadt Berlin« messen kann, nur daß mein Ofen besser ist, der ist über dunkle Kanäle aus dem Westen gekommen. Ich gehe an den selbstgebauten Regalen vorbei, die überquellen von all dem Kram und Trödel, den ich in 20 Jahren zusammengerafft habe. Und wertvolle Sachen entdecke ich darunter: Edison-Phonographen, alte Telefone, Schiffskompasse, Bilder, Porzellan, Gläser, Humpen, Kannen, Kisten...
Damit kann man nicht umziehen.
Und in der Garage stehen die alten Autos, einige völlig zerlegt, Arbeit für zehn Jahre. Da steht halb fertig der ORYX von 1910, in dem stecken mehr als 2000 Stunden, da steht der SIMSON SUPRA von 1930, in sämtliche Teile zerlegt, da stehen die BMW 327, 328 und 315, da steht ein halbes Dutzend anderer Schrotthaufen von AUDI bis FORD, und es stehen in einer Scheune an die 20 Kutschen, die außer ihrem Abtransport keinen Pfennig Geld gekostet haben, denn ich habe sie vor der Kiesgrube bewahrt, in einer Zeit, als noch keiner an so was gedacht hat.
Damit kann man nicht umziehen.

25. April 1977, Montag

Es ist Montag, wir haben die Besuche satt. Die Gartentore verschlossen, zum ersten Mal, seit wir hier wohnen. Wir erwarten **den** Anruf. Vergeblich. Die Nachricht von gestern abend, wir würden am 4. Mai gehen, hat Ottilie einigermaßen umgehauen. Sie sieht schlecht aus. Unsere Haushälterin Frau Engel räumt in Ruhe den Dachboden auf. Das Telefon klingelt. Niemand dran. Drei-, viermal dasselbe. Dann ist der Komponist Günther Fischer dran, der uns zum Abend zu sich einlädt.

Plötzlich ist Müller-Stahl da, weiß der Teufel, wie er rein-
gekommen ist. Aber ich freue mich, wir haben ein langes
Gespräch, das nur den Sinn hat, einander Mut zu machen.
Er sagt, er würde seinen Ausreiseantrag selbst dann abgeben, wenn meiner abgelehnt würde. Nach dem Tee begleite
ich ihn zum Taxistand. Kurz bevor er in den zerbeulten
WOLGA steigt, fragen wir uns, was eigentlich passieren
müßte, damit wir doch noch hierbleiben.

Noch habe ich meinen Vertrag beim DEFA-Filmstudio.
3000 Mark brutto im Monat, davon könnte man gut leben.
Aber wenn ihnen morgen einfällt, mich rauszuschmeißen,
schmeißen sie mich raus. Da könnte auch der Genosse
Hans-Dieter Mäde, neuer Generaldirektor der DEFA,
nichts machen.

Mäde ist seit 15 Jahren Kandidat des ZK. Er war der erste
von allen meinen potentiellen Arbeitgebern, dem sie
erlaubt, vielleicht sogar befohlen haben, mich nach dem
Ausreiseantrag zu einem Gespräch zu empfangen. Meine
Erinnerungen an ihn stammten noch aus den frühen 60er
Jahren. Damals war Mäde Intendant der Karl-Marx-Städter
Bühnen und organisierte alljährlich die »Maitage«, ich
hatte mit den JAZZOPTIMISTEN BERLIN ein Konzert in
seinem Opernhaus.

Mäde ist ein kräftiger Mann, zwölf Stühle, seinem Auftreten nach etwa das, was man sich unter einem Heldenbari-
ton vorstellt, vielleicht einen halben Kopf zu kurz. Er gibt
sich freundlich, laut und unverbindlich. Seine Gedanken
scheinen ihm so wertvoll zu sein, daß er nur wenige davon
preisgibt, man muß sie aus einem Schwall von Worten her-
ausfangen. Ich kann ermitteln, daß seine Rede auf den Vorschlag hinausläuft, ich könne durch Stillhalten nur gewinnen. Gewiß sei es das beste zu warten, bis der Rauch sich
verzogen habe. Mein Vertrag würde gültig bleiben, und
irgendwann, nach gründlichem Kuschen, wird man wei-

tersehen. Hungern müßte ich vorerst nicht. »Was halten Sie davon«, sagt er. »Wie ist überhaupt Ihre Stimmung?«

»Meine Stimmung ist schlecht, Herr Mäde«, sage ich. »Statt mich anzurufen, haben Sie den Film ›Feuer unter Deck‹ aus dem Sommerfilmprogramm herausgenommen, weil Sie nur zu gern auf das Parteigerücht eingegangen sind, wonach ich, einfach so, einen aufrechten Genossen niedergeschlagen haben soll. Der war in Wahrheit ein Stasibeamter, den sie für einen Test eingeteilt hatten. Ein Mensch, der in der Öffentlichkeit von einem Schweizer Bankkonto faselt, das ich haben soll. Sie wissen doch, was es für einen DDR-Künstler bedeutet, eine solche Behauptung unwidersprochen hinzunehmen. Der soll sich nicht beklagen. Dafür ein paar Backpfeifen, das ist nicht zuviel. Jetzt haben Sie offenbar die Genehmigung, mit mir zu sprechen. Sie sagen, sie hätten zwei Filme mit mir im Keller, und es bestehe die Absicht, diese Filme aufzuführen.

Ich lebe nicht von der Aufführung meiner Filme, sondern davon, daß ich welche drehe. Bisher hat es niemand für nötig gehalten, mir die Aufführung oder Nichtaufführung meiner Filme anzukündigen. Sie empfehlen mir, den Kopf einzuziehen und versuchen mich mit der Aussicht zu trösten, daß ich ihn eines Tages wieder herausrecken darf. Dazu habe ich keine Lust, dazu empfinde ich mein Verbrechen als nicht groß genug. Das sollte man nicht jedesmal nach diesem Schema machen, und nicht mit jedem. Ich bin nämlich ein ganz besonderer Schauspieler in diesem Land.«

Mäde sieht mich verständnislos an und sagt: »Wieso denn das?«

»Sehen Sie, den Frieden mit der Regierung zu machen, wäre eine an Leichtigkeit kaum zu überbietende Aufgabe gewesen. Wenn ich geschrieben hätte, meine Unterschrift sei in der ersten Wut auf die Liste geraten, ich sei empört über den Mißbrauch, den der Klassenfeind damit treibt, ich sei halbwegs überrumpelt worden und sähe erst jetzt, welchen Fehler ich gemacht hätte, welchen zwielichtigen Leuten ich mich da angeschlossen hätte, gerade ich als populärer Schauspieler und so weiter, dann säße ich jetzt nicht vor Ihnen, sondern wäre mit den Dreharbeiten zum ›Götz von Berlichingen‹ beschäftigt. Sie müßten vielleicht sogar auf mich warten, weil ich mit Günther Fischer in Köln oder Regensburg konzertieren würde. Das wäre so einfach, Herr Mäde, daß es schon lächerlich wäre. Ein solcher Brief müßte nicht halb so brillant sein wie der von Professor Maetzig an Walter Ulbricht im NEUEN DEUTSCHLAND von 1965. Selbst wenn mein bockiger Charakter einen solchen Brief durchlassen würde – es ginge nicht. Eben weil ich ein besonderer Schauspieler bin in diesem Land. Ich meine nicht das Talent. Ich weiß schon, daß ich die Lücke, die der Tod von Emil Jannings gerissen hat, nicht füllen kann. Ich meine, daß der Schauspieler Krug und die Person Krug als identisch betrachtet wurden, daß da eine seltene Ausstrahlung von Echtheit und Freiheit war, von Unbefangenheit, da war eine Person, die sich nicht hat verbiegen lassen, jemand, von dem die Hälfte aller Interviews weggeworfen wurde, und den Rest konnte man immer noch nicht senden, weil zuviel Geradheit und Selbstvertrauen darin zu vernehmen war. Selbst auf der Leinwand blieb davon noch was übrig, und die Leute sagten: Kuckt euch den an, so was gibt's, solche Typen existieren, mitten in der sozialistischen Darstellungsroutine ein Mensch, dem man glauben kann. Und die Leute waren froh, glauben zu können, selbst wenn ich einen Parteisekretär gespielt habe. Denn ich habe keinen Parteisekretär gespielt, den ich kannte, keine von diesen armen, geschlagenen Kreaturen aus der Wirklichkeit von Leuna II vorgeführt, sondern den Parteisekretär, der ich selbst sein würde, wenn das die Partei wäre, die mich brauchen oder wenigstens ertragen kann. Was wäre aus diesem nur in der DDR möglichen, einmaligen Verhältnis zwischen meinem Publikum und mir geworden, wenn ich jetzt gelogen hätte? Es war ein **Vertrauensverhältnis**, verstehen Sie? Zwischen Schauspieler und Publikum. So was gibt es vielleicht auf der ganzen Welt nicht noch mal. Dieses Publikum, das sind nicht meine Fans, das sind meine Freunde. Und die Freundschaft wird jetzt auf breiter Front zerstört durch die mieseste Rufmordkampagne, die man sich vorstellen kann. Krieche ich zu Kreuze, bin ich kaputt. Krieche ich nicht, macht ihr mich kaputt.«

»Ach, das sehen Sie alles ein bißchen schwarz«, sagt Mäde. Er sei mit den Maßnahmen der Regierung voll einverstanden, er billige den Rausschmiß Biermanns, verurteile die Veröffentlichung der Petition beim Gegner. Allerdings höre er mit Vergnügen, wie ich mein Selbstbewußtsein vortrage und meine Gewißheit, ein guter Schauspieler zu sein. In Fragen des Selbstbewußtseins bis hin zur Selbstüberschätzung stehe er mir allerdings nicht nach, auch er halte große Stücke auf seine Leistungen, das Gebiet allerdings, auf dem er sich sicher fühle, sei das der Politik, insbesondere der Kulturpolitik. »Sie sollten sich, Herr Krug – ich sage das jetzt einmal so, nicht mit der Absicht, Sie zu kränken, eher in der Hoffnung, Ihnen eine Hilfe zu geben –, Sie sollten, sage ich, sich nicht hinreißen lassen, jetzt so was wie ein Hobby-Politiker werden zu wollen, das ist nicht Ihr Metier.« Das sei aber sehr wohl sein Metier, und wie er mir als Schauspieler vertraue, so möge ich ihm ruhig als Kulturpolitiker vertrauen. Er sei es gewohnt, seine Entscheidungen stets unter dem vielfältigen Aspekt des historischen Gesamtprozesses zu sehen. Was diesen Punkt angehe, sei ich offenbar weit zurück. Er hoffe dennoch, dieses Gespräch würde der Beginn einer

Reihe von guten Gesprächen sein. »Gleich nach Ihnen«, sagt er, »kommt Ulrich Plenzdorf, mit dem ich ähnliche Probleme behandeln werde.«

Auf Wiedersehen. Nichts Genaues. Kein Angebot. Immerhin bin ich noch nicht entlassen, das ist schon mal anständig. Wenn ich in diesen Wochen, da der Regierungsbus so ein bißchen durch die Schlaglöcher schlingert, nach dem Westen gehe, dann schäumt es im Volk noch einmal heftig auf, vielleicht ebenso heftig wie bei dem Komiker Cohrs oder Nina Hagen. Eine Unannehmlichkeit, die sich verhindern läßt, indem man mich ruhigstellt, und später stellt man mich kalt, und wenn die Stimmung im Land wieder harmonisch ist, dann, vielleicht!, in drei Teufels Namen ab mit dem, in den Westen. Verzeihen werden sie mir nie. Schauspieler sind schnell vergessen, noch schneller sind sie vergessen gemacht. Immer mehr Leute trauen ihren Augen nicht, wenn sie sehen, daß ich noch da bin. Ob das ein gutes oder schlechtes Zeichen ist, weiß ich nicht. Wähnen sie mich schon im Westen? Oder im Knast? In der Friedrich-Engels-Straße fährt der Kohlenhändler mit seinem neuen Wartburg am hellichten Tage gegen eine Gaslaterne, weil er den Blick nicht von mir wenden will. Die Laterne fällt einfach um, der Wartburg rast davon, ich gehe meiner Wege und habe nichts gesehen. In letzter Zeit begegnen mir ungläubige Gesichter, man sieht mich an wie einen Geist. Autos überholen mich unter gefährlichen Manövern, die Insassen wollen klären, ob ich es bin oder nicht.

Zu Hause sehe ich in den Briefkasten, frage nach einem Anruf, nichts.

Am Abend sind Ottilie und ich bei dem Komponisten Günther Fischer in Köpenick zum Essen eingeladen, es ist eine lange Autofahrt von Norden nach Süden durch die Stadt,

Ottilie sitzt lustlos neben mir, die sechs Monate Aussatz haben sie nicht so mitgenommen wie diese letzte Woche des Wartens.

Fischer war nie mein Freund, dazu schien er mir zu infantil, aber ich habe ihn liebgehabt. Ich nannte ihn ganz ernsthaft den kleinen Mozart, weil er ebenso leicht Musik machte und weil er im Übermut ebenso auf Kosten anderer witzelte. Mit mir hat er keinen Schabernack getrieben, mich hat er geachtet. Obwohl ich keine Note lesen konnte, hat er mich als vollwertigen Musiker angesehen, was mir schmeichelte, und obwohl ich nur fünf Jahre älter bin als er, war ich so etwas wie eine Vaterfigur für ihn. Er beobachtete mich und übernahm einige meiner Allüren, Ansichten, Steckenpferde. Sein musikalisches Urteil war genau, ich konnte stolz darauf sein, daß er mich für einen richtigen Sänger gehalten hat, mit dem man Platten und Konzerte machen kann. Ich glaube nicht, daß er Dankbarkeit kannte. Er hat mir wohl kaum gedankt, daß ich ihm bei seinem Start als Platten- und Filmkomponist geholfen habe. Hätte ich als Sänger nachgelassen irgendwann in diesen zehn Jahren, er hätte mich ausgebootet. Wie kaum einer, war er auf Vorteile aus, er war immer scharf auf Privilegien. Als er gewahr wurde, daß ihm auf dem Weg zum erfolgreichsten U-Musiker der DDR nicht mehr viel fehlte, da ging er auch gleich den richtigen Kulturbonzen um den Bart, knüpfte Kontakte nach oben, gehörte bald zum »Reisekader« und konnte – zusammen mit seiner Frau und kinderlos – in die Schweiz und nach Italien reisen, und das will in diesem Land weiß Gott was heißen. Günther Fischer war eine kleine Macht in der DDR, beim Jazz- und Schlagervolk ebenso beliebt wie bei den Kulturobristen. Er hatte in eine gut situierte, clevere Mittelstandsfamilie und in ein hübsches Einfamilienhaus hineingeheiratet und war schließlich der bestverdienende Musiker im Land. Nicht den politisch engagierten Kopf Fischer hatte ich damals im November angerufen, um ihn zu fragen, ob er seine Unterschrift hergeben wolle, sondern den reichen Günstling Fischer, der außerdem ein Talent war und eine Weile ohne Arbeit gut hätte durchhalten können. Er kam damals in meine Wohnung und unterschrieb sofort. Ich glaube nicht, daß er die Tragweite begriffen hatte, die hatten wir alle nicht begriffen. Er war vielleicht wirklich der einzige, der es mir zuliebe getan hat. Sicher, es kann auch sein, weil Plenzdorf, Schlesinger, Thate und Domröse damals in meiner Wohnung waren, lauter achtbare Leute, vor denen er nicht als Feigling dastehen wollte. Aber nein, der Gedanke ist schöner, daß er es mir zuliebe getan hat, und das werde ich ihm nicht vergessen. Für einen Augenblick war er richtig fröhlich, mit so angesehenen Kulturschaffenden auf einer kessen Liste zu stehen, da mußten doch noch welche dazukommen, es flogen ihm die Namen nur so aus dem Mund: Paul Dessau, Manfred Wegwerth, Siegfried Matthus und andere. Aber als zwei von denen nicht zu erreichen waren und alle drei nicht zu gewinnen, da wurde er still und ernst. Danach rief er mich jeden Tag an und fragte, wie es steht und wie es mir geht. Das ging ein paar Tage, dann hörte ich nichts mehr von ihm. Wenig später hat Werner Lamberz sich mit ihm gebrüstet und ihn verraten, in unserem Gespräch sagte er: »Sogar dein Fischer hat die Unterschrift zurückgezogen!« Sonst wäre es nie rausgekommen, und ich würde mich heute noch wundern, warum Fischer nahtlos weiterarbeiten konnte. Wie viele mögen es inzwischen sein, die einen Rückzieher gemacht haben?

Wir kommen in der ländlichen Vorstadtstraße an, Fischer erwartet uns schon im Vorgarten. Er sperrt den großen Köter ein, und dann essen wir zu Abend. Knoblauchsuppe und Filetgulasch. Es wird wenig gesprochen. Was zu besprechen war, haben Fischer und ich unter vier Augen während unserer einsamen Autofahrten durch Mecklenburg erledigt, wo vor »erlesenem« Publikum unsere letzten Konzerte stattgefunden haben. Wir fuhren zum erstenmal allein in meinem Wagen, seine Autos waren kaputtgegangen.

Wir stochern uns durch den Filetgulasch und genießen die Trauer des Augenblicks. Ob wir uns wiedersehen, wann, wo, ob wir je wieder zusammen Musik machen werden, ob die schönen Lieder noch einmal erklingen werden, ob damit noch eine Mark zu verdienen sein wird, ob sie im Osten die Songs von Fischer und Krug je spielen werden, ob Krug sie im Westen wird unterbringen können, ob es je Neues von den beiden geben wird ...

Beim Abschied präge ich mir den kleinen Mozart noch einmal ein, von dem ich mich nicht besonders verraten fühle, und seine Frau Petra, die von ihrer Mutter die großen Brüste geerbt hat und das endlose Nachdenken darüber, was von Vorteil ist und was nicht.

Wir fahren in die Stadt zurück, wo wir bei einem ausländischen Diplomaten einen Wodka einnehmen werden. Unterwegs pfeift Ottilie die Biermann-Zeile »Leben steht nicht auf dem Spiele, euer Wohlleben ja nur.« Mittlerweile gibt es so viele starke Biermann-Zeilen, daß sie im Osten wie Bibelsprüche ausgeteilt werden. In seinen Versen kommen die Sachen vor, die uns bewegen. Ist es das »bessere Deutschland«, das ich jetzt hinter mir lassen will, Biermann? Ich frage mich, ob du dir da selbst noch sicher bist.

In der kleinen Diplomatenwohnung in der Leipziger Straße treffen wir Bekannte, die von einem Empfang in der Portugiesischen Botschaft kommen, schönen Gruß von der Gemahlin des Botschafters, warum ich nicht gekommen sei, sie habe mich schriftlich eingeladen. Davon weiß ich nichts. Zunehmend fehlt Post in meinem Briefkasten.

Jutta Hoffmann, seit einigen Jahren Mitglied des BERLINER ENSEMBLE, ist unter den Gästen. Ich erzähle ihr von meinem Tagebuch und frage, ob sie nicht Lust hätte, eine Kleinigkeit beizusteuern. Sie kuckt eigentlich unglücklich. Und das kommt so: Wenn Jutta Hoffmann spielt, ist sie alles, was es auf der Welt gibt, aber den ganzen restlichen Tag über, wenn sie nichts zu spielen hat, dann kuckt sie eigentlich unglücklich. »Habe ich dir die Geschichte mit dem DEFA-Generaldirektor schon erzählt? Nein? Also, ich, mitten bei der Arbeit, hab ihn dort irgendwo im Filmgelände getroffen, in einem lila Kostüm und mit onduliertem Haar bin ich in sein Büro und frage ihn, warum er den Regisseur Egon Günther daran hindert, mit mir, Jutta, einen seit langem vorbereiteten Film zu drehen. Egon hat kein Drehbuch dazu geschrieben, weißt du? Warum auch, er hat den Film im Kopf. Da überschüttet mich der Generaldirektor mit einem Schwall von Worten, von denen ich mir nur die folgenden gemerkt habe: Wir müssen jetzt ein paar Filme drehen, die meine Position stärken. Und da hab ich gesagt, ich hätte noch nie im Leben einen Film unter dem Aspekt gedreht, eines Generaldirektors Position damit zu stärken.«

»Gut gegeben, Jutta«, sage ich. Hat die eine Ahnung.

Heute habe sie sich so aufgeregt, sagt sie, sie sei von den »Erben« vorgeladen worden.

»Wer sind die Erben?« frage ich.

»Die Erben«, sagt Jutta, »das sind die Erben der Brecht-Rechte, Brechttochter Barbara Berg und Brechtschwiegersohn Ekkehard Schall, die wollen genau dasselbe, was die Regierung will, die wollen ausdrücklich hören, daß man mit der abgedankten Intendanz unglücklich war und mit der neuen glücklich ist. Aber wer mich engagiert hat, das war die Berghaus, sie hat mich gemocht. Das heißt doch, daß sie gesehen hat, wer ich bin, das heißt doch, daß sie gewußt hat, was Qualität ist. Ich war nicht unglücklich mit ihr, ich war glücklich. Und nun haben sie schon alle rumgekriegt, nur Jürgen Holz und mich nicht.«

»Schmetterlingen darf man nicht auf die Flügel grapschen, und Schauspielern darf man nicht Gewalt antun«, sage ich. »Schon die unscheinbaren unter ihnen beschädigt man damit. Die schönen großen aber, wie dich, mein Schatz, sollte man nicht einmal rumkriegen wollen.«

»Deine Gleichnisse sind immer so leicht zu verstehen, mein Bester«, sagt Jutta.

26. April 1977, Dienstag

Jetzt haben sie meinen Antrag eine Woche. Wir packen keine Koffer mehr, es könnte sein, daß wir sie alle wieder auspacken müssen. Zwölf stehen fertig im Eßzimmer, es sieht aus wie in einer Gepäckaufgabe.

Laub und Kiefernnadeln verstopfen die Abflüsse der Dachrinne, es läßt mich kalt, daß der Regen sich seinen Weg an der Wand runter sucht, es pladdert vor den Fenstern. Der alljährliche Schaden an den Gasboilern, ich habe zwei eingebaut, damit einer immer funktioniert, bleibt unbehoben, wir erwärmen das Wasser auf dem Herd, die Hähne tropfen, der Zaun rostet, von der grünen Laube und von den Fenstern blättert die Farbe.

Das Haus ist ohnehin zu groß. Wenn die Kinder uns einst verlassen hätten, würden Ottilie und ich einander in den Räumen suchen müssen. Mir hat jetzt schon das soziale Gewissen geschlagen. Ein Blick durch die Kastanien auf die benachbarte Mietskaserne, einen alten, schwammigen Kasten, genügt, um das Vergnügen am Haus zu dämpfen. Kein Spielplatz in der Umgebung war so von Kindern bevölkert wie unser Garten, warum? Warum war keine Kneipe so gut besucht wie unser Haus? Weil wir immer ein schlechtes Gewissen hatten, wir hatten zuviel Haus, zuviel Garten, zuviel Geld. Hätte ich es doch versoffen. Ein paar Stubenlagen im Wartesaal des Ostbahnhofs, hier und da mit einem 50-Mark-Schein eine Zigarette angezündet, wie Norbert Christian, Gott hab ihn selig, so im Dauertran wie der wunderbare Rolf Ludwig, oder so kaputtgesoffen wie der große Raimund Schelcher und viele andere. Die hatten eine Dreizimmerwohnung, und gut war's. Ich hab immer gebaut, ausgebessert, restauriert, wie ein deutscher Kleingärtner, der nichts umkommen läßt. Kein Stück Draht flog bei mir in den Müll, ich brauchte jede Schraube, denn ich war mein eigener Hausmeister und Gärtner und Klempner und Maurer. Vielleicht ist es gut, wenn alles dort stehen und liegen bleibt, dann kann ich von vorn anfangen und mir überlegen, wie weit ich es diesmal treiben will. So weit jedenfalls nie wieder. Aber ist all mein Sammeln, das Antiquitätensuchen, meine Werkstatt, die Wochenenden mit den alten Autos, von denen noch kein einziges gefahren ist, sind die Tausende von Stunden, ist dieser Aktionismus über meine Berufsarbeit hinaus wirklich nur die Lust am Raffen gewesen? Nie und nimmer. Es waren Vorbereitungen für die große Robinsonade: die Tore zu, die DDR draußen, ich und meine ausgesuchten Freunde drinnen. Ich wollte einmal im Leben einen anderen Teil der Welt sehen, einen anderen Kontinent, dafür hätte ich Zeit und Geld lieber ausgegeben. Auslandskonzerte selbst organisieren und anbieten, unsere Schallplatten noch einmal in anderen Sprachen besingen, in russisch, ungarisch, warum nicht? Die dortigen Sänger traten ja auch bei uns auf und sangen deutsch. Es ist mir nie gelungen, für dieses simple Projekt einen der größeren Funktionärsärsche aus dem Sessel zu lüpfen. Die Leute kleben auf ihren Stühlen, faul, frech, machtbesoffen, kriegen ihr Geld und bilden mit all den anderen Faulenzern und Schwätzern jene filzige Schicht, die sich zynisch Arbeiterklasse nennt, zusammengehalten durch die Solidarität der Mittelmäßigkeit, durchsetzt von Stasi und Parteifunktionären. Und die wirkliche Arbeiterklasse bezahlt den ganzen Schmarotz, die Arbeiter, die wirklich acht Stunden arbeiten. Gäbe es bei uns die gleiche Arbeitsproduktivität wie in kapitalistischen Industrieländern, wir hätten zwei Millionen Arbeitslose, eine Million haben wir sowieso, das sind die Leute, die irgendeinen nutzlosen Job abdrücken, die Redakteure der Betriebszeitungen, die Gewerkschaftstypen, die Parteitypen, die Stasitypen, die Dispatcher, die sich jeden Tag ein paar Stunden in den Betrieben herumdrücken, Helme aufsetzen, alte Hosen abtragen und dafür sorgen, daß es am Ende des Geldes keine Ware gibt.

Jurek kommt vorbei, er kommt fast jeden Tag, fragt immer dieselbe Frage, ich sage: »Nichts tut sich.«
Noch nie hat er mir aus einem seiner Manuskripte vorgelesen, heute macht er's, ich fühle mich geehrt. Es sind Teile aus einer Geschichte, in der ein DDR-Lehrer sich aus seinem Korsett befreien will, einen anderen, neuen Unterricht machen will und damit scheitert. Jurek liest langsam, die Sprache ist schön und schwermütig, nach besonders gelungenen Wendungen hebt er kurz den Blick, um die Wirkung zu beobachten. Er liest eine Stunde, ich zeige meine Begeisterung, muß nicht besonders heucheln dabei, deshalb strengt es nicht an.
Es klingelt, der Telegrammbote steht draußen. Mein Herz. Das Telegramm lautet:

wir treffen uns zur maidemonstration am 1. mai um 10.00 uhr im marschblock 13 potsdam otto nuschkestr. in richtung hegelallee gruesse acker-thiess leiterin der besetzungsabteilung defa.

Die hat Sorgen.

Abends ruft mich Herr Gerstner an. Genosse Gerstner ist eine milde Ausgabe von Karl-Eduard von Schnitzler, wie dieser Journalist von Beruf, schon seit Jahren Verfasser einer Wirtschaftskolumne in der BERLINER ZEITUNG. Er schreibt Kommentare für den Rundfunk und macht die Fernsehsendung »Prisma«. Seit Jahren fehlt er auf keiner Diplomatenfete, er ist dabei, wenn gedinnert, gejahrestagt und eingeweiht wird, er fehlt nicht beim Kostümfest und nicht beim Maskenball. Nie hat man gehört, daß ihm Zurückhaltung nahegelegt worden wäre. Uns haben die hochgestellten Genossen wegen der Diplomatenkontakte heftig getadelt, ihn nicht, weswegen alle glauben, er sei kein echter Lebenskünstler. Als Stasi-Mann würde ich ihn immer vorziehen, denn ihm gehen feinere Gedanken durch den Kopf als anderen, über die er auch feiner sprechen kann. Er ist polyglott, gebildet und sieht haargenau aus wie Nick Knatterton. Er hat die Gabe, Menschen zur Vertrauensseligkeit zu verführen. Der hat mich noch nie angerufen. Der ruft mich an und sagt, er möchte schon lange mal mit mir sprechen. Ich würde nichts lieber tun als auflegen, sage aber: »Gern, Herr Gerstner, wann wäre es Ihnen recht?« Nach einem kleinen Hin und Her, ob bei mir oder bei ihm, schlage ich alternativlos vor: morgen abend bei mir.

Ich fühle mich irgendwie erledigt, aber ich fühle auch, daß ich überm Berg bin, ich bin ein anderer, als ich vor einem halben Jahr war.

Auch von einem sozialistischen Grandseigneur vom Schlage Gerstners lasse ich mich zu nichts mehr überreden. Vielleicht hat er einen kleinen Recorder in der Jackentasche oder eine Wanze. Jedenfalls kommt der nicht einfach so vorbei, er war noch nie da, es wird sich um eine Gesandtschaft handeln, um was denn sonst? Mein Plan: Herr Gerstner, werde ich sagen, Sie sind hierher geschickt worden, haben Sie einen Auftrag, über etwas Bestimmtes mit mir zu sprechen? Jetzt wird Gerstner einen Fehler machen, denn er wird sagen: Um Gottes willen, wo denken Sie hin? Mir liegt Manfred Krug am Herzen, ich bin ganz aus eigenem Antrieb hier, nichts weiter. Hier werde ich ihn unterbrechen und sagen: Herr Gerstner, wir können einen Cognac trinken und über alles in der Welt reden, aber nicht über meinen Ausreiseantrag, den haben Sie nicht verschuldet und nicht zu verantworten. Warum sollte ich mit einer Privatperson darüber reden? Unter den Umständen bitte ich Sie sogar um Verständnis dafür, daß ich dieses Thema ausschließen muß. Dann hätte ich den Kerl aufs Kreuz gelegt, dem der Ruf vorausgeht, der schlaueste Stasi-Mann im Inland zu sein.

Der Schauspieler Eberhard Esche ruft an.

»Hier ist Eberhard.«

»Du hättest mich früher anrufen sollen«, sage ich.

»Weshalb?«

»Du hast herumerzählt, ich würde dich hinter deinem Rücken Arschloch titulieren. Um rauszufinden, ob das stimmt, hättest du zuerst mich anrufen müssen.«

»Deswegen rufe ich dich jetzt nicht an«, sagt Eberhard.

»Bisher habe ich nichts auf die Gerüchte um dich gegeben. Aber jetzt klingt es doch sehr massiv.«

»Jetzt ist es auch kein Gerücht mehr«, sage ich.

»Mach keinen Quatsch«, sagt Eberhard. »Ich will mit dir darüber reden.«

Wir verabreden uns zu übermorgen mittag um zwölf. Esche ist einer von den Genossen, die die Liste unterschrieben haben und die mit einer strengen Rüge dem Parteiausschluß entgangen sind. Er hat etwas gesagt, etwas geschrieben, etwas gelitten, und nun geht es ihm wieder etwas besser. Er will sicher auch wieder mal nach Holland zu den

Verwandten seiner Frau, der Holländerin Cox Habbema. Ich habe nicht gesagt, er sei ein Arschloch, aber seit einiger Zeit festigt sich der Verdacht, es könnte was dran sein. Der kommt auch nicht privat. Der ist noch nie privat gekommen. Esche hat damals mit mir den Film »Spur der Steine« gedreht, er den Parteisekretär, ich den anderen. Der kennt mich, der weiß, daß es sinnlos ist, mich umstimmen zu wollen. Dem Gerstner nehme ich seinen Versuch nicht übel, der kennt mich nicht. Aber Eberhard kann in dieser Sache nur kommen, weil sie ihm gesagt haben: geh hin, versuch's.

Um fünf Uhr früh höre ich auf zu schreiben. Ich öffne das Fenster zum Garten, draußen ist es hell. Der dritte warme Tag in diesem Frühling hat die Knospen an der Hainbuchenhecke hervorgebracht. Die Bäumchen waren 20 Zentimeter groß, als ich sie pflanzte, jetzt kann man, wenn die Hecke im Laub steht, vom Schulweg aus nicht mehr hindurchsehen.

27. April 1977, Mittwoch

Um halb elf weckt mich Ottilie, im Zimmer sitze eine Frau vom Rat des Stadtbezirks Pankow. Ich fliege in meine Sachen, werfe mir eine Handvoll Wasser ins Gesicht. Da sitzt ein dickliches junges Mädchen mit einem Einkaufsnetz. Sie sagt: »Ich bin vom Rat des Stadtbezirks und wollte nur Bescheid sagen, daß Sie am Donnerstag kommen können.«

Ich sage: »Moment, das schreibe ich mir auf, heute ist Mittwoch, also morgen.«

»Nein«, sagt sie, »nächste Woche Donnerstag, am 5. Mai, die Uhrzeit können Sie sich aussuchen. Es ist wieder Zimmer 3.«

»Und da machen Sie sich den weiten Weg?« sage ich. »Ihre Kollegin hat doch meine Telefonnummer.«

»Ich hatte hier in der Gegend zu tun«, sagt sie. Das ist alles, ich stelle keine weiteren Fragen, sie ist schnell verschwunden.

Man kann keinem Polizisten begegnen, der nicht reflexartig nach dem Ausweis fragt. Diese Frau hier hat sich nicht legitimiert, sie ist gekommen, hat Donnerstag gesagt und ist wieder gegangen. Ich soll also eine Woche vorher wissen, daß der 5. Mai der große Tag ist. Aber den können sie verschieben, wohin sie wollen, und ganz abblasen können sie ihn auch.

Nehmen wir an, sie haben jetzt schon beschlossen, ja zu sagen. Was sollen dann Gerstner und Esche noch bei mir? Kommen sie etwa doch, um mich für den Sozialismus zu retten? Ach was, ich nehme mich wichtig. Die haben andere Sachen zu tun als sich kleinkarierte Manöver auszudenken. Andererseits wissen die doch, daß ich nicht in der Lebenslage bin, um Erstbesuche zu empfangen. Und dann: Bei uns werden ganze Stadtteile von Stasifamilien bewohnt, ganze Schulen sind von ihren armen Kindern voll, das müssen wenigstens hunderttausend Festverpflichtete und eine Million Assoziierte sein. Da werden sie wohl für jeden Zweck ein paar Leute abzweigen können. Das kann man erwarten.

Das Telefon klingelt, der Schriftsteller Walter Kaufmann ist dran. Er ist zehn Jahre älter als ich und hat zehn Jahre vor mir in meiner Geburtsstadt Duisburg in derselben Straße gespielt, in der Schweizerstraße und auf dem Kaiserberg. Die Kaufmanns waren eine jüdische Familie, Walter konnte sich durch eine abenteuerliche Flucht nach Australien retten. Er spricht noch heute den niederrheinischen Anklang, heimatliche Laute aus dem Mund eines Australiers. Aber er schreibt in englischer Sprache. Er war Matrose, Anstreicher, Landstreicher, nur Goldwäscher war er nicht. Solche Leute werden oft Schriftsteller, weil sie hoffen, die Abenteuer ihres Lebens würden für viele dicke Bände reichen. Noch heute muß Walter herumfahren und Geschichten sammeln. Er kann nur Geschichten schreiben, die er irgendwo gesammelt hat. Außer daß er ein bißchen sparsam ist, ist er ein prima Kerl. Er besitzt einen australischen Paß, etwas Kostbareres kann man nicht besitzen, wenn man in der DDR lebt. Meine Psychose ist so weit gediehen, daß ich mich selbst bei ihm nicht wundern würde, wenn er ein Stasi-Mann wäre. Gott oder weiß der Teufel wer verzeihe mir. In welchem schrecklichen Land lebe ich. Verzeih mir, Walter, wenn ich dir Unrecht tue, aber ich bin soweit, daß ich mit dem Feldstecher die Fenster der Nachbarhäuser nach Beobachtern absuche. Er sagt am Telefon, er habe nie was auf Gerüchte gegeben, aber in letzter Zeit und so weiter...

»Es ist kein Gerücht«, sage ich.

»Ich würde gern mal mit dir sprechen«, sagt er. Wir verabreden uns gleich für heute, er ist dran von vier bis sieben, dann wird er von Gerstner abgelöst. Vielleicht kann ich ihn als Partner in der Generalprobe für die kommenden Gespräche mißbrauchen.

In meinem Tonbandgerät klappert etwas, ich brauche, um es aufzuschrauben, einen dieser neumodischen Kreuzschraubenzieher. Zwei Stunden fahre ich mit dem Auto durch die Stadt, um einen Kreuzschraubenzieher zu kaufen, auch das beste Fachgeschäft kann mir nicht helfen. Mein Freund, der Bildhauer Salow, sägt einen normalen Schraubenzieher ab und feilt mir daraus MIT DER HAND einen Kreuzschraubenzieher. Die nützlichste Kleinplastik, die er je gemacht hat.

Wir alle haben viele Freunde, weil wir viele Freunde zum Leben brauchen. Einen fingerfertigen, einen mit Verbindungen zur Partei, einen Fleischer, einen mit Verbindungen zu einem Rohrleger, viele, viele Freunde. Die DDR ist das viel beneidete Land der Freundschaften. Tausend Kleinigkeiten, das ganze Leben funktioniert nur aus Freundschaft. Ein Klempner, der nicht dein Duzfreund ist, kommt nicht. Dann gibt es Freundschaften, die nur vom Zusammenhalt gegen andere Freundesgruppen leben, gegen Langweilerkollektive unter den Lehrern, Dozenten und Parteisekretären, gegen das Eingesperrtsein, gegen das »Professorenkollegium« am Sonntag im Fernsehen, gegen die Bande der Taxifahrer, gegen Postbeamte und Volkspolizisten, vor allem aber gegen die faulen Kellner. Es gibt kaum Möbel zu kaufen, trotzdem findest du in der DDR die gemütlichsten Wohnungen, weil es hier die ungemütlichsten Städte und Straßen gibt und die wenigsten Kneipen mit den meisten Inventurtagen und den schlampigsten Kellnern, welche die größten Reserviert-Schilder der Welt auf ihre Tische stellen. Dafür lassen sie die Gäste auf der Straße stehen und winken sie von Zeit zu Zeit mit gekrümmtem Finger gnädig zum Verzehr eines Herrengedecks herein. Das Herrengedeck ist eine Flasche Bier, zu der man zwangsweise eine Flasche Sekt trinken muß, eine Kreation der DDR-Gastronomie, extra für die neue herrschende Klasse, um deren Vertretern nach der Schicht den ordinären Bierdurst auszutreiben. Warum ist wenigstens das bei den Tschechen, Ungarn und Polen anders? Wer nachmittags um halb drei die Schönhauser Allee runtergeht, kann in der Wisbyer Straße die längste Brötchenschlange Europas vor einem Privatbäcker stehen sehen, und der Laden macht um drei auf. In Prag gibt es nicht einen einzigen privaten Bäcker, und doch findest du dort etliche Läden, in denen es frische Brötchen und Brote gibt. Es gibt keine private Kneipe in Prag, und doch sind es dreimal mehr als in Berlin, und immer findet man einen Platz, ein Bier und ein Essen. Das kann nicht nur an der Frage hängen, ob der Handel volkseigen ist oder privat. Woran hängt es? Warum dekoriert Frau Meierova ihr Schaufenster liebevoller als Frau Meier? Warum schüttet sie abends einen Eimer Wasser über den Bürgersteig, warum bietet sie in ihrem Laden, der nicht ihrer ist, belegte Brötchen und eine Tasse Kaffee an? Warum kocht Herr Novotny in seiner Schwemme drei eßbare Suppen, während Herr Neumann eine laue Bockwurst auf den Pappteller legt? Die Meierovas und Novotnys verfolgen mit ihrer Arbeit andere Absichten, sie wollen, daß es ihren Mit-Tschechen schmeckt, sie wollen sich nicht blamieren, sie kochen, damit das Gekochte gegessen wird. Bei uns kochen sie, weil pro Schicht 300 Portionen raus müssen. Unsere Autofahrer zeigen die meisten Vögel, fahren mit ihren Kisten die meisten Rennen, drohen mit den meisten Fingern, schreiben die meisten Nummern auf. Das kommt, weil wir sonst im Alltag den Mund halten müssen. Das ist die Angst und die Ungeschicklichkeit der Partei, die doch immer neidisch auf den Freiheitszauber der kapitalistischen Welt schielt. Wir schlucken unsere Widerspruchslust herunter, kommen immer mehr unter Dampf, den wir dann zu Hause gegen Frau und Kinder ablassen. Es heißt, vor allem die Frauen sorgen für die hohe Scheidungsquote in der DDR. Ich bezweifle die Behauptung, sie sei ein gutes Zeichen für den Emanzipationsgrad und die wirtschaftliche Unabhängigkeit der Frau gegenüber dem Mann. Unsere hohe Scheidungsrate ist ein Zeichen für den allgegenwärtigen Staatsdruck, der zu Hause in der Familie sublimiert wird. Es wäre ebenso falsch, den hohen Schnapsverbrauch in sozialistischen Ländern auf die gute Wodkaqualität zurückzuführen.

Wir sind vielleicht noch deutsch, Deutsche zu sein fehlt uns die Gelassenheit nach den Kriegen, die wir angezettelt haben. Geradezu befremdlich, daß es noch die Sozialistische Einheitspartei **Deutschlands** gibt und ihr Zentralorgan NEUES **DEUTSCHLAND**, sonst kommt das Deutsche nur noch in Adjektiven vor: Freier Deutscher Gewerkschaftsbund, Deutsche Reichsbahn und DDR. Freudlos sehe ich auf die drei großen Buchstaben, die mich nur anlügen, nämlich daß wir eine Republik wären und zwar eine demokratische.

Am Nachmittag kommt Walter Kaufmann. Ich muß einmal mehr Dutzende von widerlichen Parteigerüchten abwehren. Nur ein Gerücht sei wahr geworden, der Ausreiseantrag sei abgegeben.

»Schade«, sagt er. »Na ja, deine Sache. Die DDR kann sich nicht leisten, gute Leute zu verlieren.« Eine halbe Stunde höre ich ihm schweigend zu, er spricht wie ein alter Freund, unverkrampft und echt. Ich schäme mich für meinen Verdacht. Er fragt mich die wahnsinnigsten Sachen, ob es stimmt, daß ich drei Monate durch Kanada gereist sei, daß ich ein Hotel gemietet hätte, um meine dritte zusammengeraffte Million zu feiern und ähnliches. Dann liest er unter schwerem Atmen meinen Antrag. Er sagt: »Mir stehen die Haare zu Berge.« Er ist traurig. Wir schweigen eine Zeitlang.

Er sagt: »Kann ich was für dich tun?«

»Kaum«, sage ich.

Ich gestehe ihm, daß ich ihn für einen Stasi-Horcher gehalten habe, er ist darüber wenig erstaunt und erzählt mir von seinen jüngsten Reisen nach Israel und Belfast. Ich spinne mir die biblische Landschaft aus, phantasiere mir ein paar Belfaster Straßenzüge aus Fernseherinnerungen zusammen und frage mich, ob diese Plätze so aufregend sein können, wie ich sie mir vorstelle.

Walter und ich haben uns drei Jahre nicht gesehen, er berichtet, was ihm in der Zeit widerfahren ist, erzählt von seinen Niederlagen, Hoffnungen, Krankheiten, auch von seinen Problemen als Schriftsteller. Ich habe das Gefühl, er will nicht wissen, warum ich gehe, er will mich wissen lassen, warum er bleibt. Aber mir ist klar, daß man als Westausländer in der DDR leben kann. Nahrungsmittel, Mieten und öffentlicher Verkehr sind billig, Haus und Grundstück erschwinglich, Rauschgiftkriminelle und Einbrecher kommen so gut wie nicht vor. Wer das Glück hat, sich den Wind der Welt um die Nase pfeifen zu lassen, sitzt in der DDR am wärmsten. Das Reisen erweitert den Horizont, und schließlich sieht man immer schärfer auch die Vorzüge, die dieses Land bietet. Man kann den Niedergang des Kapitalismus angstlos und doch selbst erleben und ist nicht länger auf die Beschreibungen dieses Niedergangs angewiesen, von denen unsere Zeitungen und Funkkommentare derart strotzen, daß sie kein Mensch mehr glaubt.

Walter sagt: »Mich regt auf, daß wir kein Klima schaffen können, in dem Leute wie du eine Heimat haben. Es gehen gute Leute, einer nach dem anderen, wo soll das hinführen? Mit Biermann war das anders. Mag er der Heine und der Villon unserer Tage sein, er läßt nicht mit sich reden, das ist sein Makel. Es gab eine Szene zwischen ihm und mir – lange her –, wo er mir zwei seiner Quarthefte schenkte und ich irgendwelche Lappalien an seiner Arbeit kritisierte, seine Unsachlichkeit zum Beispiel. Da wurde er sehr massiv und machte mich zur Minna: Du hast es nötig, du bist doch dafür ausgesucht, in der Welt herumzureisen und den DDR-Kindern zu sagen, daß draußen ein Drache herrscht und daß sie froh sein sollen, wenn ihnen dieser Drache nicht auf den Hals kommt. Das war unter der Gürtellinie. Es war nicht mit ihm zu reden. Trotzdem stinkt mich an, daß nie der Versuch gemacht worden ist, eine öffentliche Diskussion mit ihm zu führen, nicht mal im Schriftstellerverband, und daß hier eine Bevormundung stattfindet, die ohnegleichen ist: Ihr habt nachzubeten, was wir vorbeten. Basta.« Immerhin müsse Biermann sich fragen lassen, wem er drüben 440 000 Mark wert sei, so viel solle er inzwischen verdient haben. Und er müsse zusehen, daß er die Linke drüben nicht noch weiter spalte.

Welche Linke er drüben meine, frage ich, etwa die Splitter von DKP und KPD und Maoten? Was soll er da noch spalten? Es sei kein Zufall, daß die Kommunistische Partei Westdeutschlands pro Kopf die kleinste auf der Welt sei. 0,3 Prozent, das sei genau der Anteil, der uns bei den Wahlen in der DDR an 100 Prozent fehlt.

Walter fragt: »Warum, glaubst du, sind die Repressalien gegen dich härter als gegen die anderen, die Schriftsteller zum Beispiel?«

»Vielleicht war die Liebe zwischen uns beiden einfach tiefer, zwischen der DDR und mir«, sage ich. »Nein, im Ernst: weil man einem Schreiber die Arbeit nicht wegnehmen kann. Wenn die Partei in Borna auf der Bahnhofstraße lanciert, Heiner Müller sei ein Kannibale, dann stirbt das Gerücht auf der Stelle ab, weil die meisten Leute erst fragen; wer ist Heiner Müller? Erzählst du so was über einen Schauspieler, so erzählt es bald das ganze Land. Mit Rufmord dieser Art kann man nur populäre Personen treffen. Bei Schriftstellern ist es umgekehrt, du kannst sie damit popularisieren.«

Walter: »Was machst du in diesen Tagen?«

»Weißt du, warum es hier so stinkt? Weil ich im Kamin kiloweise Briefe und Notizen verbrenne. Ich führe ein Tagebuch. Mit meiner Schreibkunst ist es nicht weit her, das weißt du ja, seit ich versucht habe, eine Geschichte von dir zu übersetzen. Ich mache es trotzdem. Aus Wut und weil ich beleidigt bin, und ich fürchte schon jetzt, manche Passage später zu bereuen. Im Augenblick habe ich nur das Papier, das die Rechtfertigungsversuche für meine Flucht hinnimmt, ohne sich nach meinem Klassenstandpunkt zu erkundigen. Da ist nur noch eins, was mir ein schlechtes

Gewissen vor den Bürgern dieses Landes macht: nun doch ein letztes Privileg in Anspruch zu nehmen, das nur für wenige da ist, nämlich gehen zu dürfen. Ein Teil der Leute wird sagen, was will der eigentlich? Wir haben für unsere Arbeit einen Bruchteil von dem Geld verdient, das sie dem in den Rachen gestopft haben. Nur weil er andere Sonderrechte nicht hatte, will er jetzt verschwinden? Andere werden sagen, wenn's dem Esel zu wohl wird, geht er aufs Eis. Andere werden sagen, der hat uns im Stich gelassen. Sie alle haben recht und unrecht. Mein Vertrag mit der DEFA sieht so aus, daß ich jederzeit entlassen werden kann. Wenn man mir Komparserie anbietet oder ein paar Synchrontakes und ich lehne ab, werde ich wegen Arbeitsverweigerung rausgeschmissen. Und diese Demütigung wäre gekommen, so sicher wie das Amen in der Kirche. Früher hat man Verräter an der sozialistischen Sache noch ganz anders behandelt. Was kann man machen? Irgendwas Heroisches? Taxifahrer werden und die Fahrgäste unterhalten? In Prag hat es nach '68 solche Fälle gegeben, und es gibt sie noch, niemand redet mehr davon. Ich bin als Mensch nicht groß genug, den Märtyrer zu machen. Biermann war groß genug dazu. Aber er ist ein Genießer der besonderen Art.«

Kaufmann will wissen, welche Pläne Jurek hat, und im selben Moment ist mein Mißtrauen wieder da, ich sage, daß ich darüber nichts weiß. Nach einem Lächeln sagt er: »Du bist in einer scheußlichen Situation, eigentlich weißt du nicht, wer vor dir sitzt.« Da hat er recht, und das ist schlimm.

»Warum schenkst du dem Staat dein Haus?«

»Der Staat«, sage ich, »hat das Vorkaufsrecht vor jedem anderen Käufer. Von diesem Recht würde er im Falle meines Hauses Gebrauch machen. Der Staat bezahlt nicht annähernd den Wert des Hauses, und er zahlt kein bares

Geld. 300 Mark würden monatlich auf ein Sperrkonto gehen, über das ich so lange nicht verfügen könnte, wie man mir Besuche in die DDR verweigert. Und wenn ich jemals wieder hierher darf, kann ich pro Aufenthaltstag eine Summe abheben, die nicht ausreichen würde, auch nur eine halbe Übernachtung davon zu bezahlen. Ein staatlicher Kauf wäre ein Diebstahl. Ich möchte nicht der Trottel sein, dem sie eine Villa gestohlen haben, sondern der Trottel, der sie verschenkt hat. Und außerdem will ich etwas demonstrieren, ich will zeigen, daß ich weg will, ohne Rücksicht auf Verluste, nur weg.«

»Wie ein beleidigter Ehemann.«

»Genau so.«

Das versteht der Walter Kaufmann. Wir tauschen noch ein paar Gefühlsregungen aus, ich frage ihn, was er glaube, ob er wirklich dafür vorgesehen sei, den bösen Drachen zu beschreiben. »Bilde dir doch nicht ein, daß ich machen kann, was ich will«, sagt er. »Die brauchen mir bloß ein Einreisevisum zu verweigern, dann stehe ich draußen, so einfach ist das.« Und das verstehe ich. Draußen ist es kalt und windig. Walter steigt in seinen Mercedes und winkt im Abfahren.

Ich habe eine Viertelstunde Pause, nehme zwei Kopfschmerztabletten, dann kommt Gerstner, der Journalist, der die DDR verteidigt und doch politisch keinen schlechten Ruf hat. Er ist sympathisch und flößt Respekt ein. Nein, Kaffee möchte er so spät nicht mehr, ein Glas Rotwein gern.

»Herr Gerstner, Sie sind hierher geschickt worden. Haben Sie einen Auftrag, über etwas Bestimmtes mit mir zu sprechen?«

Gerstner: »Niemand hat mich geschickt oder mir was auf den Weg gegeben. Ich mache mir Sorgen, das ist alles, ebenso meine Frau, von der ich grüßen soll.«

Ich sage meinen Vers auf: »Herr Gerstner, wir sollten einen Schluck miteinander trinken und, wenn Ihnen die Zeit nicht zu schade ist, über alles mögliche reden, nur meinen Ausreiseantrag, den Sie nicht verschuldet noch zu verantworten haben, sollten wir aussparen.«

Plötzlich hat er ein sehr verblüfftes Gesicht. Er sagt: »Ich bin entsetzt. Daß ein solcher Antrag existiert, höre ich in diesem Moment zum ersten Mal.«

Nun bin ich es, der erstaunt ist. Ich weiß nicht, was ich denken soll. Ich sehe Gerstner aufmerksam an, sein vorspringendes Kinn, den gestutzten Schnurrbart, den eindrucksvollen Schädel. Er hat sommersprossige, kräftige Hände wie ein Landarbeiter. Er sieht aus wie jemand, der gern die Wahrheit sagt: »Ich hätte früher kommen sollen. Ob ich Ihre Entscheidung hätte verhindern können, weiß ich nicht. Es tut mir in der Seele leid.« Und nun reden wir doch über nichts anderes als meine Ausreise. Ich erzähle ihm von den Widerwärtigkeiten der letzten Monate, er hört gekonnt zu, zeigt gelegentlich maßvolle Erschütterung.

»Ich finde es naiv, daß Sie damit nicht gerechnet haben, Sie kennen doch unser Leben und unseren Staat. Klar, daß die Leute zurückschlagen, wenn man ihnen derartig auf die Füße tritt.« Was er denn glaube, worin dieser Tritt bestanden habe, ob er den Inhalt der Petition kenne.

»Ich weiß nur, was im NEUEN DEUTSCHLAND gestanden hat, mehr nicht«, sagt er. »Das ist wirklich viel verlangt, Herr Gerstner, daß ich Ihnen das glauben soll«, sage ich und gebe ihm die Petition zu lesen.

»Wolf Biermann war und ist ein unbequemer Dichter – das hat er mit vielen Dichtern der Vergangenheit gemein.
Unser sozialistischer Staat, eingedenk des Wortes aus Marxens ›18. Brumaire‹, demzufolge die proletarische Revolution sich unablässig selbst kritisiert, müßte im

Gegensatz zu anachronistischen Gesellschaftsformen eine solche Unbequemlichkeit gelassen nachdenkend ertragen können.

Wir identifizieren uns nicht mit jedem Wort und jeder Handlung Wolf Biermanns und distanzieren uns von den Versuchen, die Vorgänge um Biermann gegen die DDR zu mißbrauchen. Biermann selbst hat nie, auch nicht in Köln, Zweifel darüber gelassen, für welchen der beiden deutschen Staaten er bei aller Kritik eintritt.

Wir protestieren gegen seine Ausbürgerung und bitten darum, die beschlossenen Maßnahmen zu überdenken.«

17. November 1976

Sarah Kirsch	Stephan Hermlin	Heiner Müller
Christa Wolf	Stefan Heym	Rolf Schneider
Volker Braun	Günter Kunert	Gerhard Wolf
Fritz Cremer	Erich Arendt	Jurek Becker
Franz Fühmann		

Wir Kulturschaffende erklären uns mit dem Protest der Berliner Künstler gegen die Ausbürgerung Wolf Biermanns solidarisch.

Jutta Hoffmann	Kurt Bartsch	Bettina Wegner
Katharina Thalbach	Hans Joachim Schädlich	Eva-Maria Hagen
Manfred Krug	Peter Herrmann	Thomas Schoppe
Ulrich Plenzdorf	Erika Dobslaff	Gerulf Pannach
Klaus Schlesinger	Rolf Ludwig	Bettina Hindemith
Fritz R. Fries	Käthe Reichel	Jürgen Fuchs
Thomas Brasch	Wasja Götze	Sibylle Havemann
B. K. Tragelehn	Nina Hagen	Angelica Domröse
Ekkehard Schall	Christiane Ufholz	Hilmar Thate

18. 11. 76

Kurt Demmler	Ernst-Ludw. Petrowski	Eberhard Esche
Uschi Brüning	Jürgen Böttcher	Cox Habbema

Dieter Schubert	Jutta Wachowiak	Nuria Quevedo
Thomas Langhoff	Else Grube-Deister	Christine Gloger
Horst Sagert	Adolf Dresen	Henryk Bereska
Günther Fischer	Margit Bendokat	Horst Hussel
Günter de Bruyn	Hans Bunge	Ulrich Gumpert
Horst Hiemer	Lothar Reher	

19. 11. 76

Karl-Heinz Jakobs	Klaus Lenz	Charlotte E. Pauly
Armin Müller-Stahl	Heiner Sylvester	Christa Sammler
Barbara Dittus	Richard Cohn-Vossen	Bernd Wilde
Willi Moese	Günter Kotte	Christine Renker
Mathias Langhoff	Heinz Brinkmann	Charlotte Wogitzky
Andreas Altenfelder	Wolfram Maaß	Klaus Poche
Dietrich Petzold	Dr. Wiemuth	Elke Erb
Axel Gothe	Horst Gretzschel	Reimar Gilsenbach
Anne Hussel-Gabrisch	Frank Beyer	Trini Cremer
Dr. Peter Rüth	Helga Schütz	
Barbara Rüth	Werner Kohlert	

Gerstner sagt: »Das finde ich ausgezeichnet, dem stimme ich ganz und gar zu. Dennoch hätte ich es nie unterschrieben.«

»Wenn es alle so gemacht hätten wie Sie«, sage ich, »dann wäre nichts da, was Sie ausgezeichnet finden könnten, und es wäre auch nichts da, dem Sie zustimmen könnten.«

»Das mag sein«, sagt er, »meine Tochter nennt mich manchmal einen Feigling. Aber ich habe den Kapitalismus während der Nazizeit erlebt, habe lernen müssen, doppelt zu denken, schizophren zu sein. Ich hasse ihn. Wir stehen noch immer im Schützengraben gegen die Imperialisten. Auch ich wünschte mir mehr demokratische Freiheiten bei uns, aber erst wenn wir den Graben verlassen können, erst wenn der Sieg auf unserer Seite ist, können wir ein Maß an Liberalisierung schaffen, das das Leben schöner und angenehmer macht.«

»Meinen Sie, daß es auf der Erde je einen Augenblick geben wird, wo alle aus den Schützengräben klettern? Der Imperialismus war noch lange nicht niedergekämpft, da sind wir nur haarscharf vor einem Krieg zwischen den beiden größten kommunistischen Ländern der Erde verschont worden.«

»Was am Ussuri los war, weiß ich nicht«, sagt Gerstner. »Ich weiß nur, daß die Chinesen totale Idioten sind und daß sie Verrat üben. Dem Pinochet Kredite zu geben oder Zaire zu unterstützen, das ist Verrat. Man muß mit ihnen fertig werden. Ich bin ein sehr diszipliniertes Mitglied der Partei, sie ist mir eine wichtige und hohe Sache, und ich bin bereit, jede Equilibristik mitzumachen, weil das diese Partei ist. Das sind Dinge, die uns unterscheiden. Dennoch bin ich gekommen, Ihnen zu sagen, daß Sie uns so wichtig sind. Nicht dem Lamberz und seinen Leuten, sondern dem Volk.«

»Lamberz ist die Partei. Das Politbüro ist die Partei, und die Partei hat immer recht.«

Gerstner: »Das weiß ich doch!«

»Dann wissen Sie auch, daß Lamberz und seine Leute die Hebel in Händen haben. Für das Volk kann ein Schauspieler nur wichtig sein, solange er spielt und arbeitet.«

Gerstner: »Haben Sie nicht auch die DDR verteidigt?«

Ich: »Aber ja, mir selbst ging es doch gut. Sie war früher leichter zu verteidigen, da gab es noch das Beispiel Biermann, das man anführen konnte, wenn das Wort Polizeistaat fiel.«

Gerstner: »Wir sagen Diktatur des Proletariats. Ich liebe dieses Wort auch nicht, ich glaube, daß Marx und Lenin es anders gemeint haben, nämlich als vorübergehendes Stadium. Aber ich würde nicht Polizeistaat sagen, weil ja die Politik, die von dieser Partei gemacht wird, mit unserem Wollen übereinstimmt.«

Ich: »Mit meinem Wollen nicht. Ich habe trotzdem nie

Polizeistaat gesagt. Man kann für weniger ins Gefängnis kommen.«

Gerstner: »Doch, ich nenne die DDR manchmal einen Polizeistaat.«

Ich: »Wem gegenüber?«

Gerstner: »Wenn ich im Kreise von Genossen bin, mit denen man ein offenes Wort reden kann, sage ich durchaus, daß das keine Diktatur des Proletariats ist, sondern ein Polizeistaat.«

Offenbar ist ihm die Taktik, wie er mit mir zu reden habe, freigestellt worden, oder er nimmt sich selbst die Freiheit, jeden Unsinn zu sagen.

»Sehen Sie das nicht?« sage ich. »Der Sozialismus droht zu entarten. Hat er noch das Glück der Menschen im Auge. Weiß er noch, was alles zu diesem Glück gehört?«

Gerstner: »Ich glaube, ja. Ich glaube, daß wir die Reisemöglichkeiten erleichtern werden, daß wir Schritt für Schritt weiterkommen. Ich freue mich über die italienische und französische Partei. Was bei uns manche Genossen schreckt, der Eurokommunismus, das sehe ich als eine hoffnungsvolle Entwicklung an. Das kommt dem, was ich will, was meine Freunde wollen, sehr nahe. Nur über den Weg, wie man solche Möglichkeiten verwirklichen kann, sind wir uns offenbar nicht einig. Da werfen Sie zu früh das Handtuch.«

Er erzählt, daß er als Sechzehnjähriger einen Schüler-Redewettbewerb gewonnen habe, woraufhin er für ein Jahr nach Amerika eingeladen wurde, auf eine Eliteschule. Daß er 1935 als junger Jung-Diplomat in Frankreich war, erzählt er nicht. »Die Erfahrung hat gezeigt«, sagt er, »daß diejenigen, die einen solchen Wechsel von der einen Welt in die andere vornehmen, später zu Feinden des Sozialismus werden. Auch Sie sind dieser Gefahr ausgesetzt.«

»Umgekehrt«, sage ich, »beim Anblick der imperialistischen Fratze müßte mir der Sozialismus im nachhinein als eine Wohltat erscheinen, ich werde ihn vermissen und meinen Schritt bereuen. Mit wem haben Sie solche Erfahrungen? Biermann und Brasch haben doch drüben Wohlverhalten gezeigt.«

Gerstner: »Wohlverhalten bei Biermann? Sie sehen doch, er kommt nicht mehr an, verliert an Boden, er wird ein erbitterter Feind der DDR werden.«

Ich: »Das könnte die DDR noch immer vermeiden, wenn sie den Mut hätte, ihm die Rückkehr zu ermöglichen. Biermann wird nie verbitterter gegen die DDR sein als er es während der letzten zwölf Jahre hier im Land war.«

Gerstner: »Nur ein Beispiel: Kennen Sie den Namen Wolfgang Leonhardt? Er hat mich auch erwähnt in seinem Buch DIE REVOLUTION FRISST IHRE KINDER oder wie das heißt. Ich kenne ihn seit April '45, er gehörte zu den ZK-Beauftragten, die mit der Gruppe Ulbricht kamen. Wir waren jahrelang befreundet, er war ein so überzeugter Mann, ein so intelligenter Mann, wir stimmten in jeder Nuance der Linie vollkommen überein. Jetzt sehe ich ihn manchmal im Westfernsehen ... Es ist zum Speien.«

Ich: »Ja, es ist erstaunlich, wie ein Mensch so dauerhaft im Gespräch bleiben kann, nur weil er mal zur Gruppe Ulbricht gehört hat. Es scheint, er wird bis zur Rente DDR-Fachmann bleiben, obwohl er ein Vierteljahrhundert nicht hier war. Solche Leute muß man nicht miteinander vergleichen. Wie fanden Sie denn das Fernsehinterview von Reiner Kunze?«

Gerstner: »Kein Mensch kannte Kunze. In meinen Journalistenkreisen wußte keiner, wer das ist.«

»War er hier auf dieselbe Weise unbekannt wie Biermann?«

»Jetzt vergleichen Sie die falschen Leute«, sagt Gerstner. »Biermann ist etwas anderes, er ist der Majakowski unserer Tage.« Dann kommt er auf seinen Auftrag zurück, mein Weggang sei schmerzlich, wie gesagt, ich sei eben auch in den Schichten beliebt, die unserem Land noch immer kritisch gegenüberstehen. Er sagt: »Und wenn Ihr Gespräch mit Lamberz noch so unerfreulich war, eine Geste mußten Sie machen, eine Geste des guten Willens, ein Wort, daß Sie in diesem Lande leben und weitermachen wollen.«

Ich: »Das habe ich getan.« Ich suche in meinen Papieren eine Ansprache hervor, die ich Anfang Dezember '76 den Genossen Lamberz und Adameck gehalten habe. Frank Beyer und ich waren damals vorgeladen worden. Wir hatten einen Drehtag abgebrochen und kamen mittags im Zentralkomitee an. Ein Riesenkerl mit leerem Gesicht holte uns am Portal ab, schloß den Fahrstuhl auf, wir fuhren hinauf, gingen an mehreren in martialischer Grätsche stehenden Wachposten vorbei und verschwanden endlich hinter einer doppelten Polstertür. Beyer war zuerst dran, ich wurde in einen Nebenraum geführt, wo ich drei Stunden wartete. Dann trat ich in das Büro von Lamberz, der mich freundlich begrüßte. Es war eher ein Saal, holzgetäfelt, von kahler Pracht, um einen langen Tisch standen 24 Stühle, zwischen denen ich mir verloren vorkam. Lamberz und Adameck saßen mir gegenüber. Ich hatte mir zu Hause vorgenommen, keine Abbitte zu tun, denn einen Ausreiseantrag zu widerrufen, dazu brauchte es einen Mann, der härter im Nehmen sein mußte, als ich es war.

Wir bemühten uns alle drei, den Ernst der Stunde zu feiern, auf private Worte und Grußfloskeln wurde verzichtet. »Ich bitte um Verständnis, daß ich eine weitere Auseinandersetzung heute nicht möchte, ich weiß gar nicht, ob ich dazu imstande wäre. Ich will nur eine Erklärung vorlesen, die ich mir zu Hause extra aufgeschrieben habe, einmal aus Furcht, hier etwas zu vergessen, zum anderen, weil so sichergestellt ist, daß jeder von uns sich später an dasselbe erinnert.

»Ich bin zu jung, um an irgendeiner Front gegen den Faschismus gekämpft zu haben; daher kann ich mich nicht auf Taten in dieser Zeit berufen, um darauf meinen Anspruch auf Mitdenken und Andersdenken in unserem Land zu stützen. Aber ich bin als Halbwüchsiger hierhergekommen, habe hier die Schulen besucht, bin hier in die Lehre gegangen, habe im Stahlwerk Brandenburg als Schmelzer gearbeitet, als dort erst wenige Öfen standen.

Bis zum Bau der Mauer konnte ich täglich beweisen, daß ich in diesem Lande leben und arbeiten will, denn ich hätte mit jedem S-Bahn-Zug wegfahren können. Und damals lebte ich sehr schlecht. Daß ich in der Zeit danach, als es mir gutging, freiwillig und gern hier geblieben bin, muß man mir einfach so glauben.

Ich habe oft bedauert, parteilos zu sein, denn Informationen erhielt ich dadurch nur aus zweiter Hand und konnte meine Meinung, wenn sie kontrovers war, nicht der Partei, sondern nur einzelnen Genossen vortragen. Freunde von mir, Genossen, haben Parteiverfahren und Parteiausschlüsse solcher Meinungen wegen erlebt; ich konnte mir vorstellen, wie es mir in der Partei ergangen sein würde. Heute sagen viele Genossen, man möge sich die Statuten ansehen, dann wisse man, wie mit Becker, Wolf, Kunert zu verfahren sei. Wenigstens hier habe ich keine Probleme.

Wolf Biermann habe ich in letzter Zeit kaum gesprochen. Leider. Ich war mittlerweile zu feige, ihn zu besuchen. In der Zeit vorher hatten wir gemeinsame und gegensätzliche Ansichten. Für mich ist Biermann ein Kommunist, der die DDR als die einzige der beiden deutschen Alternativen ansieht, aber er hielt sie für verbesserungswürdig. Er hat die DDR scharf kritisiert und tapfer verteidigt. Die Überdosis an Gift in seiner Kritik ist auch unsere Schuld und die Schuld derer, die glaubten, ein paar Gespräche auf höherer

Parteiebene würden den Kritiker Biermann zum Schweigen bringen und den Verteidiger Biermann übriglassen. Er ist der begabteste Liedermacher deutscher Sprache, und wenn der Kommunismus dereinst häßliche Eigenschaften abgelegt haben wird, die heute noch als unumgänglich angesehen werden, dann werden die Leute einige Namen der heute Mächtigen vor allem aus Biermann-Liedern kennen.

Von denen, die gegen die Veröffentlichung der Petition in unserer Presse sind, erfährt man, daß es in Polen und selbst im eigenen Land gerade jetzt Pläne zur Vorbereitung konterrevolutionärer Aktionen gibt. Ich habe die Westpresse nicht abonniert, mir ist die Information neu. Hätten die Rausschmeißer sich für den Rausschmiß einen anderen Zeitpunkt auswählen sollen. Die Entfernung Biermanns sieht leider nach Heimtücke aus. Zwölf Stunden nach seinem Westauftritt ist der Beschluß fertig, ein hastiger, die Folgen nicht bedenkender Beschluß. Biermann ist nicht Solschenizyn, die DDR nicht die Sowjetunion. Die gegnerischen Medien stürzen sich drauf, es gibt eine Fernsehsendung und eine wiederholte und verlängerte Fernsehsendung. Nun kennen ihn die Leute auch bei uns. Es zeichnet sich ab, wie groß der Fehler wirklich ist.

Zwölf DDR-Schriftsteller verfassen einen Protest. Nach altem Brauch können sie die Öffentlichkeit nicht erreichen. Da dies aber ihr Wille ist, lassen sie sich und ihre Namen durch die feindlichen Medien mißbrauchen. Dieser kalkulierte Mißbrauch ist die einzige Möglichkeit, öffentlich kontrovers mit ihrer Regierung zu sprechen, während der Regierung, wenn sie öffentlich mit den Bürgern sprechen will, alle unsere Medien zur Verfügung stehen. Noch am Abend des 17. November hätte die Regierung die Unterzeichner zu einem Gespräch zusammenrufen können. Man hätte auch am nächsten Morgen im NEUEN

DEUTSCHLAND die Petition drucken können und dazu erste Stellungnahmen Andersdenkender. Statt dessen stand ein Artikel von ›Dr. K.‹ im NEUEN DEUTSCHLAND. Es heißt, Dr. Kertzscher sei Mitglied der SA gewesen und Ritterkreuzträger, auch sein akademischer Titel stamme aus der glorreichen Zeit. Alle halten es für einen Fehler, einen solchen Mann als stellvertretenden Chefredakteur des Zentralorgans der SED zu installieren. Aber seine Biographie kannte kaum jemand, erst als man seinen im NS-Jargon verfaßten Ausbürgerungs-Begleitbrief lesen konnte, wurde man aufmerksam auf ihn. Für wie folgenlos die Rausschmeißer den Rausschmiß hielten, erkennt man vor allem an diesem Artikel, dessen Verfasser man nachlässiger nicht hätte auswählen können.

Ich wähle jedesmal die Kandidaten der Nationalen Front und damit die Regierung. Das gibt mir das Recht zu protestieren, wenn ich meine, die Regierung habe meine Interessen nicht oder falsch vertreten, oder wenn ich meine, ich sei durch eine ihrer Maßnahmen gar blamiert worden. Deshalb schrieb ich einen empörten Brief an den Generalsekretär, wobei ich damit rechnete, daß mein Brief ihn nicht erreichen, sondern in einer Vorzimmerschublade verschwinden würde.

Mitten beim Schreiben kommen mich zwei Freunde besuchen und legen mir die Petition vor. Ich unterzeichne sie sofort, weil sie höflicher und klüger ist als mein Brief. Man hat mich korrekt über Entstehung und Weg der Petition unterrichtet.

Solange unsere Medien dazu da sind, Meinungen zu verordnen, statt sie zu bilden, bleibt dieses scheußliche Problem. Ich erspare mir, Verlauf und Ergebnisse weiterer Treffen vorzutragen, nur soviel: Es haben Gespräche stattgefunden zwischen einigen Unterzeichnern und den Genossen Lamberz, Adameck und Sensberg: zwischen Jurek Bekker und Kurt Hager; zwischen Stephan Hermlin und Erich Honecker. Vergeblich wurden Wege gesucht, Biermann ohne Gesichtsverlust, auf welcher Seite auch immer, zurückzuholen.

Inzwischen war die gewaltige Welle von Rausschmißbefürwortern in den Zeitungen angeschoben worden mit der Nebenwirkung, daß nun auch die letzten Träumer in den thüringischen Tälern und im Dresdener Informationsloch zum ersten Mal den Namen Biermann hörten.

Jetzt werden die Unterzeichner unter Druck gesetzt: Ihr Undankbaren, habt den Nationalpreis gekriegt, jetzt widerruft, denkt an eure Zukunft, denkt an eure Arbeit! Es gibt Leute, die täglich in die Mangel genommen werden, es herrschen Angst und Heuchelei, üble Verleumdungen kommen aus der Abteilung Gerüchteerfindung. Minister Hoffmann behauptet im Schriftstellerverband vor 200 Dichtern des Landes, ich hätte Leute unter Druck gesetzt. Undenkbar, ihn wegen Verleumdung vor Gericht zu fordern.

Leider drängt sich mir das Bild von Menschen auf, die so lange durchgebogen werden, bis man in den Wirbeln den Knacks hören kann. Niemand kümmert sich darum, wie die sich anschließend fühlen, wie sie noch mit ihren Freunden verkehren sollen – Hauptsache, da ist ein Widerruf. Wie lange soll das Kesseltreiben weitergehen, nachdem in der Presse halbwegs Ruhe eingezogen ist?

Wichtige Leute in unserem Land sind schon vor zwölf Jahren eingeschnappt und waren deshalb nicht in der Lage, Biermann für die DDR nutzbar zu machen, ihn zu integrieren. Es gab nie eine öffentliche Auseinandersetzung mit ihm. Hunderte von teuren graduierten Marxisten, Gesellschaftswissenschaftlern, Literaturwissenschaftlern sahen sich nicht bereit oder in der Lage, öffentlich mit Biermann zu streiten. Nun haben sie ihn einfach rausgeschmissen und die Kulturschaffenden dieses Landes in Verlegenheit gebracht.

Von Goethe stammen die Worte:

> Der Dichter wird als Bürger und Mensch sein Vaterland lieben, aber das Vaterland seiner poetischen Kräfte und seines poetischen Wirkens ist das Gute, Edle und Schöne, das an keine besondere Provinz und an kein besonderes Land gebunden ist und das er ergreift und bildet, wo er es findet. Er ist darin dem Adler gleich, der mit freiem Blick über Länder schwebt und dem es gleichviel ist, ob der Hase, auf den er hinabschießt, in Preußen oder in Sachsen läuft.

Und:

> Wenn wir Deutschen nicht aus dem engen Kreise unserer Umgebung hinausblicken, so kommen wir gar zu leicht in diesen pedantischen Dünkel.

Wir sind an einem Punkt angelangt, wo Genosse Bauer aus dem ZK vor den Schriftstellern der DDR die Telefongespräche zwischen Jurek Becker und anderen Personen vorträgt.

Da will ich bei den Gemaßregelten stehen und warten, bis nicht nur wir, sondern auch die anderen so viel dazugelernt haben, daß wir trotz unterschiedlicher Meinungen unserer Arbeit nachgehen und gemeinsam auf ein Ziel zugehen können.

Gebt Ruhe. Hört auf, Leute länger zu belästigen und zu demütigen. Schaut uns nicht länger an, wie Schlangen Kaninchen anschauen, es ruiniert unsere Gesundheit. Stachelt keinen falschen Kampfgeist an, hört auf, Biermann-Wut zu produzieren. Unter den Wütenden könnte ein neues Talent sein.«

Nach einer langen Pause, in der Gerstner sein Gesicht hinter den Händen verbirgt, sagt er: »Da haben Sie was auszubaden, Herr Krug. Sie sagten vorhin, daß wir alle eines Tages einen Nutzen davon haben könnten. Das mag sein, nur Ihnen nützt das alles gar nichts. Ich habe andere Methoden, ich will an der sozialistischen Sache mitarbeiten und sie fördern, aber mit anderen Mitteln.«

»Sie selbst halten also den Sozialismus für veränderungsbedürftig«, sage ich. »Aber das kann gefährlich sein. Und doch wollen Sie es? Wie sympathisch. Und so einen Mann habe ich für einen Stasimann gehalten.«

Gerstner: »Um Gottes willen!«

Ich: »Wußten Sie nicht, daß man das auf jeder Diplomatenfete rings um Sie herum von Ihnen sagt?«

Gerstner: »Um Gottes willen, nein.« Pause. »Wo leben wir.« Da bleibe ihm nur eine Konsequenz, nämlich diese Kontakte rigoros einzuschränken. Für einen Moment bedaure ich, geplaudert zu haben. Aber der alte Haudegen Gerstner muß doch wissen, daß wir auch hier im Schützengraben stehen. In Ciceros »Menschlichen Pflichten« habe ich mir mal eine Stelle angestrichen: »Es dünkt mich sehr anständig, wenn die Häuser der Großen den Fremden offenstehen; und es gereicht selbst dem Staate zur Ehre, wenn Ausländer in der Hauptstadt desselben wohl aufgenommen werden.« Noch 2000 Jahre später haben DDR-Bürger Angst, Diplomaten in ihre Häuser einzuladen. Viele hatten großen Ärger mit ihrem Staat, jeder weiß, daß nur Berufspolitiker, Militärs und Stasileute nichts zu befürchten haben, da ziehen die Leute ihre Schlüsse, denn Gerstner ist weder Politiker noch Offizier.

Nach einer Weile kommen wir wieder auf den Faschismus. Erhaltung des Friedens und Antifaschismus sind die Lieblingsthemen des guten Genossen, vor allem dann, wenn die Partei mit allen anderen Aufgaben nicht zurechtkommt.

»Sie haben den Faschismus nur als Kind erlebt«, sagt er, »Sie können nur wenig ahnen von dem Befreiungsgefühl der Menschen, als er endlich zerschlagen war.« Ich sei dankbar und glücklich, daß es diese Todesängste nicht mehr gebe, die Konzentrationslager und den Terror, aber ich hätte in letzter Zeit einige unserer subtileren Methoden erlebt, die mich durchaus an die Geschichten aus dem Dritten Reich erinnerten.

Aber das sei doch die alte Geschichte von der Pistole in der Hand des Verbrechers und in der des Polizisten. »Das ist doch wirklich der Unterschied«, sagt er. »Alles, was getan wird, stimmt überein mit meinen persönlichen Vorstellungen und Zielsetzungen. Seit Mai '45 fühle ich mich frei. Mein Gott, der Ulbricht war ein Malheur und den Honekker finde ich schlimm in seinem Personenkult, in seiner Überheblichkeit, in seiner Ahnungslosigkeit darüber, daß kein Mensch Wert auf ihn legt. Aber was er tut, entspricht doch voll und ganz meiner Meinung: Alle Sozialmaßnahmen, die Stärkung der Wirtschaft, die Rationalisierung – das ist mein Metier –, alles das entspricht hundertprozentig dem, was man sich nur wünschen kann. Da verkneif ich mir jegliches Tamtam und lege die Hände an die Hosennaht. Die Demokratisierung wird kommen, ich bin für einen demokratischen Sozialismus.« Aber jetzt sei nicht die Zeit, der Schützengraben sei der Ort, an dem wir noch eine Weile wachsam verharren müßten.

Mein Beruf hat mir Routine gegeben, reizvolle Textpassagen leicht zu behalten. Gerstner prägt sich gut ein, ich höre ihm gespannt zu.

»Ich bin Jahrgang 1912, habe mit vollem Bewußtsein die Weimarer Republik erlebt, dann die Nazizeit, dann die DDR. Und weil das hier eine Stunde der Offenheit ist, sage ich Ihnen: In der Weimarer Republik gab es ein Lebensgefühl, eine Freizügigkeit, es waren die ›Golden Twenties‹ – das ›Kabarett der Komiker‹ war da, Reinhardt war da, die Theater und Konzerte... Es war wirklich eine Goldene

Zeit, eine geistige, eine ganz spezifische Zeit. Dann habe ich das Fürchterlichste erlebt, die Nazis. Und jetzt erlebe ich unsere Zeit, wo alles geht, wie ich es will, bloß eben nicht die demokratische Freiheit. Alles andere ist gut: der Internationalismus, der RGW, die Integration; so muß es sein. Soll ich aber diese drei Lebensabschnitte charakterisieren – Weimar, Hitler, die DDR –, so muß ich Ihnen sagen, die beiden letzten Abschnitte ähneln sich in der Lebensführung.«

Ich mache ihm Komplimente, auch als Journalist verfolge er die immer seltener werdende Taktik, hier und da Mißstände einzuräumen, um dadurch seinen Optimismus verdaulicher zu machen. Davon solle sich sein Kollege Schnitzler eine Scheibe abschneiden. Der habe, sagt Gerstner, eine andere Aufgabe, nämlich den Gegner zu entlarven. Er sagt: »Lesen Sie morgen in der BERLINER ZEITUNG auf Seite 3 meinen Artikel über die Konfektion, dann werden Sie meine Methode und meine Absichten verstehen, das wird hohe Wellen schlagen.« Der Artikel muß gut gewesen sein, ich habe ihn nirgendwo gefunden. Wer war schon scharf auf »hohe Wellen« über die Konfektion in diesen Tagen.

Wir plaudern noch eine Stunde, kauen ein Dutzend Personen durch, noch einmal liest er die Namen auf der Liste, findet die Leute alle sympathisch, bleibt an Christa Wolf hängen und sagt: »Eine Frau mit so großen politischen Erfahrungen, und doch hat sie unterschrieben. Meine ganze Hochachtung.«

Was ist dieser Gerstner für ein Wahnsinniger?

Was für verschiedene Sachen passen in seinen Charakterkopf...

Als er geht, fehlt nicht viel an 11 Uhr. Ich schreibe die Nacht durch aus Angst, von diesem Abend etwas zu vergessen. Um 8 Uhr früh gehe ich zu Bett.

28. April 1977, Donnerstag

Punkt elf kommt Eberhard Esche in seinem VW-Bus mit holländischer Nummer. Ich habe wenig geschlafen. Er hat sich kaum verändert. Immer noch lässig in Jeans, Figur und Haarschnitt erinnern noch immer an den Bruder von Kennedy, nur seine Wangen flattern schon ein bißchen beim Sprechen, und die Oberlippe zeigt kleine Falten. Er ist der dritte von denen, die ich lange nicht gesehen habe. Er geht durch die Wohnung, betrachtet dies und das und witzelt. Wir trinken Kaffee, er erzählt viel von sich und seiner Frau, die es in der DDR schon lange nicht mehr aushält, aber sie bleibt hier, weil er hier bleibt. Das ist Liebe.

Er liest den Antrag und sagt: »Mich hat das mit dem Biermann nicht so mitgenommen. Es lag in der Luft, daß der mal die Kurve kratzen muß. Ich hatte irgendwie aus Treue und aus Anständigkeit unterschrieben. Ich kam da hoch zu seinen Weibern, die saßen alle da und heulten und hielten mir den Zettel hin. Da habe ich dann unterschrieben. Die heulten dermaßen, daß ich unterschrieben habe. Er war nun mal mein Freund. Die Genossen weiter oben erzählen sogar, ich hätte ihm Schauspielunterricht gegeben. Quatsch. Vor ein paar Wochen war ich in Amsterdam, dort habe ich mir seine Vorstellung angesehen und ihm noch ein paar Tips gegeben. Schade, daß du gehst, Alter, du bist irgendwie ein Bestandteil. Schon das mit dem kleinen Cohrs hat mich angegriffen. Das ist eine hoffnungslose Angelegenheit, nicht nur für dich. Du bist unvernünftig. Klar kriegst du ein Unterkommen, wirst auch für deine Kinder sorgen können. Aber du kannst da nicht glücklich werden. Du hast keine Chance, die sprechen eine andere Sprache. Hier bist du eine Ausnahme, dort bist du ein Waisenknabe. Freilich, da leben auch Menschen, so ist es nicht. Aber der Biermann kommt eher zurecht. Ich wollte wissen, ob alles beim alten geblieben ist und habe gleich im Januar eine Reise beantragt, vier Wochen später hatte ich sie. Als ich in Amsterdam ankam, war Biermann da. Sein handwerkliches Können ist so groß nun auch wieder nicht. Ich sah ihn zum erstenmal im Konzertsaal. Hinreißend. So 'n kleiner, wieselflinker Kerl, sieht aus wie die ganze DDR. Er hat ja ein paar hübsche Nummern, aber damit ist die Länge des Programms nicht zu decken. Da denke ich nicht mehr an die Politik, sondern an die Qualität. Trotzdem, der kommt durch. Aber schon bei der Eva-Maria Hagen sträuben sich mir die Haare. Was will die da? Biermann hat seine internationalen Beziehungen und seine linken Grüppchen, dann auch seine schöne sentimentale, ehrliche Art. Das alles trifft für dich nicht zu. Du kriegst vielleicht einen Job im Fernsehen, das ist eine Mafia, viel schlimmer, als man sich das hier vorstellen kann. Freilich, ich war nahe dran, auch auszuscheren. Ich werde beruflich seit sieben Jahren hier geschnitten, auch im Theater, nicht weil ich eine schwierige Type bin, nein, das ergibt sich alles aus der Gesamtsituation: Langeweile, Pfuscherei, Betrug und Korruption. Mir hat das Fernsehen den Vertrag gebrochen, den Prozeß habe ich gewonnen, sie haben mir ganze 1000 Mark gezahlt. Da fragst du dich doch, wie halte ich es in diesem Land aus, wo ich eine Frau habe, die hier nicht leben kann, die hier eingeht. Wer kann denn hier leben? Das klingt widersprüchlich, aber Widersprüche sind unser tägliches Brot. Laß mich bitte ausreden. Deshalb werden wir ja auch an Abgründe getrieben, wo wir uns fragen: Breche ich mir nun das Genick oder lasse ich es? Gehe ich oder bleibe ich? Alle hatten diese Frage für sich entschieden, noch ehe ich selbst richtig nachgedacht hatte, irgend so was Lächerliches wie: Hier gehöre ich her. Und da ist eine tiefe Wahrheit drin. Also, meine Frau unterschreibt das Ding mit, ich warne sie, weil ich das Land kenne und schon in viel schlimmeren Situationen war. Durch meine

Parteizugehörigkeit und meine Art, mich zu verhalten. Es ist fast mein Hobby geworden, mich anzulegen, bis ich dann eins auf die Fresse kriege, da komme ich dann raus wie die Henne unter der Dampfwalze. Meine Frau ist auf so was gar nicht vorbereitet, aber sie unterschreibt das Ding mit ihrem holländischen Gemüt. Es ging ihr was von Freiheit und Gerechtigkeit durch den Kopf. Die Holländer sind so. Die gehen am selben Tag für die Tschechen und gegen die Israelis auf die Straße. Das ist nett und hilflos und wunderbar. Hat aber keinen Sinn. Wenn man weiß, daß das eine Welt von realen Gegensätzen ist. Gut, das wäre alles nicht so schlimm gewesen, wenn meine Frau nicht total aus den Latschen gekippt wäre. Nein, nicht ich, meine Frau, warte, das erzähle ich dir noch. Sie hat einfach die Bedrohungen nicht erwartet. Und auf einmal wollte sie nicht mehr, sie wollte einfach weg. Aber das ist mein Land. Ich gehöre nicht nur ihm, es gehört auch mir. Dir kann's nicht so gegangen sein, weil sie dich nie rausgelassen haben. Aber mir. Als ich feststellte, daß ich zum Beispiel in Holland als Deutscher gar nicht angesehen bin, weil dort ein Deutscher ein zahlender Westdeutscher ist, weiter nichts; als ich plötzlich auf meinen DDR-Paß stolz war und fühlte, daß ich einfach... wärmer behandelt wurde – die haben sich das Ding wie ein Wunder angesehen, gegen das Licht gehalten, die wollten es gar nicht glauben –, da kam mir die Idee, daß die DDR auch was wert ist, verstehst du? Und da gehöre ich dazu. Ich ging immer wieder gern hierher zurück, im Gegensatz zu meiner Frau. Ich merke in diesem Land, daß ich lebe, daß ich ernst genommen werde, wenn ich weit genug gehe. Man braucht einen Glauben und eine Hoffnung. Unser Land ist nicht die ganze Welt, aber es gehört dazu, und es ist ein Teil von Deutschland, und zwar der bessere, weil er mehr Hoffnungen bietet. Mit dem kümmerlichen und schlappschwänzigen Sozialismus muß man

Geduld haben. Im Januar stand ich vor dem Problem, daß meine Frau sagte: Ich kann nicht mehr. Um sie überhaupt am Leben zu erhalten, habe ich gesagt, gut, wenn es nicht anders geht, hauen wir ab. Und eine Woche lang habe ich mich ganz ernsthaft, wie man so sagt, mit einem Gedanken getragen. Und dann habe ich bilanziert. Es ging nicht um die Wohnung und die Möbel oder das kleine Wochenendhäuschen, sondern um meine Mutter und meine Tochter. Die Tochter war kein Problem, weil sie in der Familie meiner ersten Frau lebt. Aber die Mutter war ein Problem. Nein, die war auch kein Problem, weil man sie mit nach dem Westen nehmen könnte. Da wußte ich, daß es immer noch nicht die Wahrheit war, was ich dachte. So kam ich endlich auf das Theater. Ich habe herausgefunden, ich hänge gar nicht so sehr an dem Land als vielmehr an dem Theater. Das war der Punkt. Meine Frau hätte drüben Chancen, und ich könnte Tomaten züchten oder so was. Aber das Theater, dieses Gemäuer, wenn ich es verliere, ist es für immer verloren. Und ich habe gemerkt, wenn ich nur fest etwas will, macht meine Frau schon mit, solange sie mich liebt. Ich weiß, daß unsere Liebe drüben kaputtginge. Ich kann mich dort nicht richtig verhalten. Hier kann ich die Schnauze aufreißen, drüben muß ich zusehen, ob ich an das Geld rankomme oder nicht. Hier kann passieren, was will, das Geld reicht immer zum Leben. Drüben bin ich weg vom Fenster, wenn ich mich mausig mache...«

Dem Schauspieler Esche ist das Herz voll, ihm läuft der Mund über und über. Er kann meine Geduld im Zuhören nicht auf die Probe stellen. Meiner Rechtfertigungen müde, lausche ich ruhig den seinigen. Er spricht leise, und manchmal verschwindet seine Stimme im Lärm der Flugzeuge, die in Tegel starten. Überhaupt werden die Gespräche in meiner Wohnung immer raunender, seit so viel über Minisender und Wanzen geredet wird. Manche sagen: komm, laß uns in den Garten gehen. Noch gehe ich zum Sprechen nicht in den Garten. Wenn die Menschen jetzt soweit sind, daß sie einander an jedem Ort belauschen können, kann es nur eine Konsequenz geben: an jedem Ort alles sagen. Sollen die in den Garten gehen, die Dynamit herstellen, um Wandlitz in die Luft zu sprengen. Mir gefällt es nicht schlecht, wenn drüben der Innenminister ins Wackeln kommt wegen einer Wanze. Unter meinen Bekannten hat es in letzter Zeit mehrere Lauschangriffe gegeben. Einer Freundin haben sie ein Loch aus der Nebenwohnung durch die Wand gebohrt und ein Mikrofon durchgeschoben. So was fliegt schon mal auf. Das Wanzenproblem ist bei uns ein Devisenproblem. Für mich dürften sich solche Kosten nicht lohnen, alle wissen, daß ich keine Heimlichkeiten habe. Mir droht eine andere Gefahr, und sie würde in Zukunft größer werden. Ab 5. Mai 1977 tritt neben anderen das »Gesetz über die öffentliche Herabwürdigung« in Kraft:

§ 220
Wer in der Öffentlichkeit die staatliche Ordnung oder staatliche Organe, Einrichtungen oder gesellschaftliche Organisationen oder deren Tätigkeit oder Maßnahmen herabwürdigt, wird mit Freiheitsstrafe bis zu zwei Jahren oder Verurteilung auf Bewährung, Haftstrafe, Geldstrafe oder mit öffentlichem Tadel bestraft.

Ich schrecke auf, als ich Esche sagen höre: »Das ist doch ein besetztes Land. Ich verstehe nicht, wie du diese historische Tatsache übersehen kannst. Die DDR hat den Krieg nicht verloren, aber die Russen verlieren seit über 30 Jahren den Krieg gegen die DDR. Das ist vielleicht unsere Art von Vergeltung gegen die Besatzungsmacht. Und da liegen Spannungen. Wer soll denn hier die Idee gehabt haben, den Biermann rauszuschmeißen? Paul Verner und Werner Lamberz, der eine ewiger Zweiter, grimmig und böse, der andere thronfolgeverdächtig, die beiden sind die Tour geritten, und das ist die Moskauer Tour. Es ging nicht um Biermann, der ist nicht so wichtig, in dieser kleinen Kirche in Amsterdam habe ich das gemerkt. Sein Name ist eine Legende geworden, die mit ihm selbst nicht viel zu tun hat. Ich teile seine Liebe zu Carillo und Berlinguer, die sie ihm so übelgenommen haben. Nicht aus meiner Klassenverbundenheit – davon verstehe ich nichts, weil ich zu der Klasse nicht gehöre –, aber sagen wir mal: aus Herzenssympathie. Biermann weiß, daß für die beiden eine Niederlage immer drin ist, so wie für Allende, der als erster den gewaltlos erreichten Sozialismus praktizieren wollte. Und prompt war die CIA da. Da ist erst mal dieses schreckliche Beispiel. Und da ist dieser einzige Traum, den wir alle hatten, im Arsch. Wir wollen abwarten, ob sie es in Italien schaffen. Daß es zu erreichen ist ohne unsere Diktatur des Proletariats, ohne unsere schäbigen provinziellen Methoden, das bezweifle ich. Ich kenne kein anderes sozialistisches Land auf der Welt, das nicht diese häßlichen stalinistischen Entartungen aufweist, die immer Diktatur des Proletariats genannt werden. Ich habe die Fähigkeit, mich blind zu machen gegen alles, was ich nicht sehen will, deshalb kann ich viel aushalten. Aber manchmal weiß ich nicht mehr, ob die Hoffnungen noch da sind, ob es sich lohnt, die Jahre verrinnen zu lassen, das Leben dranzugeben. Deshalb verstehe ich meine Frau, und ich verstehe dich. Es ist aber schöner, wenn die Freunde mit in der Patsche sitzen, als mitansehen zu müssen, daß einer nach dem anderen geht.«

Ich: »Ich werde oft gefragt, warum sie mit mir so hart umgegangen sind. Warum sind sie mit dir so weich umgegangen?«

Esche: »Dafür gibt es sicher mehrere Gründe. Eigentlich habe ich mich ja auch ganz anständig benommen. Also ich klingle damals bei der Tine, da fallen mir gleich die ganzen Weiber um den Hals, und es waren sehr viele. Ach, Eberhard, daß du da bist, komm rein, kannst gleich mit unterschreiben. Der einzige, der richtig seinen Namen hingeschrieben hatte, quasi sein Autogramm, das war der Ekkehard Schall. Nun hockte da dieses ganze Anarchistengesindel herum, das ich nicht mag, also bin ich in die Küche gegangen, und dann bin ich nach Hause gegangen. Das andere weiß man.«

»Ich weiß nichts.«

Esche: »Ich habe es nicht bereut, aber ich wußte von vornherein, daß es ein großer Fehler war, ein großer Unsinn. Die Biermannausweisung war der große Fehler, in dessen Folge es nur noch Fehler gab. Das war am Donnerstag. Am Freitag weiß es meine ganze Partei. Niemand hatte sich vorher um mich gekümmert, wie sie später behauptet haben, die Schweine. Am Sonnabend hatte ich ›Wintermärchen‹. Das ›Wintermärchen‹ lag ihnen von Anfang an im Magen. Da haben sie das Gerücht in die Welt gesetzt: Der Esche hat sich in der Maske von Heine vor Biermann verbeugt. Ich hatte Parteiquerelen mit diesem Roland Bauer vom ZK, der gar nicht in der Vorstellung war. Zuträgereien, gemeine Denunziationen, der übliche Dreck. Es gab kein Plakat, keine Kritik. Lern du mal 26 Caput aus dem Kopf, das sind 50 Seiten! Ich komme also am Sonnabend ins Theater und finde eine zitternde Kreisleitung und einen zitternden Vertreter der Bezirksleitung und einen zitternden Intendanten. Ich sage: Keine Angst, ich weiß Bescheid. Ich mach das. Ich habe alles vorbereitet, habe schon mit dem Beleuchter gesprochen. Wenn da im Publikum ein Tumult losgeht, lasse ich Spotlicht auf die Leute geben, und ich weiß, was ich ihnen dann sagen werde. Da waren sie etwas beruhigt. Ich habe das ›Wintermärchen‹ gegeben. Und unser Publikum ist das beste der Welt. Die haben mitgespielt. Ein einziges

Mal gab es einen dummen Applaus, nämlich an der Stelle
Gedankenfreiheit genoß das Volk,
Sie war für die großen Massen,
Beschränkung traf nur die g'ringe Zahl
derjen'gen, die drucken lassen.
Plötzlich machte da einer Unruhe. Ich sah ihn scharf an
und sagte: ICH! SPRECHE! HIER! HEINRICH! HEINE! Da
war Ruhe.
Und gleich nach der Vorstellung kommt ein Bühnenarbei-
ter zu mir mit einer neuen Petition, und ich sage, Junge,
überleg dir, was du machst. Dein Arbeitsplatz ist dir vielleicht nicht wichtig, aber hier geht es um das DEUTSCHE
THEATER, wenn wir hier eine Gruppenbildung aufma-
chen im Haus, dann setzt du unser aller Arbeitsplatz aufs
Spiel. Schreib, was du willst, aber sammle keine Unterschriften, es gibt Idioten genug – ich gehöre dazu –, die das
schon gemacht haben. Der Junge hat auf mich gehört, das
ist dann irgendwie bekanntgeworden und hat mir einen
Pluspunkt eingebracht. Dann kam Hiemer mit einem Zettel
zu mir, den er ans Schwarze Brett kleben wollte. Ich riet
ihm ab, er hat dann unsere Petition mit unterschrieben.
Dann kam Rolf Ludwig, der wußte gar nicht, daß er unterschrieben hatte, das hatte die Käthe Reichel für ihn besorgt,
er kam auch mit einem eigenen Zettel. Das alles habe ich
versucht zu verhindern, weil ich meinte, daß meine
Schauspielerkollegen schon gar nicht wissen, was sie tun,
die sind einfach dumm. Das alles wurde mir wahrscheinlich als positive Haltung ausgelegt. Ich hatte drei, vier
Unterredungen mit der Partei, und sie haben nicht verlangt, daß ich die Unterschrift zurückziehe. Nur einmal
deutete sich so was an, da bin ich aufgestanden und habe
gesagt: Ich bin seit 20 Jahren Mitglied der Partei, was ich
nicht bereue. Ich möchte auch nicht gezwungen werden, es
zu bereuen. Wenn man von mir verlangt, eine Unterschrift,

zu der ich stehe und die ich aus Herzensbedürfnis geleistet habe, was vielleicht im Widerspruch zu meinem Verstand stand und paradox klingt, zurückzuziehen, dann weiß ich nicht, ob ich nicht die 20 Jahre bedauern würde. Dann habe ich lediglich zugegeben, daß die feindlichen Medien uns mißbraucht haben, das Übliche, und daß ich damit gegen die Parteistatuten verstoßen habe. Damit war die Sache erledigt...«

Auf dem Tisch liegt aufgeschlagen ein Buch von Montesquieu, seine »Wahrhaftige Geschichte«, die ich versuche, vor dem Einschlafen zu lesen, und da fand ich den Satz: »Wer in der Gesellschaft vorwärtskommen will, der muß nur ein halber Dummkopf und ein halber Lump sein. So nämlich steht er sich mit aller Welt gut, denn dann berührt er sich nach vier Seiten: mit den Dummen und den Geistreichen, den Lumpen und den Ehrlichen.« Da ich selbst ein geistreicher Lump bin und dumm und ehrlich dazu, frage ich mich, wie ich in solche Schwierigkeiten geraten konnte.

Niemand wird mir glauben, daß Esche vier Stunden geredet hat und ich ganze fünf Minuten. Darin bringe ich auch die Frage unter: »Haben sie eigentlich je versucht, dich für die ›Firma‹ anzustellen? Waren sie mal bei dir mit der Bitte, Leute auszuforschen?«

Eberhard ist der einzige, der auf diese Frage völlig unverkrampft reagiert: »Ja. Freilich. Da habe ich gesagt, ihr könnt jederzeit zu mir kommen. Das haben sie dann auch in Abständen immer mal gemacht, ein oder zwei Herren. Ich habe mich gern mit ihnen unterhalten, ich konnte ihnen immer sagen, was mir hier nicht paßt. Sie haben von mir nie erfahren, was ich von anderen Leuten halte. Manchmal sind sie eine ganze Weile nicht gekommen, aber jetzt waren sie wieder da, im Januar. Sie benahmen sich nie dreist und haben nie Schlimmes von mir verlangt. Ich glaube, daß ich

auch immer Verbindung zum CIA hatte. In Leipzig hatte ich einen Freund, der haute in den fünfziger Jahren ab und wurde später Kulturmensch beim RIAS, Spezialist für den Osten. Und der schickt seit Jahren Leute zu mir, oft welche vom BBC. Einmal stellte sich ein Herr vor, er heiße soundso, bekleide einen gewissen diplomatischen Rang in Westberlin, und falls ich glaubte, deshalb in Schwierigkeiten zu kommen, möge ich das Gespräch vergessen. Ich sagte, das trifft sich gut, ich arbeite seit vielen Jahren für den Staatssicherheitsdienst der DDR, und wenn Sie glauben, deswegen in Schwierigkeiten zu kommen, so sollten auch Sie unser Gespräch vergessen. Wir hatten eine nette lockere Verbindung miteinander, ich hab ihm erzählt, was es nur gab, ein paar richtige, ein paar falsche Sachen, es war eine amüsante Angelegenheit. Die vom BBC wechseln immer ab, neulich war ein ganz anderer da. Ich sage ihnen immer gleich auf den Kopf zu, daß ich sie für Agenten halte, da bin ich Schauspieler, weißt du, das interessiert mich aus **dieser** Ecke. Haben sie mal versucht, dich zu gewinnen?«
Ich: »Niemals.«
Esche: »Nun, die halten mich für einen gutmütigen Trottel. Bin ich ja auch.« Esche spinnt, wenn er's Maul aufmacht.
Wir essen jeder einen Teller Zwiebelsuppe, die Ottilie gekocht hat, und diese Suppe ist das einzige, was uns gut bekommen ist an diesem Tag.
Unsere Familie rückt enger zusammen. Ich habe nie so viel mit den Kindern gespielt, meine Frau lange nicht so innig umarmt, so dicht mit ihr zusammengehockt wie in den letzten Wochen. Ich erinnere mich einer Szene aus den Kindertagen, wo ich versprochen hatte, vom 10-Meter-Turm zu springen. Da oben stand ich lange, die längste Viertelstunde meines Lebens. Dann bin ich die Treppe wieder hinuntergeklettert, vorbei an kleineren Jungs, die lachend aufstiegen. Diesmal wird das anders sein.

29. April 1977, Freitag

Wir zählen die Tage und von jedem Tag die Stunden. Wir fühlen uns wie auf Besuch im eigenen Haus. Der Schauspieler Wilhelm Koch-Hooge, ein fast vergessener DEFA-Filmheld der fünfziger Jahre, ein Star, kommt mich besuchen. Eigentlich will er von seiner eigenen Verbitterung nichts loswerden, er will sich verabschieden. Vier Jahre fehlen ihm noch an der Rente. Jetzt wollte er seinen West-Bruder zu dessen 70. Geburtstag besuchen. Der Antrag wurde abgelehnt, für siebzigste Geburtstage sei in den Besuchs-Regelungen nichts vorgesehen. »Wer weiß«, sagt er, »ob in vier Jahren mein Bruder noch lebt.« Ich sage: »In vier Jahren kannst du mich besuchen, falls ich schon eine Wohnung habe.« Als er geht, gibt er mir einen kleinen Klaps auf die Schulter.

30. April 1977, Samstag

Die BERLINER ZEITUNG ist heute 16 Seiten stark, auf der 1. Seite ein roter Balken: Es lebe der 1. Mai! Auf Seite 16 der alljährliche Artikel über die Geschichte der Maikundgebung, den lassen sie immer fertig gesetzt ein Jahr liegen. Ottilies Vater hat uns vor ein paar Wochen eine Fahne mit Hammer und Zirkel geschenkt. Otti fragt mich, ob wir flaggen wollen. Wir haben nie geflaggt und entscheiden, damit jetzt nicht anzufangen.

Es ist noch hell, als wir auf Müller-Stahls Grundstück ankommen. Er hat uns zum Essen eingeladen, für mich wird es eher ein Trinken werden. Weil die Landschaft so überwältigend ist und die Eichen so alt, wirkt sein Haus wie eine aufgestockte Laube. Sie liegt am Ufer der Dahme, die an dieser Stelle breit ist wie ich in einer Stunde sein werde. Minchen hat auch nicht geflaggt, aber das kann von der Straße aus niemand sehen, so groß und grün ist sein Grundstück.

Minchens Bruder Hagen aus dem Westen ist da, Jurek, Stefan Heym, Jutta Hoffmann, viele Leute. Unser Thema ist immer dasselbe, es ist noch nicht erschöpft, täglich kommen Nachrichten dazu, dieser und jener ist nach drüben abgehauen, die Kettenreaktion der Biermann-Ausweisung ist endlos.

Und jetzt bin ich dran.

Stefan Heym ist der einzige, der mir ernsthaft abrät, ich glaube, der sucht den ganzen Tag nach Schäden, die er von der DDR abwenden kann. Alles, was er sagt, habe ich schon gehört, von ihm und von anderen; alles, was ich sage, haben er und die anderen schon gehört. Es ist die letzte mickrige kleine Tauschbörse von Argumenten. Einer frotzelt mich an: mein Weggehen könnte den anderen Vorteile bringen, es könnte Privilegien hageln, kleine Freiheiten und große Reisen, vielleicht sogar kürzere Wartezeiten auf Wohnungen und Autos. Das Gespräch erwischt mich in einem Stadium von Angetrunkenheit, in dem ich mich so siegreich fühle, daß ich jetzt schon Angst habe vor dem Aufwachen morgen früh. Falls ich meinen Schritt wie ein Opfer für die Zurückbleibenden empfinde, sagt Heym, so wäre dieses Opfer überflüssig, Auslandsreisen für Dissidenten seien schon jetzt wie sauer Bier zu haben. Ich solle nicht den Verdacht aufkommen lassen, sagt der Alte, daß ich vor allem aus Menschenliebe weggehe.

Ich bin gerade so voll, diese Attacke noch mitzukriegen, deshalb lehne ich mich abschließend noch mal richtig auf: »Männchenliebe? Den Helden gepe ich nur, wenn die Gasche stimmt«, sage ich. »Aber du gipst ihn ja umsonßt, das reischt. Sei nisch so bittel ernzt. Das unverheitz... äh unverzeihlische Wort is geschprochen: ich verlasze die Täterätä. Mal muß Schulz sein mit dem Hin und Hair. Ich will auch nicht, daß die Täterätä mir waß vertßeiht, wie kommt die denn datßu? Die Zukumft in der Täteräta habe

191

ich mir ein hables Jahr lang ausgemalen. Für mich siehtz schlechter auß alz für dicht. Du bist berümmst...« Also, ich sagte, er sei berühmt und unantastbar. Und je mehr die Täterätä ihn haßt, desto berühmter und unantastbarer wird er sein.

Hagen Müller-Stahl fragt, was »Täterätä« bedeuten soll. Die anderen lachen ihn aus und sagen's ihm nicht.

Als ich die Hazienda zur Straße hin durchfalle, denkt es noch, der Heym will mich nicht festhalten, der will bloß kucken, ob ich noch ganz starksinnig bin...

Ottilie fährt ihren großartigen Manfred nach Hause.

So was schreibt man nicht ins Tagebuch?

Siehste doch.

1. Mai 1977, Sonntag

Unsere Kinder wollen den 1. Mai erleben, den Vorbeimarsch der Werktätigen, die bunten Fähnen und Transparente, sie wollen die donnernden Grußworte hören und Erich Honekker sehen. Ottilie fährt mit ihnen in die Stadt.

Ich habe mir ein nasses Handtuch um den Kopf gewickelt und schreibe. Im Fernsehen beobachte ich abwechselnd die Kundgebungen im Osten und im Westen, die sich weiß Gott unterscheiden. Friedlich pilgernde Massen hier, zum Zeichen ihrer Übereinstimmung kleine Fähnchen und große Fotografien ihrer Arbeiterführer schwenkend; drüben Tote und Verwundete, Haß und Kampfgeist in den Gesichtern. Nur die roten Fahnen auf beiden Seiten.

In der Stadt ist was los. Riesenschach wird gespielt, die Kinder dürfen die Straßen mit bunter Kreide vollmalen, es gibt Eishockey im Kasten, und im Haus des Lehrers ist Buchbasar, wie an jedem 1. Mai. Dort sitzen die Schriftsteller leibhaftig an Tischen, signieren und verkaufen ihre Bücher. Jeder kann sich an der Länge seiner Publikumsschlange ausrechnen, wie gut er schreibt, die mit geringem

Andrang trösten sich damit, daß niemand sie versteht. Am Basar nehmen nur Schriftsteller teil, die Mitglieder des Verbandes sind, und eigentlich ist jeder DDR-Schriftsteller Mitglied des Verbandes. Heiner Müller nicht, der ist vor langer Zeit leichtfertig ausgeschlossen worden, und nun hofieren sie ihn, damit er wieder eintritt. Seit kurzem ist auch Jurek draußen. Damals, aus der Partei und aus dem Vorstand des Schriftstellerverbandes frisch ausgeschlossen, war er neugierig, wie wohl der neue Vorstand aussehen würde. Als er die Liste der Namen las, erklärte er gleich noch einen Austritt, nämlich aus dem Verband. In der Begründung heißt es:

»...Es scheint, so fürchte ich, gelungen zu sein, eine Atmosphäre der Apathie zu erzeugen, in der diejenigen Kollegen, die es hin und wieder wagen, freimütig ihre kritische Meinung zu äußern, als Abweichler oder gar als Provokateure abgestempelt sind. Das ist ein schlimmer Zustand. Durch den neu gewählten Vorstand fühle ich mich nicht repräsentiert, noch glaube ich ernstlich, daß er meine Interessen vertritt. Ich sehe daher keinen vernünftigen Grund, länger in einem Verband Mitglied zu sein, der sich fast einmütig einen solchen Vorstand wählt, und erkläre hiermit meinen Austritt.«

Deshalb wird der Schriftsteller Jurek Becker dies Jahr nicht hinter einem Tisch im Buch-Basar sitzen, keine Schlange haben, den Kontakt mit Freund und Feind im Publikum vermissen.

Mittags kommt er mich besuchen. »Laß uns in die Stadt fahren«, sagt er. »Die sollen nicht denken, daß wir Ratten sind, die sich jetzt verkriechen. Wir wollen uns den Buchbasar ansehen.« Ottilie ist mit den enttäuschten Kindern inzwischen zurück und fährt noch einmal mit zum Alexanderplatz.

Die längsten Schlangen haben Christa Wolf, Stefan Heym

und, es nützt alles nix, der Wunderknabe Kant. Ich nehme mir vor, in der Schlange von Kant die häßlichsten Gesichter zu entdecken, weil ich ihn nicht ausstehen kann und weil er selbst ein so häßliches Gesicht hat. Ich habe meinen Fotoapparat bei mir und mache unauffällig Porträts von den Dichtern, da ist das greise, noch immer schöne Gesicht der Großmeisterin Seghers, das verschlissene von Kant, das feiste von Kahlau, das gütige von de Bruyn, das würdige von Heym und das falsche von der Steineckert. Verzagt sieht Christa Wolf aus, und fast zugewachsen ist das Gesicht von Jurek, der nun doch in einer Ecke, sozusagen schwarz, Autogramme gibt.

Jurek unterhält sich lange mit einem unscheinbaren Mann in Schlips und Kragen, den ich für den hiesigen Aufsichtsbeamten halte. Später stellt sich heraus, daß er der Genosse Höpcke ist, der 1965 im NEUEN DEUTSCHLAND mit einem brutalen Artikel das Feuer auf Biermann eröffnet und ihn damit bis zu seiner Ausbürgerung kaltgestellt hat. Seit dem Tag ist Höpcke Besitzer eines Briefes mit den wenigen Worten: Sehr geehrter Herr Höpcke, Sie sind ein Arsch. Gruß – Manfred Krug. Heute weiß ich, daß man das einem Kulturredakteur des NEUEN DEUTSCHLAND differenzierter hätte sagen müssen. Ach, man war jung und dumm.

Höpcke wirft mir, während ich vorbeigehe, einen sogenannten vernichtenden Blick zu, den ich mir nach all den Jahren nicht erklären kann. Später wird Jurek mir sagen, daß Höpcke heute der Buch- und Verlagsminister der DDR ist. Ich frage mich, was Jurek mit dem Menschen zu reden hat, dessen Gesicht so nichtssagend ist, daß er damit geradezu auffällt. Jurek sagt, das Gespräch mit Höpcke sei ungefähr so interessant gewesen, wie Gras beim Wachsen zu beobachten. Der Minister habe zu der ganzen Affäre keine anderen Ansichten zu äußern gehabt als die, die uns von

Anfang an schon aufgeregt hätten. Allerdings habe er dies mit einer Stimme getan, die klingen sollte wie unter vier Augen. Das einzig Amüsante sei ein Mißverständnis gewesen: Zu Beginn des Gesprächs über die Biermann-, später Schriftsteller- und schließlich Staatsangelegenheit habe Jurek gesagt, daß das Ganze nicht passiert wäre, wenn die verantwortlichen Leute die Folgen richtig berechnet hätten. Was wir heute erlebten, sei das Resultat einer Fehleinschätzung. Überraschend habe Höpcke dieser Meinung zugestimmt, und es sei ihm, Jurek, eine Genugtuung gewesen, beim Verlagsminister über dessen eigene Untaten immerhin Reue zu finden. Dann, bei der Verabschiedung, habe Höpcke die Rede noch einmal auf diesen Punkt gebracht und gefragt, wen Jurek mit den Leuten gemeint habe, die die Entwicklung falsch vorausgesehen hätten. Jurek sagt, natürlich habe er die verantwortlichen Politiker im Politbüro gemeint, wen denn sonst? Da habe Höpcke verwundert den Kopf geschüttelt, er habe gedacht, die zwölf Schriftsteller seien gemeint gewesen. Gott sei Dank herrschte da wieder Klarheit, die Nichtübereinstimmung war wieder vollkommen.

Das Haus des Lehrers hat einen großen Kuppelsaal. Bevor wir den Dunst des Basars verlassen, werfe ich einen Blick in diesen Saal, in dem ich so viele Konzerte gegeben hatte, darunter auch ein denkwürdiges im Jahr 1965, als der VERLAG VOLK UND WELT die Veranstaltung JAZZ & LYRIK ins Leben rief. Das Konzert sollte beginnen, die JAZZOPTIMISTEN BERLIN, Annekatrin Bürger, Gerd E. Schäfer und andere standen zum Auftritt bereit. Einen Tag vor der Premiere hatte ich die Frage zu beantworten, ob ich lieber das Biermann-Lied vom Briefträger Moore aus dem Programm oder mich selbst von der Liste der Unterhaltungskünstler zu streichen gedächte. Ich hatte mich zu meinen Gunsten entschieden. Das Konzert sollte also losgehen. Plötzlich kam die Nachricht, Biermann sei unter dem Publikum gewesen, vor dem Eingang verhaftet und in einem Polizeiauto mitgenommen worden. Es gab Aufregung hinter der Bühne. Der damalige Verlagsminister Bruno Haid tauchte in der Garderobe auf, und in einem Anflug von Tollkühnheit sagte ich: »Herr Haid, sobald Biermann wieder da ist, treten wir auf.« Jazz-Ansager Werner Sellhorn, der Unermüdliche, kuckte einen Moment listig in die Runde, dann erklärte er dem Publikum auf subtil mißverständliche Weise, daß eine technische Panne den Beginn des Konzerts verzögere, woraufhin die Leute – das hatte es noch nicht gegeben – einen leisen aber stetigen, fast konspirativen Applaus spendeten, so als sollte die Stasi nichts davon hören. Die »Panne« dauerte eine geschlagene Stunde, dann war Biermann wieder da. Nicht ein Zuhörer hatte den Saal verlassen. Das Konzert war ein großer Erfolg. Ottilie sagt: »Damals wußten sie noch, daß es der Klügere ist, der nachgibt.«

An der frischen Luft, beim Buchbasar, treffen wir Sarah Kirsch, die nur zehn Bücher verkauft hat, mehr waren nicht da. Sie und Käthe Reichel und Schlesingers Schwägerin nehmen uns mit in deren Neubauwohnung zum Kaffee. Dort besichtigen wir ein bleistiftstarkes Bohrloch, das durch die Betonwand aus der Nachbarwohnung vorgetrieben worden war. Der Bohrer hatte versehentlich die Wand durchstoßen. Befremdet hatte die Schwägerin alle Betonkrümel aufgefegt und sich gefragt, was das für ein Wandschrank sein mag, den man so tief unten aufhängt, daß ein Loch durch die Scheuerleiste gebohrt werden muß. Gleich nach dem Durchstoß hatte sie beim Nachbarn geklingelt, um den Grund für die Bohrung zu erfragen. Der Nachbar hat sich über alle Maßen gewundert, weniger über das Loch als vielmehr darüber, daß sie heute offenbar ihren Waschtag hatte. Aber bei allem, was ihm heilig sei, er habe nicht im geringsten gebohrt, sondern brav an seiner Schreibmaschine gesessen. Na ja. Das Loch hat sie dann mit Dübelmasse zugekleistert, und so kann man noch heute den Gipspfropfen in der Scheuerleiste sehen, den sie mit Schuhcreme nachgebräunt hat.

Die kleine Käthe Reichel, einst gefeierte Shen Te und Freundin Brechts, hakt mich unter, sondert mich von den anderen ab und berichtet flüsternd – sie berichtet nur flüsternd – von einem wichtigen Gespräch, das sie heute mit ihrem Chef, dem Intendanten des Deutschen Theaters, gehabt habe. Der habe aus der Umgebung des Politbüros gehört, daß meine Annahme, man wolle mich loswerden, falsch sei, im Gegenteil, daran habe niemand ein Interesse, Käthe sollte doch mal mit mir reden, der Intendant sei unter der und der Nummer zu erreichen. Ich habe diesen Mann nie gesehen, sage ich, das sei aber eine überraschende Initiative. Der Intendant des Deutschen Theaters wäre bis zum 18. April dafür zuständig gewesen, mir meinetwegen eine Gastrolle an seinem Haus anzubieten. Jetzt hätte ich keine Zeit mehr, und er sei nicht verpflichtet, sich um mein Schicksal zu kümmern.

Am Nachmittag besuchen mich Stefan Heym und Frau Inge. Ihn plagt etwas, und es stellt sich heraus, daß es das schlechte Gewissen ist: »Ich habe dich gestern bedrängt und dich vielleicht mutlos gemacht, das war Unsinn. Ich habe es mir überlegt, du bist in einer anderen Situation, du solltest tun, was du tun mußt, ich sollte dir eher Mut machen. Ich war nur traurig über eine junge Freundschaft, die keine Chance hatte, eine Freundschaft zu werden. Und was wird mit Jurek? Ich sehe doch, daß es immer weniger werden.«

Da macht Stefan Heym, der Südberliner, diesen Umweg über den Norden, um mir das zu sagen. Die beiden Heyms sind die DDR, die zu verlassen weh tut. Meine Rührung verstecke ich hinter dem Satz: »Wenn die Ausreiseanträge von mehr als der Hälfte aller Einwohner vorliegen, wird die Regierung sich vielleicht als abgewählt betrachten.« Die Abende werden wieder liebevoller, Ottilie und ich sind viel zusammen.

2. Mai 1977, Montag

Das Telefon klingelt um ein Uhr mittags, der Kulturminister ist dran. Der war noch nie dran, und ich war noch nie bei ihm, nicht bei Abusch, nicht bei Bentzien, nicht bei Gysi, und nun ist der Kulturminister Hoffmann dran, er selbst. Schon an dem Ton, in dem er mit mir redet, kann ich erkennen, wie er mit mir reden will. Er sagt: »Wir müssen mal über alles sprechen.« Ich möchte ihm so gern sagen: »Sie können mich mal!« und dann auflegen. Aber das würden sie mir als Feigheit auslegen, und es wäre Feigheit. Er schlägt übermorgen vor, das ist ein Tag vor meinem Termin beim Rat des Stadtbezirks.

3. Mai 1977, Dienstag

Keine Autogrammbriefe mehr. Die Leute schreiben mir nicht mehr. Allmählich wurde es weniger in den letzten Monaten. Mir ist klar, warum. Entweder weil die Stasi die Post abfängt und kompostiert, oder weil die Autogrammsammler sich nicht erwischen lassen wollen. Aber heute liegen drei Briefe im Kasten. Zwei alte Freunde schreiben:

Liebe Ottilie, lieber Manfred!
Wenn die Verdichtung von Gerüchten bedeutet, daß sie zutreffen, werden wir demnächst um Euch ärmer. Wir hoffen nur, Ihr wißt, daß Ihr Euch von uns verabschieden solltet. Sonst wäre alles noch viel deprimierender, als es ohnehin schon ist.
Herzlich Jutta und Peter

Und eine Frau schreibt:
»...Schicken Sie ein paar Zeilen! Mit mir würden sich viele Leute in Johannstadt freuen, wenn die Nachricht käme: Manne Krug ist noch da...«

Und eine andere:
»Wir haben Sie schon lange nicht mehr auf dem Bildschirm gesehen. Hoffen Sie noch, daß sich das wieder ändert? Alle erzählen, daß Sie im Gefängnis sind.«

Das ist eines der vielen präventiven Gerüchte, das Volk ist inzwischen mit jeder Möglichkeit vertraut. Ich könnte im Westen, aber auch im Gefängnis sein. Viele erzählen die Geschichte, ich sei mit zwei Benzinkanistern zum Haus des Schauspielers Erik S. Klein gekommen, um es anzuzünden, falls er nicht unterschreibt. Man hört auch, daß ich mit Rauschgift handle und daß ich containerweise Antiquitäten in den Westen verschoben hätte. Das, was die Bildzeitung im Westen leistet, muß im Osten von Mund zu Mund bewältigt werden, die Geschichten sind noch monströser als bei den Regenbogen-Profis. Manchmal glaube ich, die Menschen sind ganz gierig auf ihre eigene Verblödung, die sie nach außen gern als harmlose Amüsierlust abtun. Alle die üblen Nachreden wären gar nicht erst aufgekommen, wenn das Volk im NEUEN DEUTSCHLAND hätte lesen können, was wir unterschrieben haben. Also arbeiten die Spezialisten der SED auf andere Weise mit den gleichen Rufmordkampagnen wie die im Westen, nur daß sie dafür die vielgeschmähte Bildzeitung gar nicht brauchen. Sie könnten sie auch nicht machen. Sie können überhaupt keine Zeitung machen.
Das äußerste, was man von unseren Politköpfen erwarten darf, ist, daß sie denselben Fehler vielleicht nicht wiederholen. Die Korrektur eines bereits gemachten Fehlers ist

undenkbar. Den Biermann zurückzuholen, womit sie ihn vielleicht am meisten ärgern könnten, die Petition doch noch zu drucken und, jawohl, mich doch den »Götz« und den »Kohlhaas« spielen zu lassen, und zwar bevor ich die Ausreise beantrage, das alles ist undenkbar. Halbgötter können sich nicht geirrt haben, sie können höchstens im voraus wissen, daß sie sich irren werden.

4. Mai 1977, Mittwoch

Punkt neun stehe ich im Büro des Kulturministers. Eine Sitzecke, ein Schreibtisch, Regale mit vielen gleich aussehenden Büchern, an der Wand ein gefälliger Niederländer, friedliche Landschaft mit Staffage.

Hoffmann ist ein proletarischer Typ, groß, eingepackt in festes Fett, in seinem sibirischen Gesicht zwei Bärenaugen. Ich ziehe meine Jacke aus, weil mir die Hitze hochkommt und weil Hoffmann selbst im Hemd dasteht. Er sagt: »Recht so, reden wir in Hemdsärmeln.« Die Ärmel krempelt er hoch, weil er glaubt, ich wäre im Kopf so einfach organisiert wie die Charaktere, die ich gespielt habe, und weil er glaubt, mir seine Zugänglichkeit zeigen zu müssen. Das Gespräch eröffnet er mit den Worten: »Wollen wir den Krieg beenden?«, worauf ich keine Antwort wage. Nein geht nicht und Ja würde heißen, daß ich bisher Krieg mit ihm hatte. Der Minister erklärt mir die Weltlage, die Schwierigkeiten in den beiden Deutschlands. Die Regierung sei in Zugzwang gewesen, nachdem die Kirche dem Biermann Auftrittsmöglichkeiten gegeben habe. »Was sollten wir tun? Sollten wir ihn einsperren?« Er wisse sehr wohl, daß ich keiner von den stillen Unterzeichnern gewesen sei, daß ich im Gegenteil nichts unversucht gelassen hätte, weitere Unterschriften zusammenzukriegen. Vergessen. Nun sollten wir einen Schlußstrich ziehen und gemeinsam über einen Neubeginn nachdenken.

Beim Sprechen findet er Zeit, mich zu beobachten, weil er doch nicht so genau weiß, was ich für einer bin. Um es herauszufinden, unterbricht er sich mehrmals selbst und lädt mich neugierig zum Mitreden ein.

»Mein Verbrechen«, sage ich, »war nicht größer oder kleiner als das jedes anderen Unterzeichners. Freilich hat sich damals jeder an Freunde gewandt, die Liste weitergereicht. Ich war sogar zu faul, deswegen durch die ganze Stadt zu fahren. Einen Spaziergang hab ich gemacht, in meiner Gegend, vier, fünf Freunde besucht. Den Schauspieler Drinda, der hat gesagt, er wisse leider nicht, wer Biermann sei und was er geschrieben habe, deswegen könne er sich nicht äußern. Der Architekt Henselmann, dem mit seiner Rente nichts mehr passieren konnte, der hat mich glatt rausgeschmissen und es überall erzählt, um Bewunderung einzuheimsen. Dann habe ich noch die Mutter des Oktoberklubs, Gisela Steineckert, gefragt, die hatte ich zu mir nach Hause eingeladen. Die nackte Angst kuckte aus ihren leichtfertigen Augen. Die hat gleich am nächsten Tag erzählt, daß sie in meinem Haus in eine konspirative Runde geraten sei, und von ihr stammt die Behauptung, ich hätte Druck ausgeübt. Der Komponist Matthus wollte es sich noch ein bißchen überlegen, damit ist er bis heute beschäftigt. Der einzige, der auf meine Rechnung kommt, ist Günther Fischer, und der hat am nächsten Morgen in aller Frühe und aller Stille seine Unterschrift zurückgezogen. Wenn das keine Pleite ist.« Ich breite jene Tage in allen Einzelheiten vor ihm aus, schildere ihm unter Jammern, wie mich seine und andere noch immer lebendige Lügen niedergedrückt haben. »Es ist ein halbes Jahr vergangen, Genosse Minister«, sage ich, »hätte man da nicht eine Stunde Zeit finden können?«

Zwischendurch wird mir klar, daß dies das letzte Gespräch sein wird, mir bricht manchmal die Stimme. Das Land, in das ich gehen will, kommt mir so furchtbar fremd vor. Aber ich bleibe bei meiner Sache. Seine Verhandlungsroutine, die er in vielen ähnlichen Gesprächen erworben haben muß, ist erstaunlich. Er droht nicht, er erpreßt nicht, er holt Vorschläge aus der Hosentasche, die er sich, wie um mein Herz zu rühren, auf einen zerknitterten Zettel geschrieben hat. Er erniedrigt sich. Jedes Angebot, das er macht, kommt mir wie ein Schlag ins Gesicht vor. Bald drei Stunden arbeitet er mit mir. Er gibt sich mannhaft, zärtlich, kämpferisch, nachgiebig, er tut mir in der Seele leid. Er sagt: »Wir machen eine Tournee durch die ČSSR, durch die DDR, durch die Sowjetunion. Sagen Sie mir, wo Sie privat hin wollen, in jedes Land der Erde, Sie werden reisen.«

Ich sage: »Bitte sprechen Sie nicht weiter. Ich weiß jetzt, daß ich nicht hätte kommen dürfen. Ich wollte kein Geschäft machen. Alle wissen, daß der Ausreiseantrag gestellt ist. Alle werden sagen, für ein paar Zugeständnisse ist der Krug im letzten Augenblick umgefallen. Es ist wieder ein Akt der Selbstherrlichkeit, wie Sie mir jetzt die Brocken hinwerfen. Und das alles ist Ihnen eingefallen, nachdem Sie wußten, ich mache es wahr. Noch vor zwei Wochen hätte weniger genügt, eine schlichte Verabredung mit mir, wie lange ich den Kopf würde einziehen müssen. Ich hätte es verstanden. Und nach einem Jahr wäre der Krieg wirklich beendet gewesen, auch für die Öffentlichkeit.«

Hoffmann sagt: »Wenn Sie diese Angebote kränken, wenn Sie das als eine Art von Korrumpierung ansehen oder als ›Selbstherrlichkeit‹, dann lassen Sie uns das vergessen. Ich werfe den Zettel weg. Aber da steht noch mehr. Schon vor Ihrem Ausreiseantrag habe ich den Leiter der Konzert- und Gastspieldirektion bestellt: Eine Tournee kann bald gemacht werden; den Leiter der Künstleragentur: auch da kann man was machen; den Leiter der Schallplatte: die Mark-Twain-Platte könnte produziert und ›Die großen

Erfolge‹ herausgebracht werden; das Komitee für Unterhaltungskunst; da wäre was möglich; den Chef der DEFA: hier
gibt es keine konkreten Angebote, das hängt vom Plan und
von den Regisseuren ab.«

Ich muß an den Regisseur Olav Koziger denken, den größten Seiltänzer in der ganzen DDR; an Martin Eckermann,
der es nicht über sich brachte, mir den Grund für die Absage des »Michael Kohlhaas« zu nennen, nämlich mein
Berufsverbot im Fernsehen; an den Regisseur Kasprcik, der
ein Blatt im Winde ist. So viele Blätter im Winde. Wie soll
man mit den Leuten wieder zusammenarbeiten?

Ich sage dem Minister Hoffmann ins Gesicht, daß alles das
erst nach meinem Antrag überlegt worden ist, denn von der
Twain-Platte kann der Chef des VEB AMIGA nichts gewußt
haben, das wußte nur der Abteilungsleiter. Der Minister hat
keine Lust mehr zu widersprechen.

»Ich wußte wirklich nicht«, sagt er, »daß Sie so verletzbar
sind. Sie brauchen einen Beschützer. Ich werde meine
Hand über Sie halten.«

»Sie werden eines Tages nicht mehr Kulturminister sein«,
sage ich.

»Sie haben sicher immer gut verdient«, sagt Hoffmann,
»aber bei Lichte besehen, ist Ihnen in schwierigen Situationen wenig geholfen worden.«

»Ja«, sage ich, »ich hatte hier oben nie einen Freund.«

Er fragt leutselig nach meinen alten Autos, und wir kommen
in ein langes Gespräch über mein Leben. Er scheint widerwillig zu begreifen, daß ich alle Abenteuer bloß in Filmen
erlebt habe, sonst nirgendwo, daß mein Leben Arbeit war,
wenn ich was erleben wollte, mußte ich es durch Arbeit
erleben; daß ich auf die Ferne, auf die blaue Moschee und
den Karneval in Rio neugierig war und diese Sehnsucht
sublimiert habe durch das Schleifen einer alten Kurbelwel-
le; daß ich krank und unglücklich geworden war.

Er wirft das amerikanische Wort Midlife-crisis ins Gespräch, in seiner Miene mischen sich Verachtung und Verständnis, ich kann ungefähr lesen, was er denkt. Was soll man machen, das ist der Schützengraben, das ist unsere Zeit, das ist der real existierende Sozialismus, der meine ganze Generation krank und unglücklich macht.

Und sie lassen sich nichts einfallen. Bis zum heutigen Tage haben sie nicht erreicht, daß meine Frau und ich morgen nach Prag oder Ulan Bator oder Samarkand fahren können, weil es nicht möglich ist, wenigstens so viel Geld einzutauschen, daß man übernachten und sich ernähren kann. Ich will nicht zum Fürsten gehen und jeden Blick hinter die Mauer, selbst in östliche Richtung, zum Privileg machen. Ich will ins Reisebüro und zum Fahrkartenschalter gehen. Die Freundschaft der sozialistischen Länder ist bloß die Freundschaft ihrer ängstlichen Regierungen. Was ist die deutsch-sowjetische Freundschaft? Ein Abzeichen an der Jacke, mehr nicht. Wenn ich auf der Landstraße bei Dallgow wegen eines stehenden, stinkenden Russenkonvois anhalten muß und endlich mit meinem Schulrussisch einen Soldaten anspreche, kommt der Natschalnik und sagt: Idi na Chui, job twaju Matj! Und das könnte man frei mit: Verpiß dich, du Arsch! übersetzen.

In der großen sozialistischen Sowjetunion können wir uns nicht bewegen. Kein Bauer in Grusinien tauscht sein Spielgeld gegen mein Spielgeld, eher würde er mir einen Hammelbraten schenken, aber ich weiß nicht, wie ich zu diesem Bauern hinkommen soll.

Hoffmann verschränkt knackend seine Finger, von denen der linke kleine fehlt, und spricht über Sachen, von denen wir beide nichts verstehen. Zum Beispiel sagt er. »Ein guter Satz in einem Roman kann mehr wert sein als ein halbes Studium an der Walter-Ulbricht-Akademie.« Wie er an diesen Punkt des Gesprächs gekommen ist, weiß ich nicht.

Er habe es auch nicht leicht, die Künstler seien schwierige Leute, es sei nicht verwunderlich, daß sie dem Volk nie ganz geheuer sind. Die Leute trauen denen alles zu, die größte Heldentat und die größte Untat. So erkläre sich auch der Schwall von Gerüchten, gegen die es leider keine Handhabe gibt. Aber ich müsse auch begreifen, die Enttäuschung im Volk sei groß.

Jemand bringt zwei Tassen Kaffee, der Minister schlürft jetzt die väterliche Runde ein. Mir schwimmen zwischendurch manchmal die Augen, dafür könnte ich mich an die Wand klatschen. Hoffmann sieht es mit Genugtuung und greift noch einmal abwechselnd in die Harfe und ins Füllhorn.

Ich sage: »Das sind die Gene von meiner Großmutter. Die war auch immer so feucht im Gesicht. Aber bitte mißdeuten Sie das nicht. Nehmen Sie es meinetwegen als Gemütsbewegung, nicht als Weichheit oder Wanken.«

Die Worte, mit denen der Minister ins Gesprächsfinale überleitet, werden immer bewegender, und es wächst mein Verdruß, sie anzuhören. Aber ich muß sagen, so hochherzig kommen mir seine Angebote auch nicht vor. Kein Wort vom »Götz« und vom »Kohlhaas«, nichts vom Fernsehen und vom Film. Nur recht viele Konzerte, in denen ich im Durchschnitt vielleicht 700 Menschen pro Abend erreichen kann, und die können im Ernstfall ausgesucht werden. Immerhin hätte mein Ausreiseantrag etwas möglich gemacht, was ich seit Jahren vergeblich vorschlage, eine Jazz-Tournee durch die Sowjetunion.

Der Minister ist an der Stelle angekommen, wo er fast bittend die Worte sagt: »Bleiben Sie hier. Sie gehören doch zu uns.«

Ich war ein Idiot, zu diesem Gespräch zu kommen, mir das anzutun. Hoffmanns Ton macht es mir so schwer, noch das Geschäftsmäßige zu erkennen, den politischen Auftrag, einen weiteren Skandal zu verhüten, gerade in diesem Augenblick, wo die Ausreiseanträge sich stapeln, wo die Regierung so weit gehen muß, ihrerseits den SPIEGEL und das Westfernsehen zu mißbrauchen, um die Bürger im eigenen Land einzuschüchtern. Antragsteller könnten künftig strafrechtlich verfolgt werden, hört und liest man, und alle verstehen, daß es sich um Drohungen der Regierung gegen das Volk handelt. Jetzt ist es soweit, daß die Regierung mit ihren Mitteilungen an die Kulturschaffenden des eigenen Landes denselben Weg geht, den die Kulturschaffenden mit ihren Mitteilungen an die Regierung gegangen sind. Und keiner läßt sich in beiden Richtungen so bereitwillig mißbrauchen wie der Klassenfeind. Ich schäme mich dafür, daß Hoffmann sich vor mir erniedrigt, ich leide für seinen Mißerfolg, seine Not tut mir im Herzen weh.

»Verfolgen Sie mich nicht mit Ihrem Zorn«, sage ich.

Er sagt, ich solle es mir noch einmal überlegen, eine Woche, zwei oder vier Wochen, ich solle mit der Familie noch einmal beraten. Er gibt mir seine Direktnummer und seine Privatnummer, er hat mir aufgeschrieben, wo er am Wochenende zu erreichen ist. Was ist denn jetzt los? Ich stecke den kleinen Zettel ein, den er wiederum aus der Hosentasche gezogen hat. Wir stehen an der Tür, geben uns die Hand. Ich gehe. Er ruft mich noch einmal zurück, steht dicht vor mir, daß ich seinen Atem riechen kann und sagt mit dringlicher, leiser Stimme: »Werden Sie mich anrufen? In jedem Fall?«

»Das werde ich sicher nicht tun. Nur wenn ich es mir anders überlegen sollte«, sage ich. Ich stürze durch das Vorzimmer. Auf dem Gang zur Treppe bin ich allein. Es heult nur so aus mir heraus. Bis zum Pförtner habe ich mich gefangen, um Ottilie, die gegenüber im Wagen stundenlang auf mich gewartet hat, keine Schwäche zu zeigen. Wir fragen uns, wie morgen in der Abteilung Inneres in Pankow die Antwort ausfallen wird. Mit Hoffmann hatte ich darüber kein Wort gesprochen.

Zu Hause erzähle ich Ottilie und Jurek, der zu Besuch ist, den Hergang des Gesprächs.

Am Abend um sechs steht ein nervöses Fräulein draußen, das mir nicht in die Augen blickt. Sie ist eine der beiden aus Zimmer 3 im Pankower Rathaus: »Ich komme, um Ihnen zu sagen, daß der Leiter unserer Abteilung plötzlich erkrankt ist, der Termin morgen muß deshalb ausfallen.« Die kleine Frau sieht an mir vorbei und zupft mit beiden Händen an ihren Ärmeln. Sie tut mir leid. Ich versuche freundlich und ruhig zu sein, wünsche ohne Ironie gute Besserung, damit wir den Termin bald nachholen können.

Ottilie ist erstaunlich gefaßt, sie sitzt auf den Steinen der Terrasse und wundert sich offenbar über nichts. Sie ist mit der ganzen Geschichte fertig. Ich finde sie unglaublich tapfer. Ich frage mich, ob es je in unserem Leben eine andere Gelegenheit gab oder geben würde zu begreifen, daß man allein schwach ist, daß man zu zweit nicht doppelt so stark ist, sondern noch viel stärker. Ohne sie hätte ich das Ganze nicht durchgestanden.

Jurek und ich halten es neuerdings so, daß wir bei taktischen Gesprächen durch den Garten gehen. Uns ist klar, daß mit der Erkrankung des Pankower Leiters ein langer Nervenkrieg beginnt. Wir müssen etwas tun. Wir schreiben zum ersten und letzten Mal gemeinsam, der Oscar-nominierte Schriftsteller Becker und ich, einen Brief, der schon deshalb eine Rarität ist:

Berlin, 4. Mai 1977

Sehr geehrter Herr Minister Hoffmann!

Nach unserem heutigen Gespräch ist mir um 18.00 Uhr mitgeteilt worden, daß der Leiter der Abteilung Inneres beim Rat des Stadtbezirks Pankow, der mich für morgen 11.00 Uhr in sein Büro bestellt hatte, um mir eine Antwort auf meinen Antrag zu geben, plötzlich erkrankt sei. Dabei hätte mir gewiß auch sein Stellvertreter diese Antwort geben können.

Sollte die Absage des Termins auf eine Initiative von Ihnen zurückzuführen sein, weil Sie in unserem freundlichen Gespräch eine Revidierung meines Standpunkts gesehen haben könnten, so bin ich mißverstanden worden. Mein Entschluß ist unumstößlich, und ich werde mich weiterhin mit allen mir zu Gebote stehenden Mitteln bemühen, ihn zu realisieren.

Ich bitte Sie, diesen nervenaufreibenden Zustand zu beenden, denn sein Fortdauern bedeutet keinerlei Klärung und würde mich zwingen, meinen Antrag an anderer Stelle zu wiederholen.

Hochachtungsvoll!

Wenn man mich fragen würde, an welcher Stelle, so würde ich antworten: beim Staatsrat, wo denn sonst.

5. Mai 1977, Donnerstag

Den Brief an Hoffmann bringe ich um sieben Uhr ins Ministerium, wo ich ihn bei der Pförtnerin abgebe.

Wenn ein Mensch es an einem Platz nicht länger aushält, so kann es nur einen Grund geben, trotzdem dort zu bleiben: die Erlaubnis, jederzeit zu gehen. Irgendwas an dem Satz ist nicht geglückt, das sehe ich selber. Aber irgendwas an dem Satz ist auch saugut.

Mittags kommt Jurek. Er wisse, sagt er, wo morgen eine Dichterlesung stattfinden werde, im Süden Berlins, Hauptstadt der DDR. Günter Grass soll da sein, ob ich nicht mitkommen wolle. Ich freue mich.

6. Mai 1977, Freitag

Der Klospüler von 1928 ist heute kaputtgegangen, alle Achtung, aber es geht noch, man braucht ihn nur mit der Hand auf null zu drücken.

In der Zeitung steht, daß sie gestern den III. Kongreß des Verbandes der Film- und Fernsehschaffenden beendet haben, der einige Tage tobte. Die Ergebnisse sind identisch mit denen des I. und II. Kongresses, alle Diskussionsredner haben kleine Textpäckchen in der Zeitung, welche die Grundgedanken ihrer Beiträge enthalten, wie etwa:

»Die Gewißheit, daß Filme aus der DDR der Verbreitung progressiver Gedanken in aller Welt dienen, drückte Abd Ar-Razak al Ramadan, Ratsmitglied der irakischen Künstlerunion, aus.«

Als nach dreitägigen Beratungen alles gesagt war, verabschiedeten die Teilnehmer unter starkem Beifall eine Grußadresse an das Zentralkomitee der SED: »Lieber Genosse Erich Honecker! Wir übermitteln... Wir danken... Wir bekunden... Wir unterstützen und verfechten... Die Beratungen unseres Kongresses waren von der schöpferischen Suche geprägt, wie wir mit unserem filmkünstlerischen Wirken am besten zur erfolgreichen Durchführung des IX. Parteitages der SED beitragen können. Die Film- und Fernsehkunst besitzt ihrem Wesen nach starke Massenverbreitung...«

Ach, unsere Beratungen sind immer von der Suche geprägt, und keiner hat gesagt, daß die Massenverbreitung unseres Fernsehens nahe Null ist, daß sie kontinuierlich abgenommen hat in den Jahren zwischen dem ersten und letzten Film- und Fernsehkongreß, daß viele Leute gar nicht mehr wissen, auf welchem Kanal unser Fernsehen stattfindet. Der Kongreß hatte keine Chance, es war wieder eine Versammlung von reiselustigen Hohlköpfen und Schönrednern, es war ein Friede-Freude-Eierkuchen-Kongreß mehr, auf dem zwei Opportunisten zu Vizepräsidenten gewählt wurden, die als Regisseure beschäftigten Wichtigtuer Günther Reisch und Lothar Bellag. Die Biermannausbürgerung, soweit sie von den Teilnehmern des Kongresses wahrgenommen wurde, hat sie darin bestärkt, daß die Qualität ihrer Beiträge für die nächsten hundert Jahre genau das richtige ist.

Mittags packe ich mein bis heute geschriebenes Tagebuch ein und fahre in Jureks Mahlsdorfer Haus, wo wir das Ehepaar Becker zehn Jahre lang besucht haben, wo wir Skat gespielt und gefeiert, zum Wochenende übernachtet und liebevoll die Freundschaft unserer beiden Familien gepflegt haben. Beckers und Krugs wohnten 30 Kilometer voneinander entfernt, es wurde streng darauf geachtet, daß wir uns abwechselnd besuchten, jeder von uns ist wenigstens fünfhundertmal diese 30 Kilometer gefahren. Seit einigen Wochen ist Jurek von seiner Frau Rike geschieden, sie hat das Haus behalten. Die Räume im Parterre sehen aufgeräumter aus als sonst, sie wirken unbelebt und fremd. Jurek übernachtet nicht mehr hier, er hat eine Altbauhöhle im dritten Stock eines Hinterhauses, nur zum Schreiben kommt er tagsüber her an seinen gewohnten Platz. Hier leben auch seine beiden halbwüchsigen Söhne.
Der Schriftsteller Klaus Poche ist da, wir fahren zu dritt in eine Privatwohnung im Süden Berlins. Die Gastgeberin hat ihre Wohnstube mit zum Teil aus der Nachbarschaft geliehenen Stühlen vollgestellt, die alle besetzt sind. Von den DDR-Schriftstellern erkenne ich Sarah Kirsch, Klaus Schlesinger, Hans Joachim Schädlich und Elke Erb. Günter Grass sitzt leibhaftig da, ich werfe einen verstohlenen Blick unter sein Kinn, wo ich den Riesenknorpel vermisse, den kolossalen Adamsapfel, das berühmteste Schluckorgan der Literatur. Die Namen noch zweier Westdichter las-

se ich mir zuflüstern, Hans-Christoph Buch und Christoph Meckel, der gerade die seltsame Geschichte »Stiefbein« liest. In einem Hut liegen kleine Zettel, beschrieben mit den Namen der Anwesenden. Nacheinander werden sie blind gezogen, und der Träger des aufgerufenen Namens darf aus seinen Manuskripten lesen. Ich sperre Mund und Nase auf. Was sie dort vortragen, ist phantastisch, jeder zaubert eine neue Welt in die verrauchte Stube, sie treiben sich in vergessenen Jahrhunderten und sonstwo herum. So was müßte man auf großen Bühnen machen. Schädlich liest eine Wahnsinnsgeschichte, in der nichts passiert, aber auf atemberaubende Weise. Seine Sprache ist so raffiniert, daß die Zeitlupe seines Vortrags noch hastig scheint. Er wirkt angenehm und bescheiden, genießt sich durchaus selbst, einige schließen die Augen, um sich besser konzentrieren zu können. Hans-Christoph Buch mißglückt diese Methode, er nickt vorübergehend ein. Nach jeder Lesung folgt eine Gedenkminute, dann die Kritik. Man geht schonend miteinander um, Kritisches wird fachmännisch und höflich vorgebracht. Was mich überrascht: alle diese Leute, die wie Schriftsteller schreiben, sprechen wie ganz normale Menschen, oft ungewählt und wenig genau. Jeder kennt seine eigene Verletzlichkeit, die bei ihnen stärker ausgeprägt sein muß als etwa bei Schauspielern. Dessen sind sie sich offenbar bewußt, wenn über die Arbeit des anderen gesprochen wird. Schlesinger liest Erheiterndes, Jurek ein unbekanntes Kapitel aus seinem Roman, Hans-Christoph Buch eine Indianergeschichte. Alle werden ein bißchen gelobt und ein bißchen getadelt. Ich denke nicht daran, etwas zu sagen, ich wage es nicht. Mir, dem bewundernden Amateur, gefällt ohnehin alles besser als denen. Dann kommt das »Unverhoffte«, auf das ich doch gehofft habe und zu dem Jurek mich ermuntert hatte: Ich bin dran. Da fangen die Privilegien schon wieder an, seit dem 19. April schreibe ich etwas auf, und schon am 6. Mai darf ich es in dieser erlauchten Runde loswerden. Was man schnell geschrieben hat, denke ich, sollte man auch schnell vorlesen, und fliege nur so über die Seiten. Es kann sein, daß ich errötet bin, jedenfalls fasse ich es als eine Ehrung auf, als Grass zwischendurch um weniger Tempo bittet.

Mit schaumiger Spucke halte ich auf Seite 25 an. Alle nikken mir freundlich zu, keiner hat sich gelangweilt, keiner läßt eine Gemeinheit los, das ist auch nicht nötig, ich weiß schon Bescheid. Bei mir sind sie nicht an der Kunst interessiert, sondern an der Reportage. Vielleicht kommt auch ein anderer Effekt hinzu, vielleicht ist es wie auf einer Ausstellung von sagen wir Brieftauben, wo ein Exemplar zwar besondere Aufmerksamkeit erregt, aber nur durch seine großen Füße.

Zwischendurch gehe ich in die Küche, da steht Elke Erb in der Ecke. Ich erschrecke, weil sie weint, sie hält sich mit beiden Händen an einem Schrank fest und stampft mit dem Fuß auf, immer wieder, offenbar hat sie Schmerzen. Ich drücke sie ein bißchen, ihre Zartheit weckt den Ritter in mir, ich will mich um sie kümmern. Schon gut, sagt sie, das sei gleich vorüber.

Grass liest mit Selbstgenuß ein Kapitel aus seinem 700-Seiten-Roman »Der Butt«, und als er fertig ist, wird nicht gemäkelt. Er ist schon der Meister in diesem Zimmer, und er weiß es. Mir fällt auf, daß alle ihn mit »Sie« anreden.

Die zarte Frau Erb hat sich erholt, sie trägt ihre Gedichte vor, die wohlwollend aufgenommen werden. Etwas später ist, begleitet von einer phlegmatisch wirkenden Dame, ein West-Lyriker dazugekommen, Johannes Schenk, der einige Amerikagedichte liest, melancholische Stimmungsstücke. Grass gefallen sie nicht so recht, diesmal geht er schärfer ran, alle hören aus seinem Munde das Wort »Touristenlyrik«. Schenk und die Dame schimpfen. Grass läßt sich den

Vorwurf gefallen, dem Schenk schon immer abhold gewesen zu sein.

Um halb zwölf wird aufgebrochen, einige fahren in den Westen, alle anderen bleiben da.

Ich fahre die zarte Frau Erb nach Hause. Unterwegs huckt sie mir das Kompliment auf, meine 25 Seiten hätten ihr den Magenkrampf in der Küche eingebracht.

Bei mir zu Hause ist alles dunkel. Auf dem Tisch liegt ein Brief von Ottilie:

Mein Lieber,
um 18.00 Uhr hat das Büro Lamberz angerufen. Die Sekretärin Krause hat die Nummer 4396757 durchgegeben. Sie erwartet Deinen Anruf bis 22.00 Uhr. Danach rief sie noch zweimal an. Du sollst Dich morgen früh melden, sonst tut sie es.
Gute Nacht, Deine Ottilie.

Mit einem Pappstreifen blockiere ich die Telefonglocke, schließe die Gartentore ab, trenne den Draht der Türklingel vom Transformator. Ottilie kommt im Nachthemd die Treppe runter, sie sieht zum Erbarmen aus. »Was ist mit dir?« frage ich. Sie sagt: »Mein Vater und seine Frau waren hier.« Das muß furchtbar für sie gewesen sein. Ottilies Vater ist Genosse seit Gründung der Partei, ein »guter« Genosse. Ich kenne keinen, der unerschütterlicher und gläubiger der Partei anhängt als er, ein ehrfurchtgebietender Mann, Kunsthistoriker, ein Mann von hoher Bildung und Herzensgüte. Er hat seiner Tochter angekündigt, daß er mich morgen besuchen wird. Ich fürchte mich vor seinem brechenden Blick und davor, daß er mir sagen wird: »Du kostest mich Jahre meines Lebens.«

7. Mai 1977, Samstag

Unsere Kinderfrau ist früh um 4.00 Uhr zu ihren Verwandten aufs Dorf gefahren, sie hat die ältere Tochter Josephine mitgenommen. Daniel ist mit dem Schülerkabarett bis morgen verreist. Ich bin mit Ottilie und der jüngsten Tochter Fanny allein im Haus. Es wird nur geschwiegen heute, die Kleine macht manchmal ein fröhliches Geräusch, sonst wäre es kaum auszuhalten.

Sonnabend. Was hatten wir früher für Sonnabende.

Um zwei Uhr mittags habe ich die Sekretärin Krause noch immer nicht angerufen. Es ist wie im Italo-Western, wenn der Mann in der flirrenden Sonne steht, du hörst nur die Grillen, siehst die Hutkrempe am oberen, das Kinn am unteren Bildrand, jemand patscht nach einer Fliege, und Morricone läßt das Totenlied auf der Mundharmonika spielen. Es dauert ewig, bis was passiert, aber der Schweiß bricht dir aus.

Ich schreibe:

Liebe Schwiegereltern!

Ein weiteres Gespräch mit mir über die Ausreisefrage ist überflüssig. Deshalb möchte ich in dieser Sache nicht mehr besucht werden. Der Vorwurf, meine Reaktion sei nichts anderes als Beleidigtsein, ich hätte nur private Interessen im Sinn, trifft mich nicht.

Ihr wißt, liebe Schwiegereltern, daß Ihr uns immer und überall willkommen seid, solange es um etwas anderes als die Ausreise geht.

In aufrichtiger Liebe – Manfred

Ottilie findet den Brief in Ordnung, sie erklärt sich bereit, ihn nach Weißensee zu ihrem Vater zu bringen, ihn durch den Briefschlitz zu werfen und wieder zu verschwinden. Als sie das Tor aufschließt, um loszufahren, stehen ihr

Vater und Lottchen, seine Frau, vor dem Haus. Ich bitte die Schwiegereltern herein. Ich fühle mich zerschlagen.

Ich merke, daß ich alt werde. Ich kann die Mundharmonika in meinem Kopf nicht abstellen. Ich weiß nichts davon, daß ich Tassen und Pulverkaffee hole. Ottilie und die kleine Fanny gehen spazieren.

Die Kreisleitung der Partei in Berlin-Weißensee hat meinen Schwiegervater, den guten Genossen, aufgesucht und ihn angehalten, mir den Kopf geradezurücken. Was sie jetzt mit mir machen, werden sie später das Ringen um Manfred Krug nennen. Sie haben um Biermann gerungen, um Brasch gerungen, um Nina Hagen gerungen, jetzt ringen sie gerade wieder mit mir. Die ganze Partei eine Ringer-Riege. Während der folgenden zwei von allen als heroisch erlebten Stunden wird weitergekämpft, reihum, mit wechselndem Erfolg, gegen Wutausbrüche, Schreikrämpfe und mit den Tränen wird gerungen. Das Gespräch besteht aus Versatzstücken vergangener Gespräche. Nach zwei Stunden brechen wir ab, sie begreifen, es ist vorbei mit mir. Wir essen Kotelett mit Salzkartoffeln und Tomatensalat. Dann gehen diese beiden herzensguten Genossen, die so grausam sind, ihrer Tochter schon jetzt zu versichern, daß eine Rentnerreise in den Westen für sie niemals in Frage kommen wird, zur Kreisleitung der Partei und erstatten ihren traurigen Bericht.

Jurek kommt. Er hält es für denkbar, daß Lamberz nur die Modalitäten meiner Ausreise besprechen will. Auch er weiß mir keinen Rat.

Der Jazztrompeter und Big-Band-Chef Klaus Lenz kommt. Vor vielen Jahren war er Mitentdecker des Sängers Krug. Lenz steht draußen vor dem Zaun und winkt und pfeift. Ich schließe ihm das Eisentörchen auf.

»Hallo, Manne, alter Haudegen, wie geht's? Ich hab 'ne Flasche Whisky mit, kann ich mir leisten, bin zu Fuß da, das weißt du doch, den Führerschein bin ich schon anderthalb Jahre los. Wollte bloß mal fragen, wo man so 'n Ausreiseantrag abgibt und wollte auch deinen Schrieb mal durchlesen. Kannst dir nicht vorstellen, wie krachsauer ich bin. Die Strolche haben mich derart angeschissen, ich hab denen im Ministerium gleich gesagt, wenn ihr mich diesmal nicht rüber laßt, nach Moers zum Jazzfestival, dann ist bei mir der Riemen runter. Ach, iwo, Herr Lenz, sagen die, das machen wir schon, Sie können hinfahren, und ich freu' mich schon wie ein Kind. Jetzt komme ich gestern zu der Sackowski ins Ministerium, und was wird die mir sagen? Die wird mir sagen: Es geht nicht. Und warum? Weil ich auf dem Formular die Ausweisnummer vergessen habe oder was weiß ich. Montag früh knall ich denen die Ausreise auf den Tisch, gleich zusammen mit dem Berufsausweis. Ich hab die Schnauze voll!«

Der Whisky wird nicht angerührt, Lenz hat noch dichter am Wasser gebaut als ich, das würde im Suff eine schöne Überschwemmung geben. Er will morgen wiederkommen, mir seinen Ausreiseantrag zeigen.

Am Abend läuft im Westfernsehen der Schlagerwettbewerb »Grand Prix d'Eurovision«. Die Ansagerin dort in England freut sich mehrsprachig darüber, daß sie heute 800 Millionen Zuschauer erreicht, erstmalig sei die Sowjetunion live angeschlossen.

Was für eine appetitliche Show, was haben die Leute sich angestrengt, sie singen live, das Orchester spielt live, und es stimmt jeder Ton, sie tanzen und wippen, und was haben sie für Kostüme an und für Perücken auf und was für Schminke im Gesicht, und was haben sie für ein grandioses Bühnenbild und was für ein herrliches Orchester. Da sieht man, wie sie für ihre Profitgier schuften müssen. Irgendwo in der Sowjetunion, vielleicht am Ladogasee, von dem das Eis noch immer nicht runter ist, wird der Ingenieur Affanassi Protopenko neben seiner Frau Galina auf dem Sofa sitzen und das alles sehen, und er wird an seine trostlose Stadt und an sein Leben denken. Und gutmütig wird er seine Hand auf ihren fleischigen Schenkel legen und sagen: »Ach, Galinka, job twaju matj!« Und irgendwo in England wird ein Engländer sitzen und sagen: »Ein neuer Job wäre mir lieber als ein neuer Pop.«

8. Mai 1977, Sonntag

Ohne Auto kommt Klaus Lenz den weiten Weg von Lichtenberg, um mir seinen Ausreiseantrag zu zeigen, ein wütendes Schriftstück von drei Seiten Umfang, voll von derben Beschimpfungen, die ihm eher eine Reise nach Bautzen eintragen werden als nach Moers. Immer war ich der Schriftgelehrte der Musiker, vor allem wenn es um Behördenbriefe ging, also streiche ich auch Lenzens Pamphlet auf die Hälfte zusammen, nachdem ich ihm das Versprechen abgenommen habe, mich nicht zu verraten.

»Ich bin nicht das Eigentum der DDR oder eines anderen Staates, noch das einer Partei oder Religion.« Den Satz möchte er gern drinbehalten, den habe er irgendwo gelesen, nur die drei großen Buchstaben habe er hinzugefügt.

Walter Kaufmann kommt mit seiner Frau, der Schauspielerin Angela Brunner, um mir anzukündigen, daß er sich jetzt an der Volksbühne den »Hamlet« ansehen und mich anschließend noch mal besuchen werde.

Nachts um Viertel vor zwölf kommen sie wirklich, der »Hamlet« sei endlos gewesen, habe ihnen wenig Freude gebracht, sie wüßten nicht, warum, es war einfach nichts. Walter hört mich noch einmal gründlich ab, ich halte mit nichts hinterm Berge. Falls mir etwas zustoße, sage ich, werde mein Tagebuch eine nette Fortsetzungsgeschichte im STERN oder im SPIEGEL abgeben. »Die im Politbüro werden wenig Freude daran haben, wenn die wildfremden

Menschen da im Westen Gelegenheit kriegen, diesen kräftigen Schluck aus der DDR-Pulle zu nehmen, so wie sie wirklich schmeckt.«

Ich blase mich auf in letzter Zeit wie ein Igelfisch, ich will klarmachen, daß ich nicht ganz wehrlos dastehe, wenn sie mich greifen wollen.

9. Mai 1977, Montag

Mein Telefon ist ein hölzerner Wandapparat von 1907, den ich umgebaut habe. Sein Innenleben ist in allen Teilen original, die in gedrechseltes Holz eingebaute Wählscheibe hängt separat an der Wand.

Um 10.00 Uhr ziehe ich den Pappstreifen aus der Telefonglocke, und schon klingelt es. Frau Krause aus dem Büro Lamberz ist dran. Um 15.00 Uhr soll ich dort sein. Meine Hoffnung, mit Lamberz über was anderes reden zu können als mit Hoffmann, ist gering.

An einer Ecke des ZK-Gebäudes ist die Anmeldung. Zwei adrette Herren in Zivil füllen mit äußerster Sorgfalt die Passierscheine aus, sie vertiefen sich in meinen Personalausweis, bis sie ein gewisses Stadium von Verzücktheit erreichen.

»Haben Sie eine Tasche bei sich?« fragt der eine.

»Nein.«

Dann geht man im Freien zu zweit um die Ecke, wo man beim Portal an einen Uniformierten übergeben wird. Der vergleicht Zettel und Ausweis noch einmal gründlich.

Die Halle ist kahl und gewaltig, düsterer Marmor an den Wänden, links der Fahrstuhl, in der Mitte eine die ganze Wand einnehmende Treppe, die zu einer Reihe eloxalgerahmter Glastüren führt, rechts der lautlose Paternoster. Große Büsten, Marx und Engels darstellend, sind der einzige Schmuck. Ich fahre in den 2. Stock, wo ein Wachhabender letztmalig kontrolliert. In den endlosen Gängen mache ich mich auf die Suche nach dem Zimmer 2309. Ich vermisse die Kaffeewolken und die falsche Geschäftigkeit, die man sonst auf solchen Fluren findet. Diesmal fehlen auch die martialischen Posten in ihrer gespreizten Pose, woraus ich schließe, daß es sich damals um ein spezielles Wachkontingent handelte, extra angefordert für eine konterrevolutionäre Situation. Schon die vier harten Schläge, die ich mit dem Knöchel an die Tür haue, sollen etwas von meiner Entschlossenheit zeigen. Frau Krause führt mich wieder in das kleine Wartezimmer, wo ich diesmal nur fünf Minuten ausharren muß. Dann stehe ich Lamberz gegenüber, der mir die Hand gibt und sagt: »Komm rein.« Er ist ein gutaussehender Mann in den sogenannten besten Jahren, grau-blaue Hose, helles Hemd mit grau-blauem Schlips. Wenn man sich Rudolf Prack mit blauen Augen, randloser Brille und im Alter von 45 Jahren vorstellt, aus dem Gesicht das Gutmütige von Prack entfernt, ohne es mit zuviel Gewitztheit aufzufüllen, dann hat man ungefähr den äußeren Eindruck von Lamberz. Wir nehmen auf denselben Stühlen Platz wie damals. Bei Tageslicht sieht es hier längst nicht so reichskanzleimäßig aus, es sind, zähle ich jetzt, nur zehn Stühle, sie müssen den Tisch verkürzt und die Zahl der Stühle verringert haben, der Saal ist eher ein großes Zimmer. Ich habe die Sonne, die manchmal durch die Alufenster scheint, im Rücken, Lamberz hat sie in den blauen Augen, das steht ihm. In seinem angstlösenden rheinischen Anklang sagt er: »Kaffee? Tee? Cognac?« Ich entscheide mich für Cognac, um den leichten Alkoholspiegel, den ich mir auf der Herfahrt aus dem Flachmann reingeholfen hatte, nicht ganz absinken zu lassen. Es ist eine Schande.

Er sagt: »Was ist los?«

Ich sage: »Vor einem halben Jahr sind zwei Versprechen gegeben worden. Wir haben unseres gehalten, du deins nicht.«

Lamberz: »Wieso?«

Ich: »Wir hatten versprochen, nach deinem Besuch in meinem Haus am 20. November 1976 keine weiteren Unterschriften zu sammeln, und es hat danach keine gegeben. Du hast versprochen, daß auf Repressalien verzichtet würde, und ich habe sechs Monate lang nichts anderes erlebt als Repressalien.«

Lamberz drückt auf seine Klingel, Frau Krause kommt.

»Genossin Krause, such mal aus dem Zeitungsschrank die FRANKFURTER ALLGEMEINE ZEITUNG vom 23. 11. 76.«

Frau Krause geht raussuchen.

Ich sage: »Wenn du meinen Ausreiseantrag gelesen hast, wirst du von einem kleinen Teil der Repressalien Kenntnis haben.«

Lamberz: »Ich habe nichts bekommen.«

Da ich ihm nicht sagen kann, daß er lächerlich taktiert und lügt, da ich ihm nicht sagen kann, daß er sich um jeden Scheiß kümmert, daß er nicht zum Regieren kommt, weil er sich um jeden Scheiß kümmert, stelle ich dieselbe Frage mit anderen Worten: »Soll ich das so verstehen, daß dir der Inhalt nicht bekannt ist?«

Lamberz: »Ist mir nicht bekannt. Moment.« Er drückt wieder auf seine Klingel. Auftritt Genossin Krause.

Lamberz: »Ist uns irgendein Schreiben von Manfred Krug eingegangen?«

Krause: »Nein, das weiß ich genau.«

Lamberz: »Oder irgendeine dienstliche Sache, die ihn betrifft, eine Kopie vielleicht?«

Die Genossin Krause sagt, sie wolle nachsehen und geht ab.

Ich: »Soll ich das so verstehen, daß der Genosse Kulturminister dich nicht von meinem Ausreiseantrag unterrichtet hat?«

Lamberz zögert, tut dann aber ganz selbstverständlich:

»Doch, ich habe davon gehört. An wen hast du den Antrag denn adressiert?«

Ich: »An die zuständige Behörde.«

Die Krause tritt auf: »Nein, da liegt nichts vor.«

Lamberz dreht wie ein Magier die Handflächen nach oben und sagt: »Na bitte.« Und zu ihr: »Danke, bring uns noch etwas Cognac.«

Krause ab.

Lamberz: »Frank Beyer war in Amerika. Jurek Beckers Buch ›Der Boxer‹ ist erschienen. Heiner Müller war im Ausland. Deine Lieder werden im Rundfunk gespielt. Wo sind da Repressalien? Hier liegt kein Initiativplan gegen Krug vor.«

Genossin Krause kommt mit der FAZ vom 23. 11. 1976, das heißt mit einem xerographierten Stück davon, säuberlich auf einen weißen DIN-A4-Bogen geklebt, da steht die Petition noch einmal abgedruckt, und unter den mir bekannten Namen finde ich tatsächlich 2 neue. In Worten: zwei.

»Bitte«, sagt Lamberz, »da stehen, entgegen eurem Versprechen vom 20. November, noch neue Namen.«

Er backt wieder kleine Brötchen, dazu kann man sich nicht äußern. Die Krause bringt auf einem Aluminiumtablett mit Plastik-Spitzendeckchen eine Flasche »Auslese«, Lamberz schenkt reichlich ein. Er hebt sein Glas, beugt sich über den Tisch, will mit mir anstoßen. Ich stoße widerwillig mit der Staatsmacht an, die ihren langen Arm über den Tisch streckt, und denke, daß die Sache mit der FRANKFURTER ALLGEMEINEN ZEITUNG und sein Versuch, Unkenntnis über meinen Antrag vorzutäuschen, eine ziemlich erbärmliche Vorstellung ist.

Ich sage ihm, daß die härtesten und gefährlichsten Angriffe – Staatsfeind, Krimineller, Verräter an der Arbeiterklasse – besonders in Bezirksparteileitungen, in Parteiversammlungen, bei Armee, Polizei, Lehrern und bei der Stasi vorgetragen werden. Da sei der Schluß naheliegend, daß irgendwer weiter oben ein Interesse an der Zerstörung meines Leumunds habe, der doch bis vor einem halben Jahr so untadelig gewesen sei.

Keinesfalls in der Parteiführung, sagt Lamberz, da könne ich gewiß sein. Ich bin alles andere als gewiß. Er habe nichts davon gehört, daß dieser Mann in Erfurt bei der Stasi arbeite. »Der hat seine Ohrfeigen verdient. Aber glaubst du nicht auch, daß es sehr kluge Leute bei der Sicherheit gibt? Ich sage meinen Jungs immer wieder: Lest, bildet euch, tut was für euren Verstand.« Mit ihm sei man damals, am 20. November, auch nicht gerade fair umgegangen, man habe ihm sechs Gesprächspartner versprochen, in Wahrheit seien es mehr als doppelt so viele gewesen, darunter auch dieser unverschämte Heym.

»Das hatte ich nicht organisiert«, sage ich, »ich hatte nur meine Wohnung zur Verfügung gestellt, weil dort genug Platz war. Wir sollten uns nicht in solche kleinlichen Dinge verlieren. Ich bin fertig mit alledem, ich bin ein anderer als vor einem halben Jahr. Ich will weg.«

Lamberz: »Was willst du denn da? Willst du den Kameras der Springer-Leute ein Ziel bieten? Dich in diese haarsträubenden Fernsehinterviews einlassen? Glaubst du auch nur im Traum daran, daß du dich diesem Propagandarummel entziehen kannst?«

Jetzt sind wir an der Sache. Ich sage: »Das kann ich nicht, das ist eine Besorgnis, die ich voll und ganz verstehe. Ich will nach besten Kräften helfen, jeden Wirbel zu vermeiden.« Ich sehe ihm an: Das glaubt er nicht, und das genügt ihm nicht. Plötzlich sage ich: »Von mir aus kann es ein anderes Land sein. Ich will weniger irgendwo HIN als irgendwo WEG. Laß mich nach Alaska oder sonstwohin gehen, ich werde so lange untertauchen, bis Ruhe eingekehrt ist.«

Lamberz nimmt mich beim Wort: »Was willst du in Alaska?

Etwa so ähnlich leben wie Solschenizyn, der in Amerika in diesem Haus hockt und sich verstecken und bewachen lassen muß? Du gehörst in die sozialistische Welt. Dein Vater hat das Stahlwerk Brandenburg mit aufgebaut, was sagt denn der dazu?«

Er hat recherchiert, hat sich meine Familienverhältnisse und meine Herkunft kommen lassen. Was weiß der von meinem Vater. Mein Vater war in der Tat ein »Aktivist der ersten Stunde«. Wenn irgendwo ein Stahlwerk oder eine Gießerei am Boden lag, durfte er seinen Koffer packen und hinfahren. Er war gut genug, jede Karre aus dem Dreck zu ziehen. Er war verantwortungsbewußt genug, selbst am 17. Juni im Stahlwerk Brandenburg dafür zu sorgen, daß eine Notschicht gefahren wurde, damit die Öfen nicht einfroren. Er war nicht in der Partei, aber er war ein großartiger Chef, ihn haben sie sogar als Paradepferd nach Indien geschickt, um dort ein Werk aus den roten Zahlen zu bugsieren. Aber wehe, es ging mal nicht so glatt, wie sie es sich vorgestellt hatten, da fiel ihnen nur noch Sabotage ein. Und kaum war die Mauer gebaut, da kappten sie auch gleich die Hälfte von seinem Gehalt. So war das mit meinem Vater. Der hat zwölf Stunden am Tag gearbeitet, auch am Heiligen Abend, auch an Silvester, und der mußte nachts aus dem Bett, wenn im Werk was los war.

Ich gehöre in die sozialistische Welt? Denkt Lamberz an ein anderes Land?

»Mein Vater«, sage ich, »hat immer im Leben zu mir gehalten. Auch wenn er meinen Schritt politisch nicht billigen würde, er würde mich verstehen. Der weiß, was geredet wird. Der weiß, in welcher Lage ich bin.«

Ich muß meinen Vater heraushalten und andere Leute, deren Namen Lamberz in das Gespräch wirft.

Er zuzelt stumm an seinem dunkelbraunen Weinbrand.

»Ich bitte dich um alles in der Welt«, sage ich, »laß mich

gehen. Wie soll ich es dir anders sagen? Ich kann doch nicht anfangen zu schreien. Ich kann meine Bitte nur immer wieder in freundlichem Ton vorbringen...«

Lamberz: »Das will ich meinen. Wenn im Politbüro eine Umfrage gemacht würde, wer dort für den besten Freund von Krug gehalten wird, ich hätte mit Sicherheit alle Stimmen.«

Ich: »Leider kann es in einer solchen Situation unmöglich eine Freundschaft geben.«

Lamberz: »Doch! Warum wird mir hier die Freundschaft gekündigt? In einer so wichtigen Frage hättest du zu mir kommen können und sagen: Entweder alles das, was mich bedrängt, hört sofort auf, oder ich beantrage die Ausreise.«

Ich: »Das wäre eine Erpressung gewesen. Und es wäre ein Gang zum Fürsten gewesen. Du hast das Verständnis für Leute verlernt, die einfach nur den Instanzenweg gehen wollen. Hast du nicht den Wunsch nach Veröffentlichung unserer Petition eine Erpressung genannt? Das war eine solche Entweder-Oder-Alternative, wie du sie nun plötzlich vorschlägst: Entweder ihr veröffentlicht im NEUEN DEUTSCHLAND, oder wir veröffentlichen im Westen. Das ist uns nicht gut bekommen.«

Lamberz: »Diese Petition ist eine Farce. Die Regierung hat sie bis heute nicht erhalten! Bis zum heutigen Tag liegt das Schriftstück gar nicht vor.«

Ich: »Es war auch nicht an euch geschickt worden, Adressat war das NEUE DEUTSCHLAND, und zwar mit der Bitte um Veröffentlichung. Es war der Versuch einer öffentlichen Mitteilung an die Regierung. Du solltest nun nicht länger auf den Text der Petition warten.«

Lamberz: »Tausende von Ausreiseanträgen werden zurückgezogen. Da redet kein Mensch drüber. Du wirst deinen auch zurückziehen.«

Ich: »Nein, das werde ich nicht tun. Ich habe Angst...«

Lamberz: »...Das ist doch Unsinn...«

Ich: »Ich habe Angst vor dem § 220 und vor dem Leben, das auf mich zukommen würde.«

Lamberz: »Du solltest Angst vor dem Leben haben, das da drüben auf dich zukäme. Nein, ich werde dich schützen, ich werde bis zum letzten um Manfred Krug kämpfen.«

Ich: »Heißt das, daß du mich mit Gewalt zu meinem Glück zwingen willst?«

Lamberz: »Ja. Manch einen muß man zu seinem Glück zwingen.«

Ich sitze vor diesem Mann, den dritten großen Auslese im Magen, und werde mir darüber klar, was Macht ist. Der hat mich in der Hand, das ist die schlichte Wahrheit. Ich muß mich beherrschen wie eine Geisel, die ihrem Gegenüber abwechselnd in die Augen und in den Pistolenlauf sieht. Vor der Biermann-Ausweisung hatte ich ihn dreimal gesehen, nie allein, immer bei mehr oder weniger zufälligen Anlässen. Einmal, vor ein paar Jahren, stieg er vor dem Dresdener NEWA-Hotel aus seinem »Tschaika«, ich stand dort herum, er sah mich, und es kam zu einer beinahe herzlichen Begrüßung mit Arm auf der Schulter und einigen freundlichen Klopfern. »Wie geht's? Gut? Na, prima.« Das waren die Worte, die damals gewechselt wurden, wenn man sich mal traf. Da gab es nicht viel am anderen zu erforschen, da war die Mündung nicht zu sehen. Mir ist, als könne er ahnen, was mir durch den Kopf geht, er lacht, daß ich die kleinen Goldplomben an seinen Zahnhälsen sehen kann: »Das ist doch alles Unsinn, Manfred. Du hast deinen Weg in diesem Land gemacht, genau wie ich. Ich habe mir meine Position auch erarbeitet, ich bin nicht mit dem Fallschirm...« Er benutzt diesen Satz wörtlich noch einmal, wie am 20. November in meiner Wohnung, »...bin nicht mit dem Fallschirm im Zentralkomitee abgesprungen. Das ist harte Arbeit gewesen. Es gibt 164 Länder auf der Erde, in 110 davon bin ich gewesen, jetzt gerade in Afrika...«

Ich: »...Da hätte ich dir gern mal die Koffer getragen...«

Lamberz: »...Bitte! Warum denn nicht? Ich sage zu vielen Leuten: Kommt mal mit, seht euch das an... Ich wollte sagen, daß mir das alles nicht in den Schoß gefallen ist. Und genau so ist es bei dir, Manfred. Du bist doch ein kluger Kopf, du hast erst die Hälfte deines Lebens hinter dir, denk doch mal nach.«

Ich: »Das habe ich jetzt ein halbes Jahr lang getan. Das Ergebnis dieses Nachdenkens liegt vor dir: mein Antrag.«

Lamberz: »Du bist erregt. Du bist in einer Situation, wo du für dich selbst nicht zuständig bist. Nimm deine Familie und fahr in Urlaub, ans Kaspische Meer oder nach Bulgarien.«

Ich: »Ich will nicht in Urlaub. Ich hatte jetzt genug Urlaub. Ich will gehen. Da ich von dem Entschluß nicht abzubringen bin, sollten wir lieber darüber reden, wie das möglichst lautlos geschehen kann. Die Leute wissen ohnehin, daß ich längst weg bin.«

Ich sehe, daß Lamberz rot wird. Es ist nicht die späte Sonne, er wird rot vor Wut. Er nimmt mir das Versprechen ab, über das Gespräch zu schweigen. Ich frage mich, wann die Situation umkippen wird, ab wann es mir an den Kragen gehen, an welchem Tag dieses Manuskript abbrechen wird, weil sie mir in Rummelsburg oder in Bautzen einen Urlaubsplatz besorgen werden.

Er trinkt, ich trinke. Der Mann hat eine bessere Kondition als ich, das Gespräch hat mehrmals denselben Lauf genommen, ich bin ziemlich fertig. Zwischendurch kommt immer mal was Neues hinzu. Ich erzähle ihm die Geschichte von dem Loch in der Scheuerleiste, beklage die Ungerechtigkeit gegen Klaus Lenz, beides scheint er zu überhören.

Ich schimpfe über Hoffmanns Verleumdung vor den Schriftstellern.

»Für so etwas«, sagt Lamberz, »kann man sich entschuldigen, egal, ob das nun in der Form geäußert worden ist oder nicht. Man kann sich entschuldigen.« Ich denke nicht daran, dieses hochherzige Angebot anzunehmen, ich übergehe es. Ich stelle mir den Haß vor, den ich mir zu allem Unglück einhandeln würde, wenn Hoffmann mich vor den Dichtern des Landes rehabilitieren müßte. Welche lächerlichen Gedanken. Es würde ohnehin niemals geschehen. Und was hätte ich von einem Kulturminister zu erwarten, der auf mein Drängen zu einer öffentlichen Zurücknahme gezwungen würde, und was von Lamberz, der meinetwegen diesen Zwang ausüben müßte? Es wäre einmalig, das ist wahr, aber es wäre das Schlimmste, was ich mir antun könnte, wenn ich es mir antun könnte.

Lamberz ist abwesend. Er sieht aus als kramte er in seinem Bauchladen. Wir kommen wieder an die Stelle, wo ich sage: »Laß mich gehen.«

Plötzlich sagt er: »Kuba. Wir könnten eine Weile irgendeine Arbeit in Kuba für dich ermöglichen.«

Mein Mißtrauen gegen diesen Mann und all die Leute, die um ihn herum sind, wird immer größer. Ich frage mich, ob ich anfange durchzudrehen. Keine Nacht kann ich vor drei einschlafen, und vor sieben wache ich morgens auf. Mit meinem Herzschlag erlebe ich in letzter Zeit Unregelmäßigkeiten. Das jagt mir Angst ein, mir bricht Schweiß aus. Ottilie weiß nichts davon, ich will es selbst nicht wissen. Es hilft mir, ans Fenster zu gehen und tief zu atmen. Jeden Morgen nach dem Aufwachen nehme ich mir vor, mit dem Rauchen aufzuhören. Der Mann hat Kuba gesagt. Was soll ich in Kuba machen?

»Was soll ich in Kuba machen?« sage ich.

Er sagt: »Oder Mozambique.«

O Gott, ich weiß den Teufel, was in Mozambique los ist.

Er sagt: »Du gehörst in das sozialistische Lager, und nicht zu denen da drüben. Das war jetzt ins unreine gesprochen, das mit Kuba. Ich kann sowieso nicht entscheiden, was mit deinem Antrag wird. Das machen andere Leute. Aber wenn ich gefragt werde, wenn man mich fragt, werde ich sagen: Um Manfred Krug wird gekämpft bis zum letzten.«

Diese Worte, die sich anhören, als ginge es um Stalingrad, scheinen mir die trostlosesten Worte zu sein, die ich bis dahin gehört habe. Es ist Zeit für mich, ein Angebot zu machen. Auf meiner Schreibmaschine bin ich bei der Seite 78 angekommen, ich hätte nie gedacht, daß ich mir in knapp drei Wochen so viel von der Seele schreiben könnte.

Ich sage: »Ich bin in diesen Tagen dabei, mir auf einigen Blättern Papier Rechenschaft zu geben, die Chronik dessen aufzuschreiben, was ich seit dem 19. April erlebt und gedacht habe. Ich verspreche dir, wenn du mich gehen läßt, lasse ich dir dieses Tagebuch zukommen, damit du verstehen kannst, was die Leute bewegt, damit du eine Chance hast, andere vorsichtiger und klüger zu behandeln. Ich verspreche dir, so fair zu sein, wie ich selbst behandelt werde. Ich möchte nicht in die Situation kommen, mich wehren zu müssen. Für mich ist ein solches Gespräch der reine Sadismus, weil es mir schwerfällt, in freundschaftlichem Ton auf einer Forderung zu beharren, die du als Feindseligkeit ansiehst. Und es tut mir weh, dich so freundlich sagen zu hören, was doch eigentlich knallhart ist: daß du um mich kämpfen willst. Das ist die Sprache des Politikers. Um mich kämpfen, das kann vieles bedeuten.«

Nach einer Weile des Schweigens sagt er: »Ein solches Gespräch habe ich noch nicht geführt.«

Falls das wahr ist, wäre ich im Vorteil, ich führe jetzt das zweite derartige Gespräch.

Er sagt: »Eines Tages werden deine Kinder in die DKP eintreten und dich fragen, warum du den Sozialismus im Stich gelassen hast.«

Ich: »Diese Frage werde ich ihnen beantworten müssen. Wenn sie in die DKP eintreten, kann es der Partei nicht schaden, daß ein paar achtbare junge Leute dazukommen.«

Er rafft sich noch zu einem Kurzreferat auf, in dem er die Schwäche der westdeutschen Kommunisten den bürgerlichen Zeitungen anlastet, die über eine hundertjährige Propagandaroutine verfügten, da hätten wir noch was aufzuholen. Dann schlägt er eine Nachdenkzeit von vier Wochen vor, die ich auf eine Woche herunterhandeln kann. »Ich habe ein Hauptreferat zu schreiben, aber für dich setze ich eine Nacht dran. Gut, eine Woche. Ich melde mich. Wann bekomme ich das Tagebuch?«

»Wenn alles vorbei ist«, sage ich.

»Darauf soll ich mich verlassen?« sagt er.

»Ja«, sage ich.

Sein Telefon darf wieder klingeln, und es klingelt. Ich stehe nach vier Stunden auf. Die Hosen kleben mir am Hinterteil. 20 Zigarettenstummel liegen im Aschbecher, Lamberz ist Nichtraucher. Wir verabschieden uns.

Im Vorzimmer haben sich Leute angesammelt. Der Riese, der mich gebracht hat, begleitet mich hinunter. Alle Paternosterabteile sind mit ordentlich gekleideten Genossen besetzt. Der Fahrstuhl nebenan wird für mich aufgeschlossen.

Auf dem ZK-Parkplatz halten einige Genossen mit Wagenaufschließen inne und verfolgen mich mit teils belustigten, teils ungläubigen Blicken. Ich steige in meinen Diesel und weiß ungefähr, was sie einander zuflüstern.

Ich fahre nach Hause, leicht betrunken vom Cognac, benommen von all den Worten. Was mir im Kopf herumgeht, sind düstere Gedanken.

10. Mai 1977, Dienstag

Für eine Woche klemmen wir wieder die Pappe in die Telefonklingel. Ottilie singt, wenn sie in der Küche hantiert, das sind die besten Geräusche, die ich seit langem gehört habe. Ich sage es ihr. Und jetzt singt sie fast nur noch.

Frau Engel stellt die Plastiksessel, die aussehen wie gewendete Schildkröten, auf die Terrasse, als wäre Frühling wie immer. Die Fliederbüsche waren noch nie so voller Blüten wie dies Jahr. Daniel ist bis Samstag in ein Kinderferienlager bei Oranienburg gefahren. Ottilie und ich spielen eine Runde Tavli, ein Brettspiel, das uns Jurek beigebracht hat.

Jurek ist oft bei uns, auch heute nachmittag. Am Abend kommt Müller-Stahl mit seiner Frau Gabi und erzählt, er habe ein Gespräch mit dem neuen Leiter der Abteilung Dramatik beim Fernsehen gehabt. Der neue Mann heißt Bentzien und war früher Kulturminister. Es sei ein angenehmes Gespräch gewesen, sagt Müller-Stahl, Bentzien sei ein patenter Kerl. Ich frage nicht, worum es ging, kann mir vorstellen, was das für ein Gespräch war. Da bin ich drüber weg, auf der Ebene würde ich jetzt nicht mehr katzbuckeln. Müller-Stahl erzählt mir, er würde auch mit einem Tagebuch anfangen.

Überhaupt habe ich selten einen Menschen getroffen, der mir so viel nachmacht wie er. Er will offenbar wissen, wie meine Geschichte ausgeht. Beim Lesen meiner Blätter ist er immer auf dem letzten Stand. Jurek und ich versuchen, uns aus Müller-Stahls unscharfer Beschreibung seines Zustands ein Bild zu machen. Wir haben den Eindruck, daß er angeschlagen und verwirrt ist, daß er mit sich und der Situation nicht fertig wird, daß er schwankt. Er ist mißtrauisch, äußert die Vermutung, Jurek und ich könnten Pläne und Gedanken haben, in die wir ihn nicht einweihen. Ich ahne, womit ich ihm helfen könnte: mit dem Rat, hier zu bleiben. Aber ich wage nicht, es auszusprechen. Wir sitzen eine Weile still am Tisch. Jurek bietet bei der Gelegenheit aus seiner Sammlung selbst erlebter Anekdoten die folgende über Bentzien:

Als Jurek noch im Vorstand des Schriftstellerverbandes war und Bentzien schon Hörspiel-Chef beim Radio, beklagte sich eines Tages ein junger Schriftsteller beim Vorstand darüber, daß man Änderungen an seinem Hörspiel verlangte, die nicht zu akzeptieren wären. Einige Vorstandsmitglieder lasen das Stück, von dem Jurek beeindruckt war. Er und seine Vorständler verabredeten sich daraufhin mit Bentzien in der Nalepastraße. Irgendwann in dem Streit sagte der, in dem Hörspiel gäbe es eine Szene, die man sowieso nicht senden könne: Ein Student versucht, westliche Literatur aus dem Ausland einzuführen, der DDR-Zoll beschlagnahmt die Bücher, es wird Kritik am Vorgehen der Zöllner geübt.

Jurek fragt, warum diese Szene nicht gesendet werden kann. Bentzien antwortet, die Maßnahmen des Zolls stünden im Einklang mit den Gesetzen der DDR, der Rundfunk sei ein staatliches Unternehmen und nicht dazu da, geltendes Recht zu torpedieren. Jurek fragt, was der unglückliche Schriftsteller tun soll, dessen Hauptfigur mit einem Gesetz nicht zufrieden ist. Bentzien sagt, das sei nicht sein Problem. Jurek fragt, ob man das nicht trotzdem in einem Drama schreiben könne. Bentzien sagt: Nein, in einem Drama muß man das nicht schreiben. Darauf Jurek: Wo denn sonst? Darauf Bentzien: Der kann, wenn es ihn so bewegt, eine Eingabe schreiben.

Der Mann mag nicht der richtige Minister gewesen sein, das Prinzip der sozialistischen Kulturpolitik hatte er jedenfalls verstanden.

11. Mai 1977, Mittwoch

Ich war lange nicht im Garten, weil ich ihn nicht mehr sehen mag. Ich habe keine Lust, mir zwanghaft künftige Erinnerungen einzuprägen. Aber Ottilie holt ihn in die Wohnung. Wo ich hinsehe, stehen Fliedervasen. Die Zeit, da der Garten geschont wurde, ist vorbei. Die Frau ist durch den ganzen Scheiß durch. Ich kann gar nicht sagen, wie glücklich ich darüber bin. Jahrelanges Jammern habe ich erwartet, Vorwürfe, daß wir leichtfertig ein sicheres Leben weggeworfen hätten. Nein, sie trällert und schneidet Flieder.

Es sind Schulferien. Ottilie ist mit den beiden Töchtern zu ihrer Schwester gefahren. Wenn ich mit Frau Engel allein bin, nimmt sie sich meiner besonders liebevoll an, bringt Schnittchen und Tee, fragt immer wieder, ob es mir an etwas mangelt.

Im DDR-Fernsehen läuft ein amerikanischer Wikingerschinken mit Richard Widmark. So was, Manfred, kannst du überall auf der Welt zusammenschustern. Vielleicht kauft es der Adameck dann für harte Devisen, von denen wir so wenig haben, und präsentiert seinen Zuschauern den sozialistischen Exhelden Krug als inzestuösen Wikingerprinz. Ach, wär' das schön. Das wäre die umgekehrte Karriere zu Dean Reed, unserem weißen Friedensneger aus Amerika.

Herr Kasparek, der Fensterputzer, kommt, ein herzensguter Mensch, mit dem die kleine Fanny manchmal Schabernack treibt. Kaum ein Berliner Prominenter, der nicht seinem Lederlappen den ungetrübten Ausblick in die Wirklichkeit verdankte, die Prominenten auf der Petition ebenso wie die im NEUEN DEUTSCHLAND. Als ich ihn auf die Leiter klettern und an den Schabracken nesteln sehe, kommt mir der häßliche Gedanke, daß er ein idealer Wanzenkuckuck wäre.

Mein Vater kommt Tagebuch lesen, er findet sich und seine Leistung in der Nachkriegszeit treffend beschrieben. Überhaupt habe ich von meinen bisherigen Lesern noch keine Reklamation gehört.

Nachmittags ist Müller-Stahl wieder da, der ebenfalls Lesestunde hält. Je mehr er liest, desto schweigsamer wird er. Ich habe das Gefühl, daß er mir seine Gedanken nicht mehr verraten will aus Furcht, ich könnte sie aufschreiben. Er spricht von einer Krise in seiner Ehe. »Meine Frau lebt in einer anderen Sphäre«, sagt er, »sie macht sich einen Plan, wenn sie ein Taschentuch bügeln will. Wenn sie am Freitag den Wagen fahren will, prüft sie am Montag den Reifendruck.«

Nach Lektüre des Lamberz-Gesprächs weiß Müller-Stahl, was auf ihn zukommen würde. Jetzt geht es nicht mehr um den eigenen schweren Entschluß, sich loszureißen. Jetzt besteht die Gefahr, daß wir mit Gewalt festgehalten und entweder umerzogen oder zermürbt werden sollen. Der Berliner Bezirkssekretär der SED, der Suffkopp Konrad Naumann, hat gesagt, die Leute auf der Liste teilten sich in Irregeleitete und Feinde. Nun stellt sich für Müller-Stahl die Frage, wie lange die Partei geduldig und weise genug sein wird, ihn zu den Irregeleiteten zu rechnen. Bei mir ist die Sache klar, mich haben sie von Anfang an unter die Feinde gerechnet.

12. Mai 1977, Donnerstag

Unsere Autos sind nicht mehr versichert. Wir hätten bis zum 30. April die Marken auf der Post kaufen und einkleben müssen. Aber für den 5. Mai erwarteten wir die Ausreise, und das Geld wird knapp. 3000 Mark liegen noch für die Spedition bereit.

Ottilie hat einen Auftrag für die Zeitschrift DEINE GESUNDHEIT angenommen. Sie darf über die Rekultivierung erschöpfter Braunkohlereviere im Bezirk Cottbus schreiben, wo man die Tagebaue in Seen verwandeln und Wälder pflanzen will. Es macht mich unruhig, daß Ottilie mit dem nichtversicherten »Trabant« nach Senftenberg fährt. Was waren wir früher für ordentliche Leute.

13. Mai 1977, Freitag
Heute liegen drei Telegramme mit Arbeitsangeboten auf dem Tisch. Eins von der Konzert- und Gastspieldirektion Leipzig:
»anbieten konzert 30. mai oder 27. juni kongresshalle leipzig«;
eins von der Konzert- und Gastspieldirektion Karl-Marx-Stadt:
»anbiete 3 konzerte mit guenther fischer quintett vom 27. 5. bis 29. 5. 1977 ...«;
und eins vom VEB Deutsche Schallplatten:
»... bitte um gespraech ueber weitere aufnahmeprojekte mit ihnen ... grusz schaefer direktor fuer kuenstlerische produktion.«

Derselbe Schäfer hatte mir im Februar geschrieben, daß »Die großen Erfolge« nicht herauskommen können und daß mein Vertrag, der mir eine Umsatzbeteiligung an meinen Platten zusicherte, nicht länger statthaft sei, und daß ich solche Klauseln künftig beim Kulturminister beantragen und genehmigen lassen muß. Ich wäre genötigt gewesen, einen jahrelang gültigen Vertrag von meinem Verleumder bewilligen zu lassen. Damals habe ich auf Schäfers Brief nicht geantwortet, aber diesmal auf sein Telegramm:
»Lieber Herr Schäfer, Ihr plötzliches Angebot kommt zu spät. Nach sechsmonatiger Arbeitslosigkeit und vielen deprimierenden Erfahrungen, zu denen auch Ihr Brief vom 15. 2. gehört, habe ich einen Ausreiseantrag gestellt.«

Ein Wink aus dem Politbüro hat genügt, und alle diese Kreaturen sind nicht mehr ihrer Meinung. Wenn es damals keinen »Initiativplan« **gegen** Krug gegeben hat, dann ist heute auch **für** ihn keiner nötig. Wirklich, wer seinen Stolz finden und ihn vielleicht sogar trainieren will, der sollte eine Weile in der DDR leben. Auch die Konzerte habe ich abgesagt.

Wie stellen die sich das vor? Woher nehme ich die Unverfrorenheit, wie früher mit dem Publikum zu plaudern? Da steht einer auf der Bühne, der wohl weiß, warum er dort stehen darf. Weil er weich geworden ist. Die Stasilackel sitzen unten, spitzen bei jedem Wort die Ohren und schreiben mit. Wo ich gerade auf meine Ansagen immer so stolz war. Wo doch die Hälfte der Leute wegen meiner Sprüche kam. Wie lange sollte das gutgehen?

Mittags besuche ich Schlesinger in der Leipziger Straße. Auch der Schriftsteller Dieter Schubert ist da. Beide waren damals am 18. November in meinem Haus dabei, als die Mutter des Oktoberklubs, Gisela Steineckert, auf meinen Anruf hin dazukam. Hand in Hand mit ihrem Mann, einem Rundfunkchef. Uns steht die Szene wieder vor Augen, wie die Steineckert irgendwie gluckenmäßig ihr Hinterteil plazierte, als wollte sie ihre Eier nicht zerdrücken. Wie sie uns versicherte, sie stehe voll auf unserer Seite, deshalb habe sie eben heute vor dem Bezirksverband das Ansinnen, eine Gegenresolution zu formulieren, strikt abgewiesen. Wir sollten nur verstehen, daß sie jetzt noch nicht unterzeichnen könne, sie habe morgen eine Besprechung in der Kulturkommission, und da müsse sie unvorbelastet hingehen, um unsere Sache desto wirkungsvoller vertreten zu können. Wie schrecklich doch alles sei, jetzt entscheide sich unser aller berufliches Fortkommen für die nächsten zehn Jahre. Sie sei dem Buchgestalter Lothar Reher nachträglich so dankbar dafür, daß er ihr geraten habe, einige polemische Verse gegen Biermann aus ihrem demnächst erscheinenden Gedichtband herauszunehmen. Gott sei Dank sei sie ihm darin gefolgt. Alle würden nach Erscheinen des Bandes gesagt haben, da hätte die alte Wetterfahne wieder den richtigen Wind erwischt. Wie sie uns mit der Frage verblüfft hat, ob uns die Situation nicht auch an '33 erinnere. Und wie sie uns beim Abschied autorisiert hat, aller Welt zu sagen, ihre Empörung über die lange Liste von ausgebürgerten Dichtern aus Nazi-Deutschland halte noch immer an, deshalb sei auch sie gegen die Biermann-Ausbürgerung, sie müsse eine Nacht drüber schlafen und riefe morgen an.

Sie hat nicht angerufen. Sie hat falsche Tränen vergossen und geheuchelt, und wenn es darum ging, Kollegen aus dem Verband und Genossen aus der Partei auszuschließen, hat sie immer gewußt, wann sie die Hand zu heben hatte.

Schlesinger hat es richtig gemacht, er hat eine Mappe, voll von Zeitungsausschnitten. In seiner Sammlung finde ich Raritäten, Aussprüche eines Genossen Ziegengeist, Chef der Abteilung Literaturgeschichte bei der Akademie:

»Warum wurde die Petition der Schriftsteller nicht veröffentlicht? Die Partei wollte keinen oppositionellen Block zusammenschweißen, sondern ihn spalten und dividieren. Wir hätten ja alle abstempeln müssen als Teilnehmer einer konterrevolutionären Aktion. Wie sollten wir diese Schauspieler und Autoren danach noch auftreten lassen können?«

Die Partei hätte den Block nicht inniger zusammenschweißen können als durch die Nichtveröffentlichung. Gerade weil die Künstler, die sonst gern vereinzelt vorkommen, unüblich eng aneinandergerückt waren, mußte die Spaltung so gründlich vorgenommen werden, und gerade deshalb war sie so wenig erfolgreich. Die taktische Überlegung wird wohl eine andere gewesen sein: die Teilnahme an einer konterrevolutionären Aktion konnte nur durch die Nichtveröffentlichung unterstellt werden. Was für Kinkerlitzchen in zwei antagonistischen Welten, die durch die Medien beliebig ineinander eindringen.

Es hat in der DDR keine Veröffentlichung gegeben, Genosse Ziegengeist, und dennoch hat man den Schauspieler Krug seit sechs Monaten nicht wieder auftreten lassen.

Überhaupt stört mich, daß der Mann »wir« sagt. Es macht mich schon lange nervös, daß Ziegengeist und Konsorten immer mal wieder darüber befinden, wen man noch auftreten lassen kann und wen nicht.

Ziegengeist: »Die Briefaktion hat die unsicheren Kantonisten sichtbar gemacht.« Das heißt, die dem Lamberz ihre Zerknirschung nicht gezeigt, ihm keinen Widerruf geschickt haben, das sind die unsicheren Kantonisten. Von denen ist die Literaturgeschichte voll. Das macht den Posten von Ziegengeist so unverzichtbar. Und noch ein Satz des Denkers: »Eines ist uns klar: Mit Parteistrafen ist die Sache nicht aus der Welt geschafft. Ein langer Atem über Jahre hinweg ist nötig.« Damit wird der lange Atem der Erziehung gemeint sein. Aber wie lang denn noch? Die Partei hat uns ein ganzes Leben lang erzogen und muß nun sehen, daß wir mißraten sind. Immer mehr Mißratene kommen zum Vorschein.

Deshalb gibt sie sich immer leichter mit Lippenbekenntnissen und Sprüchen zufrieden. Auf eine flotte Herzensergießung im NEUEN DEUTSCHLAND kannst du eine ganze Karriere gründen. Was tun die Leute in der sogenannten mittleren Ebene anderes als schönreden? Was **kann** der Genosse Schäfer von der Schallplatte? Nichts. Er trägt nicht mal die Verantwortung dafür, daß er seinen Plan nicht erfüllt, so wenig Papier bekommt er, um Plattencover zu machen. Was **kann** der Falk bei der Künstleragentur? Was **kann** der Cerny beim Komitee für Unterhaltungskunst? Alle diese Läden funktionierten genau so schlecht oder gut, wenn sie von anderen Drückebergern geleitet würden. Alle diese Genossen verplempern ihre Kräfte, um Unentbehrlichkeit vorzutäuschen. Im Kapitalismus wären sie nicht einzusetzen. Und denen soll ich wieder in den Arsch kriechen?

Und noch was Gemeineres könnte mit dem langen Atem gemeint sein, daß man nämlich die unsicheren Kantonisten langatmig, kaum spürbar, aus dem Verkehr zieht. Denn Ziegengeist hat auch geschrieben: »Wir haben seit 1971 die Gruppe von Wolf bis Kirsch und Kunert und sonstwohin als die Spitze der DDR-Literatur hingestellt. Das war falsch.« Diese »falsche« Einschätzung wird die Degradierten nicht am Schreiben hindern. Im Gegenteil, soll die Partei den Dichtern nur Dampf machen, das bringt Druck, bringt Energie, bringt Arbeit. Bald werden wir die Ergebnisse dieser Arbeit finden: Bücher, die in der DDR nicht gedruckt werden. Die Verleger im Westen spucken schon in die Hände.

Den darstellenden Künstlern, die auf genossenschaftliche Arbeit angewiesen sind, können sie die Garotte ein bißchen schneller zudrehen. Wer redet von den kleineren Leute, die aus den Theatern flogen? Wer redet über Eva-Maria Hagen und Ingolf Gorges, die fristlos beim Fernsehen entlassen wurden? Wer redet über die unbekannte Petra Grote, Regieassistentin beim Fernsehen, die aus Widerwillen gegen die ND-Kampagne noch am 21. November die Liste unterschrieben hat und darauf fristlos entlassen wurde, deren Klage bei der Konfliktkommission abgewiesen wurde, deren Klage beim Arbeitsgericht abgewiesen wurde, deren Ausreiseantrag abgewiesen wurde und die jetzt dasteht? Das fühlt sich ein bißchen kurzatmig an, aber eigentlich ist es der Anfang des langen Atems, den der Genosse wirklich meint.

In Schlesingers Sammlung finde ich auch ein ND-Blatt vom 26.11.76 mit Worten des Denkers Hager: »...Die imperialistische Propaganda verspricht sich einen Erfolg, weil die Revisionisten und ultralinken Schreihälse den realen Sozialismus unter dem Deckmantel einer angeblichen Verbundenheit mit dem Sozialismus angreifen. Andererseits scheuen sich diese angeblichen Kommunisten und Anhänger des Sozialismus nicht, die Massenmedien der Bourgeoisie zu benutzen.«

Muß es Hager und den Seinen nicht hochwillkommen gewesen sein, daß die Petition über die bourgeoisen Medien verbreitet worden ist? Was wäre sonst an Vorwurf übriggeblieben? Welche Handhabe hätten sie sonst gehabt, so viele lautere Sozialisten als Verräter auszugeben? Womit hätten sie sonst ihren Schock überspielen sollen? Und weiß Gott, ich habe nicht geahnt, wie leicht unsere machthabenden, kampferprobten Arbeitersöhne zu schockieren sind.

Wir trinken eine Tasse Kaffee da oben in Schlesingers zehntem Stockwerk. Er brüht ihn selbst, seine Frau, die Sängerin Bettina Wegner, ist zu Konzerten unterwegs. Bettina, erzählt er, habe sich neulich in der Rößle-Klinik untersuchen lassen, und da habe ihr der Doktor zwischen A-sagen und Mammographie erzählt: »Na, der Krug ist ja nun auch im Westen und versucht sein Bestes, die vier Millionen rüberzukriegen, die er zurückgelassen hat, aber die werden sie ihm nicht hinterherschmeißen.« Woher er das habe, hat Bettina gefragt. Das hätte er in der Klinik auf der Parteiversammlung erfahren.

Wir gehen auf Schlesingers Balkon, von wo aus wir die frisch getünchte Mauer und den Zaun und den geharkten Boden dazwischen sehen können. Dahinter steht das Axel-Springer-Hochhaus, rechts in der Ferne das Europa-Center und hinten raus das ZK-Gebäude mit den zehn gardinenlosen Fenstern, durch die der Schlesinger seinerzeit in den Sitzungsraum spähen konnte. Dort sah er manches Mal die Abstimmungshände von Kant, Apitz, Panitz, Strittmatter und all den anderen hochfliegen. Demnächst, sagt Schlesinger beim Abschied, wolle er mit Bettina nach Paris fahren, er habe dort wegen seines Kleist-Romans in Archiven zu stöbern. Es sehe ganz so aus, als wenn die Sache klappen würde.

Schade, ich hab nichts zu stöbern in Paris. Da ist das Leben so süß.

14. Mai 1977, Samstag

Die besten Auskünfte über das Wesen des Kapitalismus, die genauesten Schilderungen seiner Erbarmungslosigkeit werden im Westfernsehen geliefert. Die Selbstdarstellungen des Westens erschüttern uns mehr als unsere Drachengeschichten. Heute lief drüben im Dritten Programm ein Film über den CIA-Agenten und Trivialschriftsteller Hunt, der neben anderen Verbrechen den Putsch in Guatemala, die Invasion in der Schweinebucht und den Watergate-Einbruch auf dem Kerbholz hat, dem brutalster Antikommunismus Tagesgeschäft war, der ein kalter Killer war für die große Idee der Freiheit.

Da wird einem angst und bange, und als alter Träumer von einer besseren Welt beginnt man sich einsam zu fühlen. Muß man Opportunist sein, wenn man nicht überall zwischen den Stühlen sitzen will? Adamecks Wikingerdevisen wären für diesen Film besser angelegt gewesen, aber warum soll er das Zeug teuer kaufen, wenn der Westen es umsonst sendet?

15. Mai 1977, Sonntag

Minchen Müller-Stahl, sein Bruder Hagen aus dem Westen, Jurek und ich sitzen und trinken Tee. Minchen steht gewohnheitsmäßig auf, geht in den Wintergarten, wo die Schreibmaschine steht. Sie ist leer. Auf seinen fragenden Blick sage ich: »Nix mehr. Ich hab aufgehört zu schreiben.« In Wahrheit möchte ich ihm meine letzten Bemerkungen über das Hinschwinden unserer Freundschaft ersparen.

Der Zorn, der unsere früheren Gespräche gewürzt und gestrafft hatte, scheint einer gewissen Fahrigkeit zu weichen. Müller-Stahl kriegt keinen Satz zu Ende, wirkt irgendwie somnambul, wie einer, der ins Zimmer kommt und vergessen hat, was er holen wollte. Durch beharrliches Nachfragen kommen zeitweise Konturen in seine Rede. Es zeichnet sich der Vorwurf ab, ich könne nur denen ein Freund sein, die aus gleichen Erfahrungen auch gleiche Konsequenzen zu ziehen bereit sind. Jurek pirscht sich an den Vorschlag heran, Müller-Stahl aus unserem Trio der Beleidigten zu entlassen. Bruder Hagen bestärkt nach Kräften. Man könne einem solchen Entschluß nicht bloß deshalb die Tat folgen lassen, weil man sie angekündigt habe oder weil man sich irgendwem verpflichtet fühle. Drüben seien die Bandagen hart und die Zukunft ungewiß. Ich sehe Jurek einsichtig nicken und nicke mit. Am Ende frage ich Hagen Müller-Stahl, ob und unter welchen Umständen er in die DDR kommen würde. Das sei, sagt er, eine ganz andere Frage.

Wohl wahr.

16. Mai 1977, Montag

Um zwölf Uhr hebe ich die Telefonblockade auf. Jurek ruft an, Frank Beyer habe es fertiggebracht, daß Mittwoch doch noch eine interne Vorführung des Films »Das Versteck« stattfindet, in kleinem Kreis, ob ich nicht mitkommen wolle. Ich sage zu.

Günter Grass ruft an, er will uns morgen besuchen.

Die Konzertdirektion Dresden ruft an, sie hätten zwei Konzerte für mich. Ich frage: »Wie kommt das denn auf einmal?« Der Mann sagt: »Wir haben gehört, daß Sie jetzt wieder konzertieren.«

Klaus Lenz ruft an, er sei zum Genossen Ragwitz ins Kulturministerium eingeladen worden, ob er da überhaupt hingehen solle. Was denn sonst, sage ich.

Die Woche ist rum. Ich warte auf den Anruf von Lamberz.

Alle Koffer, die bis heute im großen Zimmer gestanden und es verschandelt haben, schleppe ich in den Keller, um den morgigen Besuch nicht zu erschrecken.

17. Mai 1977, Dienstag

Günter Grass und Hans Joachim Schädlich kommen am Nachmittag. Sie sehen sich Haus und Garten an, deren Beschreibung an jenem Leseabend sie neugierig gemacht hatte. Schädlich hat eine warme Stimme, leise gedehnte Töne, nichts Sicheres. Er fragt sich, wie es mit ihm weitergehen soll. Grass scheint entschlossen, ihn zu beschützen. Er ist hellwach, hat brauchbare Ratschläge.

Schädlich stand auf der Liste, für ihn hat es jedoch keine Gespräche mit »hochgestellten Persönlichkeiten« gegeben. Er gehört zu den ärmeren Leuten, so daß einige der bessergestellten Abweichler eine Kollekte veranstalteten, um ihn und seine Familie vor dem Schlimmsten zu bewahren. Schädlich lehnte ab. Solange er seinen »Shiguli« noch fahre, nage er nicht am Hungertuch. Grass ist von Schädlichs Talent beeindruckt, er hilft ihm, fördert ihn, hat drüben eine Ausgabe seiner Erzählungen besorgt und den Schutzumschlag gezeichnet.

Wir essen Engels besten Kuchen. Ich bin nicht sehr unterhaltsam vor den beiden sensiblen Männern. Mein Gefühl, ihnen kein ebenbürtiger Gesprächspartner zu sein, überspiele ich in der Rolle des beflissenen Gastgebers und durch Fragen, die auf leichte Themen lenken sollen. Grass erzählt von seinem alten Dorfschulzenhaus an der Stör, das er seit Jahren sorgfältig restauriert. Den beiden Ostlern gelingt es nicht, den überlegenen Plauderton des Westlers mitzuhalten, sie sind abgelenkt, spielen zuhören. Hinter ihren aufmerksamen Gesichtern verbergen sich abschweifende, neblige Gedanken. Was werden sie mit uns machen? Konrad Naumann soll gesagt haben: »Im Sommer räumen wir auf.« Das wird eine schöne Ordnung werden, wenn die Schlampe aufräumt. Die schnellen dunklen Augen von Grass scheinen mir so etwas zuzuzwinkern wie: Halt die Ohren steif. Er ist einer von wenigen Westmännern, zu denen ich vom ersten Augenblick an Zutrauen habe. Als er das Gartentor aufklinkt und auf die Straße geht in seiner schäbigen Hose aus Waschcord und mit der Perlontüte in der Hand, sieht er aus wie einer, der eine Fuhre Kies abgeladen hat und dem sie für die Rücktour ein Frühstück in die Tüte gesteckt haben. Sie drehen sich noch einmal um, winken. Schädlichs Brille macht ihm kleine Ringelaugen.

18. Mai 1977, Mittwoch

Mittags um zwei sitzen wir in der Vorführung der Hauptverwaltung Film, die dem Kulturministerium angeschlossen ist. Es ist ein kleiner, muffiger, mit Nachkriegssesseln vollgerümpelter Raum, in dem die »hochgestellten Persönlichkeiten« schon manchen Film haben sterben lassen. Eine eigenartige Mischung Publikum findet sich ein. Ich kenne Wolfgang Kohlhase, Stefan und Inge Heym, Jutta Voigt, den Autor, den Regisseur und Jutta Hoffmann. Der Film ist nicht schlecht. Die Hoffmann ist reich an Nuancen in ihrem Spiel, ich halte ihr tapfer stand. Sie hat mal etwas anderes zu tun, als ihren Partner an die Wand zu spielen, und das bekommt ihr selbst am besten. Es war Juttas Verdienst, nötigenfalls mit Gewalt, Tiefgang in die Geschichte zu bringen, die von Jurek, ob absichtlich oder weil ihm die letzten Ehegeheimnisse nie ganz aufgegangen sind, eher als intelligentes Amüsement geschrieben war. Und doch ist die Geschichte ein Kunststück. Das Kunststück liegt darin, daß »Das Versteck« der unpolitischste Film ist, der je in der DDR gedreht wurde, und keiner hat's gemerkt... Da sind einfach zwei Menschen, die es noch einmal miteinander versuchen wollen, und es geht nicht. Und das tut dem Zuschauer aus tiefster Seele leid.

Fischers Musik ist schön. Auch keine DDR-Musik, hübsch Zusammengeklautes von irgendwo aus der Welt. Mit Fischer waren es fünf Listenleute, die den Film gemacht haben, und nichts ist zu bemerken von all dem Herzeleid und dem Schiß, den wir beim Drehen in den Hosen hatten. Was die Schauspieler machen, hat Qualität, ist feines Kammerspiel, jede winzige Reaktion hat Witz, sie haben Pointen eingearbeitet, die nicht geschrieben werden können, die sich erst ergeben, auch darin liegt ihre Kunst, sie ranken sich aneinander hoch, kommen in Spielfreude, und doch ist nichts zuviel, keine Grimassen, auch nicht bei Alfred Müller, kein Haschen nach Effekten, Bildausschnitt und Auswahl der mimischen Mittel stimmen überein. Nicht einen Augenblick drückt der Hintern im Kinosessel, man schaut hin und bleibt bis zum Schluß bei der Geschichte, deren äußere Spannung nicht gerade atemberaubend ist. Die Kamera macht nicht auf sich aufmerksam, womit sie dem Genre am besten dient. Der Regisseur mußte sich diesmal ein bißchen nach der Decke von Jutta Hoffmann strecken, und das war für ihn gut und für den Film auch.

Alle sind beeindruckt, die Beteiligten können sich deshalb mit Eigenlob zurückhalten und so tun, als sei bei ihrer Mitwirkung kein schlechteres Ergebnis zu erwarten gewesen. Dieser Film und diese Freunde, das ist die DDR, die zu verlassen mich hart ankommt.

In der Sonne zwinkernd stehen wir auf der Straße. Keiner

will gehen. Wir beschließen, irgendwo um die Ecke im »Lindenhotel«, oder im »International« oder im »Espresso« eine Tasse Kaffee zu trinken. Aber der Gewerkschaftskongreß tobt in Berlin, überall sind die Tische eingedeckt und mit großen Reserviert-Schildern geschmückt, und die Kellner müssen auf die Gewerkschaftsgäste warten, und nichts tun sie lieber als das.

Nach zwei Stunden geben wir auf und zerstreuen uns in die Winde dieser halben grauen Stadt.

19. Mai 1977, Donnerstag

Der Regisseur Olav Koziger ruft an: »Tag, Manfred, wie sieht es in nächster Zeit mit deiner Zeit aus? Ich hätte da was, ich falle mal gleich mit der Tür...« Ich unterbreche ihn. Und sage, es sehe mit meiner Zeit schlecht aus, weil ich den Ausreiseantrag gestellt hätte. Dann lege ich auf, dabei hasse ich Leute, die einfach auflegen. Olav Koziger war der Regisseur des letzten Fernsehwerks von Helmut Sakowski, einem bekannten Staatsschreiber. »Daniel Druskat« hieß der Fünfteiler, dessen Titelrolle, ein parteitreuer LPG-Vorsitzender ohne Erfolg, von Hilmar Thate gespielt wurde. Ich gab den Bösen, einen mit ungesetzlichen aber den allgemein üblichen Methoden reüssierenden Aufsteiger. Das ganze Jahr 1975 ist draufgegangen für die paar Filmchen. Denn Koziger war der trödeligste Regisseur, den ich je hatte. Das Beste an ihm war noch sein Kichern, mit dem er versuchte, die Spiellaune der Schauspieler wieder anzukurbeln, nachdem er sie täglich aufs neue in den Keller geschlampt hatte. Vorbereitungen für die Drehtage schienen ihm unnötig zu sein, er verließ sich auf seine spontanen Eingebungen, und beim Warten darauf verging die Zeit. Seine Planlosigkeit ist nur durch die Produktionsleitung übertroffen worden. Ich war schon froh, daß er mit dem Wodkasaufen bis zum Abend wartete. Dadurch konnte

er zwar seine Kunstfertigkeit nicht steigern, aber den greisen Nachtwächter des Hotels prima krankenhausreif hauen, das konnte er. Wenn sich dann irgendein höherer Parteisekretär sehen ließ, hielt Koziger aus dem Hut eine unglaublich gedankenfreie, vorwärtsweisende Rede, mit der er alles wieder gutmachte. Immer wenn ich ihn sah, dachte ich: Manfred, paß auf, daß es dir gutgeht, dann brauchst du nicht noch einen Film bei Koziger zu drehen. Nachdem ich ihn kennengelernt hatte, bekannte ich mich nie mehr zum Arbeiter-und-Bauern-Staat. Diese rufschädigende Sperre hatte ich Koziger zu verdanken. Er mußte wissen, daß er mich nicht anrufen durfte. Selber schuld.
Mittags ruft Genossin Krause an und bestellt mich zu morgen, 15.00 Uhr.

20. Mai 1977, Freitag

Fünf vor drei klopfe ich an die Tür. Wieder sitze ich ein paar Minuten auf Abruf. Diesmal in Gesellschaft von zwei Jungpolitikern, die sich gegenseitig ein frisches Referat vorlesen, also einen alten Standardtext darüber, wie der Frieden zu festigen sei. Hier und da streiten sie sich über die Interpunktion.

Lamberz hat einen vornehmen Anzug an, wir setzen uns auf dieselben Stühle.

Lamberz. »Wie immer Cognac?«

Ich: »Nein, bitte Wasser.«

Lamberz: »Wie steht es mit dir?«

Ich: »An meinem Entschluß hat sich nichts geändert.«

Das Gespräch wird nur knapp zwei Stunden dauern. Ich kenne es schon. Um ihm zu zeigen, daß ich während der sechs Monate um Arbeit gekämpft habe, lese ich ihm Briefe an Regisseure und Produzenten vor, gleichlautende Briefe mit der bangen Frage, wie es mit mir als Schauspieler weitergehen soll. Ich bekam nur wenige Antworten, die alle abweisend waren. Darunter Absagen von guten Freunden. Die lese ich ihm ebenfalls vor.

»Ansonsten«, sage ich, »hat es keine Antworten gegeben, keinen Anruf, keinen Brief. Wie feige sind wir alle geworden. Gestern endlich hat Olav Koziger angerufen und sich scheinheilig erkundigt, wie es mit meiner Zeit stehe. Ein Wink von dir hat genügt. Ich kann all diesen Leute nicht mehr trauen. Du selbst hast versucht, mir Unkenntnis über meinen Antrag vorzutäuschen. Ich verstehe nicht, warum ihr uns erst zu klugen, denkenden Menschen erzieht, wenn ihr uns dann für dumm verkaufen wollt.«

Für einen Moment habe ich das Gefühl, es gefällt ihm, daß so mit ihm gesprochen wird. Vielleicht bedauert er, keinen einzigen Freund zu haben, der mit ihm redet. Vielleicht geht es ihm auf die Nerven, daß er so viel Angst verbreitet. Daß er in einer Regierung sitzt, die Angst verbreitet. Vielleicht empfindet er für einen Moment die trostlose Lage, in die er und die anderen »hochgestellten Persönlichkeiten« sich selbst gebracht haben.

Er schaut leer an mir vorbei.

»Ich habe deinen Ausreiseantrag bis heute nicht gelesen«, sagt er. »Stell dir doch nicht vor, daß dein Antrag hier zum Politbüro-Zirkular gemacht wird.«

Ich bin der letzte, der wichtig genommen sein will. Politbüro-Zirkular? Das brauche ich nicht, um mir als großer Künstler vorzukommen. Es ist überflüssig, meinen Fall hier kleinzureden, groß will ich ihn gar nicht haben. Außerdem ist klar, daß der Mann lügt. Wer sich so viele Stunden, statt zu regieren, mit einem einzigen Schauspieler herumbalgt, um ihn festzuhalten, der wird schon wissen, was ihm die Sache wert ist.

Dann breitet er aus, daß es keine Repressalien gegen mich und andere gegeben habe. Er hat sich vorbereitet, hat sich Material beschaffen lassen. Die winzigsten Beweise dafür, daß mein Vorwurf ungerechtfertigt ist, bringt er vor. Er liest von einem Zettel: »Den Film ›Das Versteck‹ durftest du zu Ende drehen. Die alten Konzertverträge durftest du erfüllen. Ich weiß sogar von einem einzelnen Konzert vor 200 Kreissekretären der FDJ.«

Kulturminister Hoffmann soll Frank Beyer und Jutta allen Ernstes vorgeschlagen haben, den Film »Das Versteck« ohne Krug noch einmal zu drehen.

Von den alten Konzertverträgen wurde mehr als die Hälfte gestrichen.

Und die 200 bestellten FDJ-Sekretäre haben mir den eisigsten, feindseligsten Abend meines Lebens beschert, die haben mich auf offener Bühne sterben lassen. Schließlich machte ich in dem Konzert die Augen zu und sang wie auf einer Probe: allein für mich und die Musiker. Eine grausige Erinnerung. Solchen Schrecken kann der Mann, der da vor mir sitzt, gar nicht begreifen. Der tut so, als wisse er nicht, welche gewaltigen Kreise die Steinchen ziehen, die er ins Wasser wirft. Der sollte eine einzige Ansprache vor verabredeten Feinden halten, die sich abwenden und keinen einzigen Klatscher Applaus hören lassen.

Lamberz bleibt bei den Einzelheiten, bei der Frage, ob es Repressalien gebe oder nicht. Da hat er wenig Material gefunden, er türmt die kleinen Häufchen auf, ich die großen Haufen. Endlich erlaubt er, daß wir von dem ermüdenden Thema wegkommen.

Er spricht über Ehrungen, mit denen ich bedacht worden sei. Ich sage nicht, daß mir Vertrauen oft lieber gewesen wäre.

Er spricht über politische Kontinuität und soziale Sicherheit. Ich sage nicht, daß Angst und der Verlust von Selbstsicherheit und das Schneidabkaufen nicht die Güter sein können, die der Mensch dafür hergeben muß.

Er spricht über das vorbildliche Schulwesen. Ich sage nicht, daß meine Kinder unter Heuchelei und Gleichschaltung leiden, daß sie Schaden nehmen und daß wir zu Hause viel Arbeit damit haben, sie davon wieder zu heilen.

Er spricht von unserem vorbildlichen Gesundheitswesen. Ich sage nicht, daß er dabei an das Regierungskrankenhaus denkt und daß ich vor zwei Wochen einen halben Freitag vergeblich herumgefahren bin, um meiner Tochter das von einer Scherbe zerschnittene Knie zunähen zu lassen. Es ist nie zugenäht worden.

Er spricht von der Freiheit im Sozialismus. Ich sage nicht, daß wir alle in einem Riesenknast sitzen.

Sie glauben sich selbst und an sich selbst. Sie glauben an ihre eigenen Gerüchte. Sie machen sich ihre Feinde selbst und glauben an jede neue Feindschaft.

Ich sage: »Wie könnt ihr sagen, daß ich ein Feind bin?«

Das habe in der Parteiführung niemand gesagt.

Ich sage: »Das nützt mir nichts, wenn gleichzeitig hunderttausend Genossen im ganzen Land mich als Feind bezeichnen. Von wem haben sie das gehört?«

»Du siehst«, sagt Lamberz, »die Vielfalt der Meinungen, die immer bestritten wird, gibt es bei uns: die einen halten dich für einen Feind, die anderen nicht.«

»Und du?«

Müde sagt er: »Ich gehöre zu den letzteren.« Und nach einer Weile: »Haben andere Leute gesagt, daß sie dir folgen werden?«

Ich lüge: »Nein. Niemand.«

Lamberz: »Stimmt es, daß du einen Tonbandmitschnitt von dem Gespräch am 20. November in deinem Haus angefertigt haben sollst?«

Ich kriege einen fürchterlichen Schrecken. Wie er auf diese Frage kommt, kann ich mir nicht erklären.

Ich sage: »Um Gottes willen! Nein.«

Lamberz erwähnt meine Kontakte zu westlichen Diplomaten und deutet die Vermutung an, meine Absichten könnten in diesen Kreisen bekannt sein. Ich widerspreche nicht.

Von Kuba und Mozambique redet er nicht wieder. Lamberz macht keinen Vorschlag mehr, hat kein Konzept, keinen Ausweg als den, daß ich bleiben soll. Ich habe wirklich den Eindruck, daß er, Lamberz, mich »behalten« will. Meine weiche Seele findet diesen Mann plötzlich wieder sympathisch. Das Beste an ihm ist sein Lächeln. Und sein Erröten. Und das ist wohl doch nicht Wut, die ihm das Blut in den Kopf treibt, vielleicht ist es wirklich bloß das Gegenteil von Abgefeimtheit, er muß, trotz allem, ein Herz haben.

Ich bin wieder an einem Punkt, wo ich mir in meiner Unerbittlichkeit selbst gemein vorkomme, wo es mir weh tut, daß der Gegner nicht gewinnt.

Ich zwinge mich daran zu denken, welches Leben mir bevorstehen würde, wenn ich jetzt einlenkte, wie oft ich mir später an die Stirn schlagen und mir vorhalten würde; warum bist du dieses einzige Mal in deinem Leben nicht hart geblieben! Aber ich sehe mich auch im Westen im Elend. Irgendwo in einem Loch, versoffen und verkommen, sehe mich mit dem Kopf an der Wand und höre mich sagen: Warum hast du damals nicht auf diesen Mann gehört!

Sie haben mich fertiggemacht, mich wie ein Puzzle durcheinandergerührt. Ich muß irgendwo neu anfangen und mich wieder zusammensetzen. Ich muß frei sein.

Ich sage: »Es ist alles zu spät.«

Lamberz: »Ist das dein letztes Wort?«

»Mein letztes.«

Sehr leise sagt er: »Die reaktionäre Presse wird sich auf dich stürzen. Die Suppe, die du dir eingebrockt hast, werden sie lecker abschmecken. Das größte aller gefundenen Fressen. Da wird aufgetischt, da wird getafelt nach Herzenslust.«

Er atmet tief ein.

»Gut«, sagt er. »Es tut mir leid.«

Ich fühle mich zusammensacken, aber meine Schale bleibt gerade sitzen.

Ich habe Sehnsucht nach einem letzten Wort, nach Frieden. Ich sitze da und wage nicht, den Seufzer der Erleichterung hören zu lassen.

Lamberz: »Ich ziehe mein Veto zurück.« Pause.

»Wo willst du denn hin?«

»Ich weiß es noch nicht.«

Lamberz: »Ins Ausland?«

Ich: »Vielleicht.«

Lamberz: »Nach Amerika?«

Ich: »Nein, nicht so weit weg. Ich möchte Schauspieler bleiben, ich brauche meine Sprache.«

Lamberz, nach einer langen Pause: »Viele haben sich besonnen, viele sind zurückgekehrt. Tolstoi. Ehrenburg. Du kannst auch zurückkommen. Wenn du willst.«

Ich: »Wenn ich zurückkommen will, werde ich nicht zu feige dazu sein. Aber ich kann nur kommen, wenn es mir gutgeht. Und vielleicht komme ich in eine etwas andere DDR.«

»Kann der Überbringer deines Tagebuchs ein Duplikat davon anfertigen?«

»Nein.«

»Ich werde den Innenminister anrufen und sagen, daß ich meinen Einspruch zurückziehe. Auf Wiedersehen, Manfred.«

»Auf Wiedersehen, Werner.«

Berlin, 15. Sept. 1977

Sehr geehrter Werner Lamberz,

mein Freund, der Schriftsteller Jurek Becker, wird das Päckchen überbringen; für ihn lege ich meine Hand ins Feuer.

Ich muß um Entschuldigung dafür bitten, daß die verabredete Übersendung des Manuskripts mit einiger Verspätung stattfindet. Es war so ungünstig versteckt, daß ich nicht eher herankommen konnte. Nur sehr wenige Stellen möchte ich unkenntlich machen, einfach um Personen und persönliche Aussagen in einigen Fällen zu verwischen.

WIR HATTEN VEREINBART, DASS DIESES MANUSKRIPT NUR FÜR DICH PERSÖNLICH BESTIMMT IST. (. . .)
. . . Sei gegrüßt
Manfred Krug

Knapp ein halbes Jahr später, am 6. März 1978, stürzte Lamberz während eines Staatsbesuchs in der Sozialistischen Libyschen Arabischen Volksyamahiriya mit einem Hubschrauber ab und verunglückte tödlich.

BERICHT ÜBER
DEN LETZTEN ABEND

BV für Staatssicherheit   Berlin, den 21. 6. 1977
Berlin   Mü./Tel. 315
Abteilung

Operative Information

OV »Oldtimer« – Krug, Manfred und Personen aus dem Umgangskreis.

Quellen: IMV »Salmann« und Ehefrau, zuverlässig, überprüft.

Sonnabend, den 18. 6. 1977:
– K r u g befand sich bis in die Nachmittagsstunden auf seinem Grundstück und war mit den Verladearbeiten beschäftigt. Da keine fremden Personen auf dem Grundstück sein durften, war es dem IMV nicht möglich, daran teilzunehmen.

– Gegen Abend erschienen dann der K r u g und seine Ehefrau sowie der Jurek B e c k e r beim IMV und man verbrachte den Abend gemeinsam in einer ruhigen Trinkerrunde. Dabei wurden allgemeine Gespräche geführt und Ferngesehen und es wurde peinlichst vermieden, über die Problematik der bevorstehenden Ausreise zu sprechen. Gegen 2.00 Uhr verließ der K r u g mit seiner Frau die Wohnung und begab sich nach Hause. Jurek Becker begab sich ebenfalls nach Hause.
Es wurde so verblieben, daß alle Personen zum Mittagessen gegen 12 Uhr wieder zum IMV kommen.

Sonntag, den 19. 6. 1977:
– Gegen 14 Uhr erschien der Krug mit Familie und der Haushälterin »Engelchen« sowie Jurek Becker zum Mittagessen beim IMV.

Danach verließ der K r u g wieder das Haus des IMV und begab sich zu seinem Grundstück, um die letzten Sachen zu verpacken.

— Der IMV und seine Ehefrau begannen unter kräftiger Mithilfe von Jurek B e c k e r die Abschlußfeier für den Abend vorzubereiten. Zu diesem Zwecke wurden die angefertigten kalten Platten aus dem Restaurant »Stockinger« Schönhauser Allee von Jurek Becker und der Ehefrau des IMV abgeholt und die alkoholischen Getränke eingekauft. (25 Flaschen Wodka, 60 Flaschen Sekt).

— Gegen 19.30 erschienen dann die ersten Gäste zur Abschlußfeier. Es waren anwesend:
— K r u g, Manfred und Ehefrau Ottilie sowie die Haushälterin »Engelchen«.
— Günter K u n e r t und Frau
— Klaus P o c h e und Frau
— Jutta H o f f m a n n allein
— Jurek B e c k e r und seine geschiedene Ehefrau Rikke
— P r ö b r o c k und Ehefrau
— Willy M o e s e und Ehefrau Maria
— Armin M ü l l e r - S t a h l und Ehefrau
— S a r a h K i r s c h – erschienen gemeinsam
— Ehepaar S c h ä d l i c h
— Klaus S c h l e s i n g e r und Bettina W e g n e r mit Sohn David
— Lothar R e h e r und Frau
— Klaus L e n z allein
— Mario P e t e r s und Frau (Mitglied der Fischer-Combo)
— Günter F i s c h e r und Frau (kam nach 23 Uhr)
— Frank B e y e r (kam zusammen mit Jutta Hoffmann), und holte gegen 23 Uhr seine Lebensgefährtin, die
— Monika Unferferth

- Schauspielerin vom Maxim-Gorki-Theater, Name nicht bekannt, nach Identifizierung durch Beschreibung Monika Lennartz
- ein namentlich nicht bekannter Literaturkritiker mit Ehefrau (nach Rücksprache mit HAXX/7 vermutlich Gerhard Wolf und Christa Wolf)
- Westberlinerin Helga S e e b a c h
- Westberlinerin Charlotte L e h n i n g e r (Inhaberin eines Frisiersalons. Bei ihr wird Krug vorerst wohnen)
- Mitarbeiter der italienischen Botschaft Pino M a g n o und Ehefrau
- Mitarbeiter der holländischen Botschaft M a l l i n g e r und seine Ehefrau Florence (Französin).
- Schwester der Ottilie K r u g , Regine B e n d e r und Ehemann.
- Der Abend gestaltete sich zu einer ruhigen, fröhlichen Abschiedsfeier. Krug kümmerte sich absolut um gar nichts, sondern saß fast ausschließlich mit den Personen
  - Jurek Becker
  - Günter Kunert
  - Klaus Poche
  - dem Literaturkritiker
  zusammen und diskutierte mit ihnen. Dabei hielten sie sich abseits und ließen keine weiteren Personen zu diesem Kreis hinzu. Es war dem IMV auch nicht möglich, auf Grund seiner Gastgeberverpflichtungen, Inhalte von dem Gespräch zu erfassen.
- Jutta H o f f m a n n und Maria M o e s e heulten die erste Zeit der Feier ständig und versuchten ständig, den K r u g zu umarmen und sich ihm an den Hals zu werfen und eine Trauerfeier aus der Abschiedsfeier zu machen. Das stieß auf den Widerstand der überwiegenden Zahl der Gäste und Maria M o e s e unterließ dann ihre Bemühungen, weiterhin »verrückt« zu spielen. Dabei trat der Willy M o e s e dahingehend

in Erscheinung, daß er versuchte, so auf sie einzuwirken, daß sie sich vernünftig benehmen soll.

Jutta H o f f m a n n saß dann fast den ganzen Abend weinend abseits von der Gesellschaft.

— K r u g hielt keine Abschiedsrede und verabschiedete sich nicht einmal von jeder Person und war peinlichst bemüht, daß die ganze Feier in aller Ruhe und aller Stille abläuft. Er trank sehr viel und verließ mit als letzter die Feier gegen 04.00 Uhr. Er hatte kein Wort des Dankes und keinerlei andere Bemerkungen durchblicken lassen, die gegenüber dem IMV und seiner Ehefrau für ihre Bemühungen angebracht gewesen wären, sondern hat das als »selbstverständlichen Freundschaftsdienst« angesehen.

— Ottilie K r u g war den ganzen Abend sehr ausgelassen und tollte mit dem Klaus L e n z herum und sprach viel dem Alkohol zu. Der IMV schätzt ein, daß das aber nur gespielt war und sie offensichtlich vorher durch den K r u g nochmals instruiert worden sein muß, die »Fröhliche und Ausgelassene« zu spielen.

— Gegen 3.30 Uhr kam es dann noch zu einem Zwischenfall mit dem Klaus L e n z. Dieser war ziemlich betrunken und alle Anwesenden wußten, daß L e n z in solchen Situationen dann durchdreht und »verrückt« spielt. Keiner wußte mehr, wodurch es ausgelöst wurde, aber L e n z brüllte plötzlich im Hause herum und sprang dem R e h e r an die Gurgel und würgte ihn. Dann versuchte er den Krug anzuspringen und beleidigte alle anderen durch übelste Beschimpfungen. Der IMV nahm den L e n z in den Würgegriff und versuchte ihn aus dem Haus zu werfen und wurde dabei von Krug unterstützt. Dabei kam es dann zu Beschimpfungen des K r u g beim Rauswerfen des L e n z. Sinngemäß:

- geh doch in deinen Scheißwesten
- du und die anderen hier seid doch alle Bourgeois
- wenn ich rüberkomme, nehme ich keinen Pfennig von dir, lieber krepiere ich
- du bist ein Scheißegoist

Es gelang, den L e n z in das Auto des Becker zu stecken und gemeinsam mit Schlesinger's erfolgte dann der Abtransport von Lenz.

- Die anderen Gäste hatten ebenfalls zu unterschiedlichen Zeiten die Feier verlassen. M o e s e s blieben beim IMV und übernachteten dort.

- Bei der Verabschiedung B e y e r s von Krug brach dieser zusammen und brachte nochmals seine Enttäuschung zum Ausdruck, daß Krug so egoistisch sei und gehe und sich nicht darum kümmere, was aus den Zurückbleibenden und den gemeinsamen Werken werde.

- In der Nacht der Feier kamen dann der Pröbrock und die Maria Moese noch auf die Idee, alle Teilnehmer der Feier zur GÜSt zu bestellen und Blumen zu werfen, damit er im »Triumphzug auf einem Blumenteppich« ausreisen könne. Durch das Wirken des IMV und unterstützt von Krug, starb dieses Projekt doch sehr schnell wieder. Krug bat nochmals nachdrücklich darum, daß ihn keiner begleite und äußerte, er wolle sowieso erst am Dienstag früh fahren.
- gegen 4.30 Uhr verließen die letzten Gäste die Feier.

Montag, der 20. 6. 1977:
- Gegen 7.30 Uhr begab sich der IMV zum Grundstück des Krug und half ihm bei letzten Arbeiten zum Verpacken der letzten Güter. Dabei schenkte der K r u g in umfangreicher Art und Weise dem IMV noch Einrichtungsgegenstände,

Antiquitäten u. a. Dinge mehr. Der IMV schätzt ein, daß in der Endphase der K r u g ihm restlos vertraute, was nicht zuletzt dadurch zum Ausdruck kam, daß seine Schenkerei von Dingen, weit über das sonst bei ihm übliche Maß hinausging und er dabei bemüht war, keinem anderen aus seinem engeren Umgangskreis etwas zukommen zu lassen.

– Gegen Mittag begab sich der IMV wieder nach Hause. Dort hatten sich inzwischen versammelt
  – Willy Moese und Frau, die nur mal kurz zu Hause waren und ihren Sohn Heinz M o e s e geholt hatten.
  – Pröbrock und Ehefrau
  – Schwester von Ottilie K r u g , B e n d e r , mit Kindern und ihr Mann, und Jurek Becker.
Maria M o e s e begann wieder verrückt zu spielen, sie halte das nicht mehr aus und wolle unbedingt mit zur GÜSt. Ihr Mann beruhigte sie und ihm gelang es, sie davon zu überzeugen, daß so etwas Quatsch wäre, da Krug allein fahren wolle.

– gegen 13.30 Uhr fuhr K r u g dann mit seinem Mercedes mit Anhänger vor und gleich danach kam Ottilie und »Engelchen« mit dem VW. Aus der Beladung der Fahrzeuge war ersichtlich, daß die Ausreise in den nächsten Stunden bevorstand.
Ottilie meinte, sie hätte frische Sachen für die Kinder mit und wolle sie gleich umziehen und durch Pröbrock wurden dann die Kinder geholt. K r u g meinte, er fahre noch nicht, sondern wolle den übriggebliebenen Sekt erst noch austrinken, bevor er fahre. Die VP könne ihm gar nichts mehr und außerdem »hängen die Genossen von der Staatssicherheit ja ständig an ihm dran und passen auf, daß ihm nichts passiert.«

– Der IMV wollte gerade als Krug erschien, den Treff mit dem

Mitarbeiter realisieren. Krug belegte ihn sofort mit Beschlag und er konnte wieder nicht weg. Sofort reagierte die Ehefrau des IMV, »daß sie doch auch allein zum Steinmetz fahren könne, um den Boschhammer zu holen, denn der ginge doch morgen in Urlaub und der IMV brauche das Ding ja auch unbedingt«. Damit war der Krug einverstanden und lediglich P r ö b o c k wollte mitkommen. Es gelang der Frau des IMV jedoch allein das Haus zu verlassen. Sie erschien dann zum vereinbarten Treff und berichtete.

— Als sie gegen 15.15 Uhr vom Treff zurückkehrte, machte sich Krug sofort daran, zum Gaudi aller Anwesenden den Boschhammer auszuprobieren und wollte im Atelier des IMV die Wand aufstemmen. Das konnte gerade noch verhindert werden. Als dieser Spaß beendet war, nahm Krug den Becker allein ins Atelier und verabschiedete sich von ihm. Nach ca. 15 min kam Becker weinend aus dem Atelier gestürmt, grüßte kurz die anderen Anwesenden und verschwand sofort.

— Danach verabschiedete sich K r u g von Moeses, der Bender und ihrem Mann sowie Pröbrocks. Dann nahm er sich den IMV und seine Frau vor und verabschiedete sich allein von ihnen. Dabei war er bemüht, seine Tränen die anderen Personen nicht sehen zu lassen. Er bedankte sich herzlichst für alles, was sie für ihn getan haben und brachte zum Ausdruck, daß er wünsche, daß ihre Freundschaft, die in den letzten Wochen gereift sei und sich bewährt habe, selbst in härtesten Stunden, auch weiterhin bestehen bleibe. Er werde sich bald bei ihnen melden. Er werde alles tun, damit sie als Zurückbleibende keine Schwierigkeiten bekämen und keinen Repressalien ausgesetzt würden. Er bitte sie darum, nur seinen engsten Freunden Jurek Becker, Moeses und Müller-Stahl Informationen zu geben, die er brieflich oder telefonisch übermitteln werde. (. . .)

Dann übergab er dem IMV seine Hausschlüssel und eine Vollmacht, daß alle Vermögensfragen und anderen Fragen, die noch zu seinen Gunsten offenstünden, hier in der DDR zugunsten des IMV übergehen würden.

Er umarmte den IMV und seine Frau inniglich und stürzte aus dem Haus, sprang in sein Auto und nahm den 11jährigen Sohn mit und fuhr sofort los. Ottilie verabschiedete sich dann auch unter Tränen und fuhr mit dem VW, den beiden kleinen Kindern und »Engelchen« ebenfalls los. Krug wartete an der Ecke auf sie und gemeinsam verschwanden sie dann aus dem Blickfeld.

Da eine sehr deprimierende Stimmung herrschte, verabschiedeten sich alle Personen nacheinander und verließen das Haus des IMV.

Weiterhin noch erarbeitete Fakten:

— Ottilie brachte in der Nacht der Fete zum Ausdruck, daß sie es kaum erwarten könne, ihren BRD-Paß zu erhalten, um alle wieder in der DDR-Hauptstadt besuchen zu können.

— Von Ottilie ist auch die Grundidee gekommen, das Haus nicht wegzugeben, da sie eine materielle Sicherheit haben wollte, falls dem Manfred K r u g mal was zustößt (z. B. Verkehrsunfall mit tödlichem Ausgang). Dann stünde sie mit den Kindern im Westen, wo sie keinen einzigen Verwandten habe, allein da und würde sofort in die DDR zurückkehren. Gleichfalls könnte es ja zu einer Trennung oder sonstetwas kommen und sie wolle dabei eine materielle Sicherheit in der Hinterhand haben.

— Es war eindeutig zu erkennen, daß K r u g bemüht war bis zur letzten Sekunde, alle im unklaren zu lassen, wann er denn nun tatsächlich ausreisen werde.

– Unmittelbar nach dem Verlassen des Hauses des IMV durch den Krug meldete sich Müller-Stahl telefonisch und wollte wissen, ob Krug noch da sei. Krug kam kurz zurück und sprach nochmals telefonisch mit Müller-Stahl. Inhalt des Gespräches konnte nicht erfaßt werden.

– Gegen 17.00 Uhr rief die Frau von Müller-Stahl an, und erkundigte sich ob K r u g sich schon aus Westberlin gemeldet habe.

– Kurz vor Abfahrt des Krug versuchte dieser nochmals sich mit Willy Moese anzulegen und beschuldigte ihn ein »seßhafter Typ« zu sein, der keinen Drang nach Veränderung habe. M o e s e entgegnete darauf sehr sachlich und ruhig und ließ sich nicht provozieren:
  – ja, er sei ein seßhafter Typ, das habe er von seinem Vater geerbt und er habe auch keinerlei Ambitionen, die Seite zu wechseln.
  – er, Moese, wisse wo **seine Grenzen** seien und daran halte er sich und die überschreite er auch nicht.

– Der IMV schätzt ein, daß M o e s e keinesfalls den Schritt von Krug billigt und aus dieser seiner Meinung auch keinen Hehl machte. Das ständige Theater seiner Ehefrau geht ihm auch auf die Nerven, aber er versucht geduldig und ruhig, auf sie einzuwirken und holt sie immer wieder auf den Boden der Tatsachen zurück.

– M o e s e meinte zum IMV, daß es nötig wäre, daß dieser letzte Kreis, der noch vorhanden wäre, enger zusammenrücke und lud den IMV und seine Ehefrau sowie Jurek Becker zu sich nach Hause zu einer Grillparty ein. Es käme lediglich noch Rolf Römer mit Frau dazu, aber mehr Leute wolle er nicht mehr um sich haben.

– Jurek Becker äußerte in der Nacht der Fete, er gebe sich höchstens noch vier Wochen, dann packe er auch.
Weitere Kommentare gab er dazu nicht ab.

– in einem vertraulichen Gespräch zwischen der Frau des IMV und der Frau von Müller-Stahl gab diese auf Befragen nach dem Ausreiseantrag ihres Mannes an, daß diese Sache überhaupt noch nicht entschieden sei. Ihr Mann habe noch ein wichtiges Gespräch mit einem führenden Funktionär der Partei und wenn da auf die Forderungen ihres Mannes nicht eingegangen werde, gingen sie auch. Sie habe zwar in der Vergangenheit sich immer dagegen gewehrt, aber jetzt habe sie sich mit dem Gedanken angefreundet, gleichfalls nochmals neu zu beginnen und sie unterstütze ihren Mann dabei. Der IMV und seine Frau schätzen jedoch ein, daß Müller-Stahl jetzt ohne sein Idol und aktivierendes Vorbild K r u g allein ziemlich hilflos ist und wahrscheinlich wieder Ruhe um seine Person eintreten wird.

Maßnahmen:

1. Am Abend des 20. 6. 1977 fand um 17.30 Uhr ein auswertender Treff mit dem IMV und seiner Ehefrau statt. Der IMV war nervlich und körperlich völlig am Ende und fast nicht mehr aufnahmefähig. Beiden wurde mit einem Blumenpräsent und einigen Büchern in feierlicher Form vorerst ein erstes herzliches Dankeschön seitens des MfS für ihre Einsatzbereitschaft ausgesprochen. Der IMV und insbesondere seine Ehefrau waren darüber sehr erfreut und dankbar.

2. Es wurden weitere Einzelheiten des weiteren Vorgehens abgesprochen. Siehe dazu Vermerk.

Verteiler:
1 x Leiter der BV Berlin
1 x Leiter der HA XX

1 X Leiter der HA XX/7   »Müller«
1 x Leiter der Abteilung XX   Müller
1 X IMV-Akte   Oberleutnant

* (GÜSt = Grenzübergangstelle)

Als sich die Fronten zwischen CIA, KGB und den Kollegen aus Fernost wieder einmal verhärten, hält der degradierte Topspion David Jardine seine Stunde für gekommen. Einer muß sich schließlich um die tickende Zeitbombe kümmern, die das gesamte westliche Finanzsystem zu vernichten droht.

Murray Smith
Steintänzer
Thriller
432 Seiten
TB 27364-7

»Im Mittelpunkt dieses atemberaubenden Thrillers steht David Jardine: smart, rücksichtslos und charmant. Genauso wie 007 immer sein wollte.«
Publishers Weekly

James Patterson
**... denn zum Küssen
sind sie da**
Thriller
352 Seiten
TB 27383-3

Den abgebrühten Detektiv und Psychologen Alex Cross kann eigentlich nichts mehr erschüttern. Doch das ändert sich schneller als ihm lieb ist: Ausgesprochen hübsche Frauen sind die Opfer eines gemeingefährlichen Serientäters, der seinen Opfern erst eine betäubende Injektion gibt, bevor er sie vergewaltigt und tötet. Nur die Medizinstudentin Kate kann sich in letzter Minute aus seinen Klauen befreien. Für Alex Cross beginnt ein Wettlauf mit der Zeit, denn plötzlich verschwindet auch seine Nichte ...

Ein Thriller der Extraklasse für Leser mit starken Nerven. Jetzt aufwendig verfilmt mit Morgan Freeman als Alex Cross.

Elizabeth Peters
Kreuzfahrt ins Ungewisse
Roman
408 Seiten
TB 27226-8
Deutsche Erstausgabe

Vicky Bliss, stellvertretende Direktorin am Bayerischen Nationalmuseum, wird mit einem ungewöhnlichen Auftrag betraut. Ein alter Bekannter der Münchner Polizei bittet sie um Hilfe bei der Überführung eines Kunstdiebes. Der Mann, dessen Identität unbekannt ist, soll an einer Kreuzfahrt auf dem Nil teilnehmen. Ohne zu zögern, macht sich Vicky Bliss zu der Traumreise nach Ägypten auf. Doch schon bald ahnt sie, daß sie sich auf ein höchst gefährliches Abenteuer eingelassen hat. Ein Mitglied der Schiffscrew wird brutal ermordet, und der Mann, den die Polizei verdächtigt, scheint ein berühmt-berüchtigter Meisterdieb zu sein – mit dem Vicky vor langer Zeit einmal eine Affäre hatte.

Gillian Anderson
Die X-Lady
von Berndt Schulz

Berndt Schulz
**Gillian Anderson –
Die X-Lady**
160 Seiten, mit zahlreichen
Abbildungen
TB 26429-X
Originalausgabe

Dana Scully ist Kult.
Die immer korrekte FBI-
Agentin löst an der Seite
ihres unkonventionellen
Kollegen Fox Mulder
mysteriöse Fälle und
ermittelt im Grenzbereich
zwischen Realität und
dem Unerklärlichen.
Weltweit hat die Serie ein
Millionenpublikum in
ihren Bann gezogen, und
Dana Scully ist zum
Medienstar avanciert.
Autor Berndt Schulz hat
sich an die Fersen der
geheimnisvollen Schau-
spielerin geheftet. In diesem aktuellen Starporträt
stellt er die Hintergründe
zu dem wahren Leben der
Gillian Anderson dar, ihre
Meinung zu Akte X und
den Machern der Serie, zu
den neuen Staffeln, dem
Verhältnis zu ihrem
Partner David Duchovny
und vielem mehr.